오십,
가슴 뛰는 삶의 시작

오십, 가슴 뛰는 삶의 시작

인생의 나머지 절반은 나에게 집중하기로 했다

초 판 1쇄 2024년 04월 29일

지은이 배정이
펴낸이 류종렬

펴낸곳 미다스북스
본부장 임종익
편집장 이다경
책임진행 김가영, 윤가희, 이예나, 안채원, 김요섭, 임인영, 임윤정

등록 2001년 3월 21일 제2001-000040호
주소 서울시 마포구 양화로 133 서교타워 711호
전화 02) 322-7802~3
팩스 02) 6007-1845
블로그 http://blog.naver.com/midasbooks
전자주소 midasbooks@hanmail.net
페이스북 https://www.facebook.com/midasbooks425
인스타그램 https://www.instagram/midasbooks

© 배정이, 미다스북스 2024, *Printed in Korea.*

ISBN 979-11-6910-625-2 03810

값 19,000원

미다스북스는 다음세대에게 필요한 지혜와 교양을 생각합니다.

오십,
가슴 뛰는 삶의 시작

인생의 나머지 절반은 나에게 집중하기로 했다

배정이 지음

미다스북스

차

례

제4장 일단 시작하겠습니다

오십에도 배움은 끝이 없다

"변화와 도전을 즐기는 열정히어로", 내 블로그 문구다. 퇴사하고 멋진 인생 2막을 살아보려고 열심히 노력했다. 배움에 아끼지 않았고, 새로운 나를 찾기 위해 끝없이 도전했다. 남들보다 더뎌도 괜찮다고 생각했다. 배우는 과정에서 많은 시행착오를 겪었고 시간도 오래 걸렸다. 배우기 위해 과감히 투자하는가 하면, 반대로 진짜 원했던 수업을 돈이 없어 고민했던 일도 있었다. 지난 3년 동안 많은 것을 시도하면서 터득했다. 좀 더 일찍 재테크에 눈을 떴다면 돈도 시간도 벌었을지 모른다. 하지만 후회하지 않는다. 퇴사 후 3년의 홀로서기는 나를 위한 투자라고 생각하고 모든 에너지를 쏟았다. 여전히 배움의 끝은 없다는 결론이다.

아이들과 함께한 7년의 세월은 지독할 만큼 힘들었다. 경제적으로 심적으로 힘든 시간을 보냈다. 내색하지 못하고 혼자 힘들었던 시간이 주

마등처럼 스쳐 지나간다. 퇴사하고 아무것도 모르는 상태에서 미래에 대한 나의 투자는 무식했고 용감했다. 부동산 공부, 강사의 꿈, 작가의 삶 어느 것 하나 확실하지 않았다. 생계를 위한 일과 내가 원하는 일 사이에서 초조하고 불안했다. 아무렇지 않은 듯 강한 척하며 살았을 뿐이다. 불안한 미래와 퍽퍽한 삶이 힘들어 눈물 흘린 날도 많았다. 몸과 마음이 지칠 대로 지쳐 다 내려놓고 싶었다. 그러나 죽음이라는 문턱에 탁 걸렸을 때, 내 삶을 누구도 대신 살아줄 수 없음을 알았다. 경제적으로 책임져야 할 가장의 삶도 중요하지만, 남은 내 인생이 불쌍하다는 생각이 들었다. 남은 삶은 나를 위해 살고 싶었다. 지금 당장은 아니어도 먼 훗날 내 삶이 빛날 수 있게 살고 싶어졌다. 좋아하는 일, 하고 싶은 일을 하며 살겠다고 다짐했다. 버킷리스트도 좋고 목표도 좋다. 내가 마음을 바꾸면 내 삶도 충분히 바꿀 수 있다고 믿었다.

자신감과 신념으로 부동산 공부도 시작했다. 처음에는 부동산 투자도 내가 하면 잘 해낼 수 있다고 생각했다. 40대 끝자락에 붙잡은 투자 공부는 평생 하지 않았던 첫 경험이었다. 설렘과 긴장의 연속이었다. 해보지 않은 일에 대한 도전이었지만 자신 있었고, 꼭 성공하리라는 믿음도 있었다. 돈 앞에서 겁 많고 소심한 나였지만, 투자에 있어 점점 과감해졌다. 일단 나를 믿었다. 나에 대한 확신에 차 있었다. 믿고 싶었다. 성공해야 한다고 세뇌하고 있었다.

3년 전에 시작한 부동산 투자는 끝까지 좋을 줄 알았다. 그 생각이 사라지는 데 오래 걸리지 않았다. 불안하고 불길한 예감이 두려움으로 변하는 내 감정을 통제하지 못했다. 모든 과정을 풀어내야 했지만 나는 한없이 나약했다. 힘든 순간은 언제나 예고 없이 찾아온다. 삶의 위협과 공포를 느꼈다. 숨이 막혀왔고, 하루를 버티기 힘들었다. 눈을 뜨는 일이 고통이었다. 돈 때문에 고통스러워하는 사람들의 얘기가 내가 될 줄은 전혀 상상하지 못했다. 살얼음판을 아슬아슬 걷듯 살았다. 한고비 넘길 때마다 극도의 스트레스로 머리가 한 움큼씩 빠졌다. 2023년은 내 삶에서 가장 의미 있으면서도 가장 힘들었던 시간이었다.

　우여곡절 끝에 힘든 순간을 가까스로 넘겼다. 고통 속에서 평정심을 찾으려고 무던히도 애를 썼다. 책과 강연을 통해 긍정적인 생각과 훈련을 했다. 단단하게 잘 버틸 수 있게 만들었다. 2024년도 해결해야 할 부동산이 남아 있다. 스트레스를 미리부터 받고 싶지 않아 다른 일에 몰두한다. 또 한 차례 어려움을 극복하는 일이 가장 큰 과제다. 100%는 아니지만, 하루를 운 좋게 살아가고 있다.

　힘든 순간을 겪고 있다면, 뭔가 의미 있는 변화에 가까워진다고 한다. 하지만 내가 걷는 이 길이 과연 옳은 길인가 불안하기만 하다. 어려운 과정을 겪으면서 잊고 있던 단어가 떠올랐다. 욕심이다. 부동산 공부를 시작하며 아이들을 통제하려고만 했다. 돈으로부터 자유로워지려고 시작한 공부가 아이들을 궁핍하게 만들었다. 풍족하지 못한 삶이라 생각했기에, 무조건 쓰지 말라고 강요했다. 궁핍한 삶은 내 욕심에서 시작되었다. 나 혼자 경제적 자립을 해야 한다는 강박관념과 '내가 혹시 잘못되면?'이라는 걱정이 만들어 낸 결과물이다. 가족을 위한다고 시작했는데, 아이들을 위한 일이 아니었다. 오롯이 나를 위한 처절한 몸부림이었다.

30대, 40대를 돌아보면 좋은 기억이 많지 않다. 힘들었던 순간이 좋은 기억을 다 덮어버렸다. 아이들이 하고 싶다던 것도 못 해주고 돈 앞에서 작아지게 만들었다. 나의 서른과 마흔은 우울한 과거였다. 우여곡절이 많았던 삶, 치열할 만큼 힘들게 살았고 어려운 고비도 여러 번 넘겼다. 아이들이 크고 혼자 있는 시간이 많아지면서 생각도 많아졌다. 가끔 뒷산에 올라 아파트를 내려다보며 지난 과거를 회상했다. 평생 하지 않은 부동산 투자, 준비 없는 퇴사, 모두를 힘들게 했다. 처음이라 미흡하고 실수도 있었다. 혼자 정신없이 바쁘기만 한 삶은 경제적 어려움마저 떠안았다. 가시방석같이 불안할 때도 있었지만, 살만한 가치가 있다고 나 스스로 위로하기도 했다. 이 책은 50년 내 삶의 희로애락을 담아냈다. 힘들었던 삶이지만 그래도 잘한 것을 꼽으라고 하면 두 가지를 들 수 있다.

첫째는 부동산 투자 때문에 죽을 것 같았지만, 끝까지 포기하지 않고 해결하려고 했던 마음이다. 자신 없는 생각과 잘 해낼 수 있다는 두 마음을 가지고 살았다. 나를 통제하는 긍정적인 생각과 행동, 문제를 해결하려는 과정이 나를 성장하게 했다. 절대로 나처럼 아무런 계획 없이 퇴사하는 일을 누구도 하지 않기를 바란다. 준비 없는 퇴사는 나뿐만 아니라 가족 모두를 힘들게 한다. 건강상의 불가피한 상황이었다고 하지만, 최소한의 대비는 하고 퇴사해야 한다. 혼자 경제적 짐을 지는 경우라면 더욱 신중해야 한다. 준비 없는 미래는 시간도 노력도 많이 든다. 불안함도 같이 따라온다. 삶에서 중요한 결정을 할 때는 그 일을 대신할 무엇인가가 반드시 있어야 함을 기억하길 바란다.

둘째는 내가 꿈꾸고 원하는 삶에 대한 도전이다. 스피치 강사, 작가의 삶, 오디오 작가까지 내 삶에서 중요한 일이 되었다. 책을 읽고 글을 쓰면서 진짜 내가 원하는 삶이 무엇인지 늘 고민한다. 오십이 늦다고 생각할 수 있지만, 시작한다는 것이 더 의미가 있다. 언제 하느냐는 중요치 않다. 지금 도전한다는 것이 더 중요하다. 가장 늦었다고 생각할 때가 가장 빠르다는 말이 있듯이 하지 않은 후회는 더 커진다. 글을 쓰기로 했으면 펜을 들어야 하고, 달리기로 했으면 운동화부터 신어야 한다. 내가 하고 싶은 일이 있다면 지금 일어나서 움직여야 한다.

평탄한 인생은 재미없다.
삶의 굴곡이 있어야 보람도 있다. 모두가 자신을 위한 도전과 열정을 태울 수 있는 삶을 살아가길 바란다. 꿈을 좇아가는 사람들에게 나처럼 실수하지 않고 멀리 돌아가지 않는 방법과 경험을 적었다. 그 방향이 다 옳다 할 수 없지만, 내 경험을 거울삼아 좀 더 쉽게 갈 수 있으면 좋겠다.

가장 중요한 것을 놓치지 않는 것도 중요하겠다. 꿈꾸는 삶을 위해 도전하는 모두에게 이 책이 조금이나마 도움이 되었으면 하는 마음이다. 내 인생의 후반전을 위해 나는 다시 원점에 서 있다. 모든 것이 낯설고 어색하다. 남은 삶을 낭비하지 않고 잘 살기로 했다. 후회는 남기지 말고 좋은 기억만을 남기며 살아도 괜찮다. 삶에서 가장 소중한 시간은 언제나 오늘, 바로 지금이다. 지금이 가장 빛나는 삶을 살아가길 바란다.

오늘부터 다시 쓰는 오십의 삶이다.

제1장

오십에도 꿈은 있다

세상에 오직 하나뿐인 당신

세상에 하나뿐인 당신은
언제나 특별한 사람입니다
당신 외에는 아무도
당신이 될 수 없으니까요
비슷한 외모는 많아도
비슷한 성격은 많아도
당신과 같을 수는 없습니다
당신은 이 세상에 유일한 한 명입니다
아무도 당신이 될 수 없으니까요

세상에 하나뿐인 당신은
언제나 특별한 사람입니다
당신 외에는 아무도
당신이 될 수 없으니까요

웃는 모양새가 닮았어도
우는 모양새가 비슷해도
당신과 같을 수는 없습니다
당신은 이 세상에 유일한 한 명입니다
아무도 당신이 될 수 없으니까요

오늘을 열심히 살아가는 당신
멋진 인생을 꿈꾸는 당신
행복을 만들어가는 당신으로
당당히 살아주세요
세상의 오직 하나뿐인 당신은
세상에서 유일하고 특별한 당신은

오늘을
멋지게 살아가는 나 자신입니다

1

넉넉한 삶을 위한 돈 공부

"Only I can change my life, no one can do it for me."

"내 인생을 바꾸는 사람은 자신입니다. 아무도 대신해 줄 수 없어요."

– Carol Burnett

내가 다니던 중학교 주변에 괜찮은 집을 사고 싶다는 지인의 부탁을 받고 시골에 다녀왔다. 몇 년 전부터 고향에 내려와 있는 친구를 만나 학교 근처에 있는 집이며, 땅을 둘러보았다.

"소 축사 또 짓는다고? 축사가 그럼 몇 개야? 와! 진짜 대단하다."

중학교 동창인 B가 축사를 더 지으려고 땅을 알아본다고 했다. 이미 축사 두 동을 가지고 있는 친구다. 부럽다는 생각만 연신 들었다. 시골에서 부모님이 운영하시는 식당 일을 도왔었는데, 지금은 소 1,000여 마리를 사육하는 한우 부자다.

빈집을 몇 채 둘러보고 식당으로 발길을 옮기면서 친구와 대화를 나눴다.

"너 부동산 투자하니까, 이런 시골집 사서, 살짝 고쳐서 월세나 연세 받아."

"뭘 살짝 고쳐? 마당도 넓고 빈 축사까지, 공사비도 엄청나겠는데. 내가 돈이 어딨어. 네가 해?"

우리가 다녔던 중학교가 유명해지면서 집을 찾는 사람이 많아졌다. 돈도 없는데 서로 투자하라고 하는 꼴이 우습긴 했다. 오랜만에 친구들 얼굴도 보고, 같이 밥 먹고 차도 마시면서 웃고 떠들었다. 탁 트인 시골 풍경을 감상하며 돌아오는 길에 이런저런 생각을 했다.

어릴 적 농사를 짓던 우리 집은 추수가 끝나면 농협에서 수매했다. 1년 농사가 끝나고, 겨울에 할 일이 없어 노름하다 돈을 잃는 집도 있었다. 우리 집은 아끼고 모으는 엄마 때문에 돈이 생기면, 은행에 적금부터 넣었다. 시골에서 빚 없는 집이 우리뿐이라고 동네 어른들이 말했다. 엄마는 일곱 가구밖에 없는 시골에서 동생들에게 학습지도 시켰다. 학교 다닐 때도 매주 동전을 모아 저금을 하라고 주셨다. 책가방 안의 동전 소리를 들으며 학교 앞 점방을 지나는 일이 고역이었다. 엄마는 군것질할 돈은 절대로 주지 않았지만, 고등학교 진학을 위해 전주로 나와 자취방을 얻을 때면 몇백만 원 하는 보증금을 바로 준비하셨다. 나는 동네 어른들 말처럼 우리가 부자인 줄 알았다. 엄마는 어렸을 때 월반을 할 정도로 똑똑했으나, 외갓집 형편이 기울자 다니던 초등학교도 중도 포기했다고 했다. 그래서 우리가 공부한다고 하면 뭐든 다 들어주신 듯하다. 엄마, 아빠 모두 초등학교도 제대로 못 다녔다. 하지만 누구보다 부지런하고 사리 분별이 정확했기에 마을에 크고 작은 일들은 부모님과 상의하곤 했었다.

나는 지독하게 일밖에 모르는 부모님 농사일을 거드는 일은 싫었다. 지금은 찾을 수도 없는 농약 기계를 수동으로 펌프질을 했던 어린 시절, 긴 농약 줄을 질질 끌고 논두렁을 걸어갔던 일이 생생하다. 비 온 뒤 땅이 촉촉해지면 커다란 대야에 들깨 모종을 담아 머리에 이고 밭으로 갔다. 넓은 밭에 들깨 모를 서너 개씩 가로로 줄지어 놓으면 엄마는 호미로 땅을 파 어린 모종을 심었다. 무성하게 자란 깻잎은 왜 그리 많은지 깻잎은 계속 따도 줄지 않았다. 고추를 따라고 하면 고추 밭고랑 사이에 애꿎은 땅만 쳐다보고 요령만 피워댔다. 진짜 일하기 싫었지만, 이젠 모두 옛 추억이다. 끝도 없는 농사일, 매일 드나들던 밭이 전부 우리 땅이라 생각했었다. 밭이며 논이 남의 땅이라고 알았을 때는 그런가 보다 했다. 내 땅, 남의 땅 개념이 없었다. 논 주인에게 추수가 끝나면 햅쌀을 우편으로 부치곤 했다. 요즘 말로 연세를 낸다고 생각하면 이해가 빠르다. 돈 대신 농사를 짓고 쌀로 주었다. 다른 집도 우리랑 똑같은 줄 알았다. 부자라고 들었는데, 부자가 아니라 세를 내고 있었다.

나이가 들어 일찍 명퇴하고 귀농하는 친구가 있다. 연로하신 부모님 대신 농사나 가축을 기르기 위해 시골로 내려온 친구가 부럽다고 생각했다. 물려주신 유산으로 더 빨리 자리 잡는 것 같았다. 귀농이 쉽지는 않겠지만, 뒤에서 밀어주니 더 빨리 성공한다고 생각했다. 예전에 아빠가 군대 갔을 때 큰아버지가 사업자금으로 땅을 다 팔아서 우리 땅이 없다고 들었다. 서른도 훌쩍 넘겨 장가도 못 간 아빠는 할머니를 모시고 일만 하고 사셨다. 공부하면 돈이 나오냐, 일하고 땅 파야 돈이 나온다는 아빠였다. 아빠는 새벽부터 밤늦게까지 밥때도 놓치고 지독스럽게, 몸이 부서져라 일만 하셨다. 배운 게 없으니 농기계 사용법도 모르고, 살 줄도 몰랐다. 게으름 피우지 않고 열심히 사는 게 최고라고 믿는 분이셨다. 친구 부모님처럼 농기계를 쓰면 고생을 덜 했을 텐데, 사서 고생을 한다고 생각했다. 엄마 아빠를 원망하지는 않았다. 시골에 땅 한 평 없는 것이 아쉬울 뿐이다.

시골에서 억척스럽게 살았지만, 사실 속속들이 들여다보면 넉넉하지 않았다. 자식 넷을 키우기 위해서 뼈 빠지게 고생하셨고 홀시어머니를 모시고 살았으니 넉넉할 때가 없었다. 그런데도 적금을 꼬박꼬박 들었던 부모님이 늘 존경스러웠다. 억척스럽게 일하고 모았으니, 지금은 형편이 좋아야 하는데 전혀 아니다. 내가 새마을 금고에 다닐 때 일이다. 은행에 근무하니 서울에 맡긴 돈을 내가 직접 관리하려고 물어보았다. 서울 큰아버지 아는 분께 돈을 맡겨 이자를 받는다고 했다. 90년대 당시에는 은행 금리도 꽤 높았지만, 서울서 이자를 더 준다고 해서 내가 돈을 관리하려던 일은 물거품이 되었다. 수년 뒤에 엄마에게 그 돈의 행방을 물어보았는데, 큰아버지가 주식을 하다 잃었다고 했다. 지금은 적은 돈이지만, 90년대는 큰돈이었다. 여태까지 쓰지도 못하고 애써 모으고 적금을 열심히 들면 뭐 하나, 허탈한 마음뿐이었다. 우리 집 외에 다른 친척까지 얽혀 있어 돈을 재촉해도 소용없다며 엄마는 그냥 포기했다고 했다. 바쁘게 살다 보니 또 그렇게 잊어버리고 살았다. 다 무지함에서 비롯되었다고 해도 과언이 아니다. 우리는 이런 일을 겪으면서도 바보처럼 반복하기도 한다.

돈이 얼마나 있으면 좋을까, 얼마면 부자란 소릴 들을까? 돈 때문에 힘들었던 경험이 있을 것이다.

결혼 전에는 저축하고 아끼면서 살았다. 하지만 결혼 후 아이를 낳고, 아이들이 커가면서 지출은 늘고 수입은 줄었다. 작은아이 치료비와 수술비도 만만치 않았다. 미숙아로 태어난 아이들은 정기적으로 검진을 받아야 했고 중이염, 편도염 등 모든 염증은 두 아이를 괴롭혔다. 아이 둘을 데리고 병원 다니는 일이 일상이었다. 힘들어도 투자 공부를 그때 할 걸 후회도 된다. 인생은 예측할 수 없는 변수에 대비하고 준비할 필요가 있다. 언제나 마음이 무겁고 부족한 엄마였다. 아이들 책만 읽어 줬지, 나를 위해 독서를 하거나 자기 계발은 생각하지 못했다. 부자가 되고 싶다는 생각, 공부해야겠다는 생각도 하지 못했다.

『엑시트(EXIT)』의 저자 송사무장은 "사람은 자신이 그린 그림대로 삶을 살게 된다!"라고 했다. 제대로 된 길을 알면 누구나 평범한 삶에서 EXIT 할 수 있다고 말이다. 나도 결심했다. 내가 어떤 그림을 그리는가에 따라 내 인생이 달라진다 믿어 보기로. 2020년 부자들이 말하는 3년 안에 나도 부자가 되기로 했다. 넉넉한 삶에 대한 바람이 내가 투자 공부를 시작하게 된 계기다. 사치와 낭비는 금해야 하지만 부족하고 아쉬운 결핍의 삶을 아이들에게 심어주고 싶지 않았다. 늦었다는 생각도 안 하기로 했다. 늦게 시작했지만, 부자가 되겠다는 절실함과 긍정적인 생각으로 앞으로 나가기로 했다. 정당한 방법으로 돈을 벌고 그 돈으로 성장과 나눔을 실천하는, 제대로 된 소비를 하는 삶을 위해 힘들지만, 돈 공부를 하기로 했다. 정말 기초부터 차근차근 지식을 쌓기로 하고 도전장을 내밀었다.

내 삶의 주인공은 바로 나

"The secret of getting ahead is getting started."

"앞서가는 방법의 비밀은 시작하는 것이다."

– Mark Twain

좋아하고 하고 싶은 것만 하고 살 수 있을까?

가장 나다운 것이 뭘까? 자주 고민하곤 한다. 과연 나는 누구이고, 내가 진짜 하고 싶은 것은 무엇일까. 만약 이 책을 읽는 분들에게 똑같은 질문을 한다면 당신은 어떻게 답할 것인가? 우리는 끊임없이 고민하면서 살아간다. 고민의 끝은 나를 먼저 알고 살피는 일이어야 된다. 때론 꿈이냐 현실이냐 우선순위를 놓고 저울질한다. 어느 쪽이 더 효율적인지 고민도 해본다. 매번 좋아하는 일만 하고 살 수 없다. 어쩌면 먹고사는 문제 때문에 하고 싶지 않은 일을 하기도 한다. 사는 것이 힘든데, 무슨 좋아하는 일 찾냐고 핀잔을 듣기도 한다. 사람마다 추구하는 삶의 가치는 다르다. 무엇이 나에게 더 중요한지, 알면 어느 정도 답은 나온다.

처음엔 나는 내가 행복할 수 있는 일을 직업으로 선택했다. 전업주부

제1장 오십에도 꿈은 있다   23

로 10년을 살다가 일을 하려고 마음먹었을 때 좋아하는 일을 찾았다. 영어로 노래하고 춤추며 가르치는 일을 원했다. 좋아하는데 직업으로 선택할 수 있다고 생각하니 흥이 절로 났으며 망설일 이유가 없었다. 영어 전문학원은 학력이나 자격을 많이 따져 일찌감치 포기했다. 난생처음 학습지 회사에 들어갔다. 나의 선택은 일단 성공했다.

자기가 좋아하는 일을 하면 좋은 점은 무엇이 있을까?

첫째, 일에 대한 만족감과 행복감이 생긴다. 모든 일이 즐겁고 흥미가 있다.

둘째, 일의 능률과 생산성이 올라간다. 창의적이고 새로운 아이디어를 생각할 수도 있다.

셋째, 좋은 결과를 통해, 해냈다는 성취감이 생긴다. 성공적인 경험은 자신감을 얻게 된다.

넷째, 일에 대한 열정이 있으며 동료들과 작업하면서 서로 협동할 수 있다.

다섯째, 좋아하고 잘하니 나만의 전문성이 생기며, 개인의 발전을 끌어낼 수 있다.

여섯째, 일에 대한 긍정적인 생각으로 스트레스가 적어, 뭐든지 잘 적응할 수 있다.

내가 하고 싶은 일이, 가장 잘하는 일이 되었다. 일이 즐겁고 스트레스도 적어 재미있었다. 좋아하고 잘하는 것을 찾는다면 최상의 선택이다. 하지만, 퇴사 후에는 직업에 대한 생각이 조금 바뀌었다. 좋아하는 일보다 배워서 소득을 올릴 수 있는 일을 찾는 데 시간과 노력을 들였다. 경력단절이란 불안감도 있었지만, 생계를 책임져야 하는 가장이었기에 고민하는 시간도 많았다. 은퇴가 없는 일이면 좋겠다는 생각을 했다. 사실 나이 많은 나를 뽑아 줄 곳이 별로 없었다. 그래서 찾은 일이 부동산 투자였으며 강사가 되는 것이었다. 둘 다 평생 할 수 있으며 은퇴가 없다고 생각했다. 내가 하고 싶으면 언제까지나 가능하다고 생각했다. 강사라는 직업을 가지면, 어린아이부터 성인은 물론이고, 더 나이 드신 어른들과 함께할 수도 있겠다 싶었다.

웃음 치료를 배워볼까, 고민했었다. 엄마가 더 나이가 들고 거동이 불편해지면, 휠체어를 끌고 다니면서 복지관이나 센터에서 웃음 치료 강의하는 꿈도 꾸었다. 엄마랑 마음껏 웃으면서 일도 하고 효도도 하면 좋겠다는 바람이었다. 기회가 된다면 웃음 치료도 꼭 배워보고 싶다. 나이가 들면서 주변 사람들과 행복해지는 일을 꿈꾸며 살아간다. 그래서 강사라는 직업에 대한 로망을 품고 살았다. 부동산도 마찬가지다. 잘 배워놓으면 평생 할 수 있다고 믿었다. 살면서 좋아하는 일만 할 수는 없다. 결국은 좋아하는 일도 싫어하는 일도 하다 보면, 나의 환경에 맞춰진다.

결혼하면서 생활이 아이 중심으로 바뀌었다. 나를 위한 독서는 하지 못했다. 한두 권 직장에서 읽는 것이 전부였다. 관리자가 된 후에는 책 읽을 시간조차 없었다. 퇴사하고부터 책을 집중해서 읽었다. 특히 재테크 관련 책을 많이 읽기 시작했다. 은행 적금이나 예금으로 돈을 굴리고, 금리 높은 상품에 관심을 가졌다. 자기 계발이나 투자 관련 책을 구매하고 서평 활동을 시작했다. 투자 강의를 들으려고 부천이나 서울까지 왔다 갔다 했다. 단단히 결심하고 실행에 옮길 만큼 절실했다. 장소가 멀고 시간이 오래 걸리는 것은 문제가 되지 못했다. 평생 꼭 해야 할 일, 생계를 위한 최고의 방법이라 믿었다. 천직, 평생직장이라는 개념이 없어지는 요즘이다. 다양한 직업에 관한 정보가 넘쳐나는 세상이다. 직업에 대한 공부와 소득을 높이기 위해 끊임없이 노력하고 있다. 콘텐츠와 마케팅, 1인 기업에 관한 책을 보고 있다. 시작은 어설펐지만, 실패와 성공을 통한 삶의 이야기는 나에게 도움이 되었다. 사람을 통솔하는 지도자의 삶도 많은 자극제가 되었다. 나도 할 수 있을 것 같았다. 하고 싶었고 어떻게 할 수 있을까? 고민하기 시작했다. 마음먹으면 뭐든지 할 수 있다는 생각으로 살게 되었다.

직장생활 10년 동안 새로운 사실을 알았다. 교사 때는 수업을 잘하고 아이들과 즐겁게 소통하면 되었다. 하지만 팀장 직급을 달자 해야 할 업무가 많아졌다. 회사와 팀원 사이에서 하고 싶지 않은 일을 어쩔 수 없이 하는 경우가 많았다. 조직 관리, 영업 성과, 매일 마감 보고는 나와 맞지 않았다. 내가 좋아하는 분야가 아님에도 성과는 나쁘지 않았고 매번 빠른 승진의 행운도 따라줬다. 승진할 때 적성 검사를 하는데, 10년 전이나 지금이나 나의 기질과 성격은 변함이 없다. 업무 능력, 성과 면에선 연차가 쌓일수록 회사에 최적화된 결과가 나온다. 실제 그 업무를 싫어한다 해도 반복적인 습관 때문에 늘 영업조직에 맞는 사람이 된다. 환경의 영향이 크다. 인정하기는 싫지만, 늘 환경이 나를 지배하고 있었다. 싫든 좋든 꾸준히 하다 보면, 맡은 직무나 직책에 맞는 결과를 만들어 낸다. 처음부터 잘해왔던 것처럼 착각한다.

인생은 동전의 양면과도 같은 모험이라 했다. 그렇게 본다면, 나도 모험을 꽤 한 셈이다. 글을 쓰게 될 줄도 몰랐고, 투자 공부를 하게 될 줄도 몰랐다. 남편이 떠나고 아이들과 함께 살기 위해 발버둥 치다 보니, 이것저것 많은 경험을 통해 가르치는 일을 찾아 공부했다. 시간이 흐르면서 내가 해야 할 일도 찾고, 내가 가야 할 방향도 잘 잡았다고 생각한다. 이제는 그것을 통해 돈도 벌고 실행에 옮기면 된다. 먹고 살기 위해 최선이 무엇인지 고민하고 생각하니 이제는 그 일이 아니면 안 될 것 같다. 좋아하는 일을 찾는 것도 중요하다. 주어진 하루를 충실하게 사는 것도 나름의 살아가는 방법이 될 수 있다는 것을 내 경험을 통해 알게 되었다.

지금 잘하는 일을 찾고 있다면, 그 분야를 생각하고 공부해라. 좋아하는 일을 찾는다면 무엇을 좋아하는지 경험을 통해 찾아보자. 이 세상에 노력하지 않고 저절로 얻어지는 것은 아무것도 없다. 내가 투자한 시간과 경험, 공들인 노력에 따라 결괏값은 달라진다고 본다. 내 삶의 주인공은 나다. 나의 삶의 가치를 결정하는 것은 그 누구도 아닌, 나라는 사실을 꼭 기억하면 좋겠다. 다른 사람이나 환경에 휘둘리지 않고, 자신의 가치관과 목표를 세워 행동해야 한다. 자신을 책임질 줄 알아야 한다. 나에게 맞는 일을 찾는 건, 내 삶을 바꾸는 중요한 요소가 될 수 있다. 끊임없이 연구하면 하고 싶은 일을 찾을 수 있다. 간절하면 이루어진다. 오십인 내가 매일 나에게 묻는 말은 '어떻게 살아야 할까?'이다. 그 질문의 답을 찾아 매일 고민하고 생각하며 살아간다.

미래를 위한 준비, 은퇴

"The best way to predict the future is to create it."
"미래를 예측하는 가장 좋은 방법은 미래를 만들어 나가는 것이다."

– Peter Drucker

은퇴 후의 삶을 이야기하지 않을 수 없는 나이가 되었다. 지금이 오십이라서가 아니다. 40대쯤 되었을 때 은퇴 후의 삶을 어떻게 준비해야 할지 많이 고민했다. 노년을 위한 준비는 턱없이 부족하다. 친정엄마는 칠십이 넘으셨다. 30대 후반에 혼자되셔서 우리 형제 넷을 혼자 키우셨다. 시골에서 먹고 살기 막막해 전주로 나와서 식당 일을 하셨다. 남편 없이 혼자 아이 넷을 키우는 일이 얼마나 힘드셨을지, 예전에는 알지 못했다. 내가 그 상황이 되니 '정말 힘드셨겠구나!' 하는 마음이 들었다. 둘도 힘들다고 투덜거리는데, 엄마는 넷을 다 감당하셨다. 늘 부족한 형편인데도 연금, 보험, 실비까지 준비해서 입원, 수술 등 뭐든 알아서 하신다. 엄마는 30대 후반부터 지금까지 아홉 번의 대수술을 했으나, 한 번도 수술한다는 말을 하지 않았다. 멀리 있는 자식들 걱정할까 봐 수술 후에 결과만 알려주셨다. 엄마는 그런 삶을 살아오셨다. 정말 대단하시다. 나도 엄마처럼 미리 은퇴를 준비하려고 했지만, 내 통장은 언제나 비어 있다.

　은퇴란 직업에서 물러나거나 사회 활동에서 손을 떼고 한가히 지낸다는 사전적 의미가 있다. 나 같은 자영업자나 프리랜서도 은퇴가 있다. 누구나 은퇴한다. 직장이나 육아, 양육에서도. 나는 살아온 삶의 무게를 조금 내려놓는 것을 은퇴라고 말하고 싶다. 장년층에 해당하는 나로서 노년의 삶을 걱정하지 않을 수가 없다. 경제 활동할 사람은 줄어들고 연금 혜택 볼 사람은 늘고 있는 노령화 시대에 살고 있기 때문이다. 65세 이상을 노령층, 64세 이전까지를 장년층이라고 표현하는 것이 아직 익숙지 않다. 예전에는 60세만 되어도 나이 들어 보였다. 지금은 70대 심지어 80대도 젊어 보여 나이를 가늠할 수 없는 분도 있다.

　경제 활동이 끝나는 나이는 사람마다 다르다. 얼마나 잘 준비되어 있는가에 따라 각자의 미래가 달라진다. 준비하지 못한 사람일수록 불안하고 위태로운 노년을 보내게 된다. 40대, 50대는 경제 활동이 가장 활발한 나이다. 소득이 늘어나는 시기지만 그만큼 소비도 가장 많다. 미래를 준비하기 위해 돈을 모으려 하지만, 생각보다 쉽지 않다. 이는 초고령화 사회를 사는 우리 40대, 50대만의 문제는 아니다. 경제 활동을 할 시간보다 소비하면서 쓰는 시간이 훨씬 더 길어지고 있다. 한 살이라도 젊었을 때부터 준비해야 한다.

먼저 결혼한 선배들은 아이가 생기기 전에 미리 저축하라고 조언해 주었다. 아이가 생긴 후, 교육비, 생활비 지출이 소비의 중심이 되었다. 개인적 삶을 즐기면서 사는 사람도 있지만 짠테크, 종잣돈 모으기, 일주일에 몇만 원으로 살기 등 나름의 소비를 줄이는 방법을 찾아서 실천하고 있다. 부동산 가격, 인건비, 오르지 않은 것이 없기에 소비 습관을 바꾸지 않으면 저축하기 힘들다. 아이들 교육비 지출 부분이 상당히 크다. 특히 맞벌이 가정이라면 보육을 대체하기 위해 아이를 학원에 많이 보낸다. 학원을 꼭 보내지 않아도 되는데, 아이를 맡길 곳이 없어 보내는 일도 있다. 반대로 사교육비에 쓸 돈으로 아이가 성인이 될 때까지 우량기업 주식을 사는 사람도 있다. 월 100만 원씩 우량기업의 미래가치에 투자한 후 아이의 사업이나 자립 자금을 마련해 준다는 사례도 있다. 어쩌면 그것이 더 현명하고 효율적일 수 있다. 힘들게 돈 벌어 학원비로 충당해도 바라는 만큼 성적이 올라가지 않는다. 통장만 점점 바닥을 드러낸다는 것이 현실이다.

나는 현재 국민연금, 개인연금이 전부다. 미래가치로 환산해도 아주 소액이다. 어떤 것 하나 확실하게 준비하지 못했다. 대학에 다니는 딸 학비며 아직 자리 잡지 못한 아들 뒷바라지도 남아 있다. 노년을 위한 준비는 까마득하다. 개인연금은 납부가 끝난 상태이다. 여유가 되면 추가 납부로 미래의 연금소득을 늘려야 하는데 하지 못하고 있다. 국민연금 기금이 고갈된다고 말이 많지만, 가장 큰 문제는 현재 나의 국민연금 납부액이 너무 적다는 사실이다. 은퇴 후에 생활비로는 턱없이 부족하다. 올해 대학 1학년을 마친 딸이 지금 들어간 학과보다 심리상담에 더 관심 있다는 말을 한 적 있다. 딸에게 휴학하거나 중도 포기하고 다시 공부하라고 선뜻 말하지 못했다. 그만큼 뒷바라지해 줄 능력이 안 되니, 이렇다 저렇다 말할 수가 없다. 물론 본인도 다시 처음부터 공부하고 싶지는 않다고 했다. 공부에 큰 뜻이 없으면 부동산 공부를 하거나 자격증을 따라고 말했다. 내 눈에는 아픈 딸이 혼자 자립할 수 있을지가 늘 걱정이다. 딸은 자기가 알아서 잘한다고 하지만 아직 세상 물정을 모른다는 생각에 마음이 쓰인다. 그래서 내가 더 잘 돼야 한다는 강박관념이 있다. 딸의 의지와 달리 아르바이트하면서 차별받고 상처받는 모습이 속상하다.

애들에게 재테크에 관심을 가지고 책을 읽으라고 자주 말한다. 젊을수록 재테크에 관심을 가졌으면 하는 바람이다. 불확실한 미래에 대한 인생 선배의 조언이라고 한번 해보라고 해도 말을 듣지 않는다. 요즘은 직장을 다니며 똑똑하게 공부하는 사람도 많다. 자기 계발, 인생 2막을 준비하는 사람이 늘어나고 있다. 퇴근 후 자기 계발 모임이나 강의를 듣고, 주말에는 취미와 여가 활동을 하면서 미래가치와 시간에 투자도 한다. 평생직장이라는 개념도 사라진 지 오래다. 지금도 늦다는 사람, 아직 괜찮다 하는 사람도 있다. 개인의 성향에 따라 미래에 대한 대비는 천차만별이다. 특히 40~50대는 부모도 부양해야 하고, 자기 삶도 준비해야 한다. 어깨가 무거운 세대가 바로 우리다. 언제까지 돈을 벌고 은퇴를 해야 할지 정하지도 못했다. 끼니를 걱정해야 할 만큼 안타까운 노년을 보내는 사람이 있는가 하면, 타인을 위해 헌신하고 봉사하며 의미 있는 노년을 보내는 이도 적지 않다. 이는 돈 문제라고만 볼 수는 없겠지만, '노후 준비'라는 측면에서 자기 계발이나 재테크를 신경 써야 하는 것은 분명하다.

그렇다면 은퇴 후 두 번째 삶을 위해 어떤 준비가 필요할까?

첫째, 제2의 삶을 위한 계획과 생활 자금이 절대적으로 필요하다. 퇴직 후에도 생활은 퇴직 전과 다르지 않다. 어제 하던 일을 안 하고 살 수 없다. 매일 먹고, 사람을 만나고, 일상을 어떻게 보낼 것인지 계획해야 한다. 그뿐만이 아니라 취미, 여행, 노년의 삶 등을 위한 추가적인 일도 생각해야 한다. 경제 활동은 필수적이다. 공식적인 일자리가 아니어도 자기 계발과 취미를 접목한 일을 할 수 있다. 즐기면서 소득까지 만들 수 있는 일을 찾는다면 금상첨화다. 마흔에 교육비, 생활비 지출이 가장 많아 저축하기 힘들기도 하지만, 나의 오십도 만만치 않다. 준비하지 않으면 안 된다. 저축이나, 투자, 연금 등은 미리 세팅해야 한다. 은퇴 후 퇴직금이나, 남은 돈을 가지고 어떻게 살아갈지 계획을 세우는 일도 중요하다. 투자하거나 사업을 할 때는 꼼꼼하게 따져야 하고 신중하게 선택해야 한다는 것을 잊어서는 안 된다.

둘째, 건강 관리도 꼭 해야만 한다. 몸이 아프면 의욕이 없고 삶의 질이 떨어진다. 자기 관리의 기본은 건강 관리이다. 몸이 건강해야 마음도 건강하다. 작년에 뇌동맥류 시술을 받고 난 후 혈압약과 뇌동맥류약을 먹고 있다. 엄마가 혈압, 당뇨, 심장질환이 있어 우리 형제들은 가족력을 늘 신경 쓰고 있다. 자기 몸을 돌보는 것이 가장 중요한 투자란 걸 이제 알았다. 아파보니 건강은 건강할 때 지켜야 한다는 것을 깨달았다. 한번 잃은 건강은 회복이 어렵기에 내 몸에서 보내는 이상 신호를 잘 알아야 한다. 몸이 보내는 소리를 잘 들으면 건강한 삶을 유지할 수 있다. 건강 관리가 풍요로운 노년의 핵심이 되었다. 내가 제일 못하는 것이 바로 건강 관리다. 요즘 몸도 자주 붓고 약 먹는 횟수도 많아졌다. 이렇게 살면 내가 원하는 삶을 살지 못하겠다는 생각에 자전거를 타기 시작했다. 출퇴근할 때만 타고 있지만, 근육량을 키워보자 결심했다.

이제, 은퇴 준비는 인생에서 중요한 일이 되었으며, 빠르면 빠를수록 좋다는 생각이다. 은퇴를 준비하면 좀 더 안정적이고 만족스러운 은퇴 생활을 즐길 수 있다. 행복하고 건강한 은퇴 생활을 위해서 지금이라도 잘 준비하자.

오십, 나에게 쓰는 첫 번째 편지

"Your time is limited, don't waste it living someone else's life."

"당신의 시간은 제한되어 있습니다. 남의 삶을 살면서 그것을 낭비하지 마십시오."

– Steve Jobs

내가 꿈꾸는 40대는 어느 정도 자리 잡힐 줄 알았다. 30대에는 아이 치료 때문에 병원 생활을 많이 했고 수술도 여러 번 했던 터라 돈을 모을 수 없었다. 마흔이 되면 같이 맞벌이하니까 나아지려니 했다. 아이들을 가르치는 일을 시작하면서 힘들었던 시간을 보상받는 것 같았다. 마흔 초반 일은 즐거움을 주는 수단이었다. 행복지수도 높아졌다. 마흔 중반이 넘어서는 즐거웠던 일이 점점 노동으로 변했다. 일에 치이어 사는 내 삶이 싫었지만, 맞벌이하면 금세 회복이 될 줄 알았다. 안 쓰고 줄이면서 적금도 넣었다. 돈이 모이는 것은 시간문제라 생각했다. 하지만 예기치 못한 어려움을 만났다. 30대에 겪었던 일도 컸기 때문에 더는 안 좋은 일이 없을 줄 알았다. 갑작스러운 남편의 죽음, 금융사고, 건강 문제, 3종 세트가 나에게 올지 전혀 상상하지 못했다. 40대 후반, 힘든 일이 한꺼번에 내게로 왔다. 한 가지도 감당하기 어려운데 나는 전부 이겨내야 했고 참아야 했다. 낯선 일들을 혼자 해결할 수 있을까 걱정과 불안이 쌓여만 갔다.

꿈꾸며 살고 싶었다. 내가 하고 싶은 일이 직업이면 좋겠다고 생각했다. 나는 그렇게 내 삶을 그려가고 있었다. 그런데 삶은 내 마음처럼, 내 계획대로 되지 않았다. 우울한 나의 40대 후반의 삶이 오십인 지금도 이어지고 있다. 경제적인 책임감, 불안한 미래와 현실 속에서 힘든 시기를 보내고 있다. 이런 절박한 상황에서 내 꿈을 찾으려는 행동이 어쩌면 무모한 도전일 수도 있다. 반드시 해야겠다는 생각이 들면 잠 못 들며 고민하다가 결국 실행에 옮긴다. 내가 대단하다는 말을 듣는 이유는 단 하나, 오십이어도 거침없이 도전하기 때문이다. 배우는 일이 참 좋다. 누구나 배우고 싶은 열망은 가지고 산다. 다양한 꿈을 꾸며 사는 사람, 꿈은 있으나 도전하지 못하고 고민하는 사람도 있다. 처한 환경 때문에 포기하는 사람, 그 환경을 딛고 다시 도전하는 사람, 많은 사람이 다양한 이유로 포기와 도전하는 삶을 살고 있다.

스피치 수업 마지막 날이었다. 과제로 내준 나에게 쓰는 편지 낭독 시간을 가졌다. 오십 평생 나에게 편지를 써 본 적 없었다. 어떤 위로의 말도 전하지 못했다. 편지를 쓰는데, 눈물이 계속 흘렀다. 수업 시간에 편지를 읽는데 첫 줄 '정이야'부터 목이 메었다. 무언가 나를 짓누르며 단단히 얹혀 있는 모양이다. 단단하다고 생각한 나는 눈물을 참지 못하고 울고 말았다. 쏟아내는 것도 훈련이 필요하다고 한다. 자꾸 쏟아내다 보면 덤덤해지고 무뎌진다고 한다. 마음껏 쏟아내지 못하고 참고 있었으니, 다 쏟아질 때까지 자주 울어보라고 말했다. 그래야 더 단단해진단다. 겉으로 강한 척하는 사람이 원래 마음에 더 큰 상처가 있다는 말은 나를 두고 하는 말 같았다. 나를 힘들게 한 것은 바로 나 자신이었다. 쏟아내는 글뿐 아니라, 나에게 편지를 자주 쓰라고 했다. 과제로 낸 편지글을 그대로 옮겨본다.

사랑하는 정이야!

너에게 편지를 오십 평생 처음 쓰는 걸까? 내 기억에 없는 걸 보니 처음 쓰는 것이 맞는 것 같다. 먼저 오십 년 동안 잘 살아줘서 고맙다. 힘든 과정도 잘 견디고 이겨내 줘서 고마워. 오십이 되니까 쉰 가지 감정이 든다고 했던 네가 조금씩 안정을 찾고 있어 마음이 참 좋다. 살면서 힘들지 않은 사람이 어디 있을까? 어려움이 때로는 너무 힘들어 삶을 놓아버리고 싶다는 사람도 있지만, 너는 그런 감정을 조절하면서 잘 살아왔다고 생각해. 그리고 잘 버텨줘서 고맙다.

오십이어서 너무 좋다는 너, 다시 40대로 돌아가고 싶지 않던 너를 볼 때마다, 너의 40대가 너를 단단하게 만든 것이 아닌가 싶다. 너를 이기는 습관을 만들며 애쓰고 노력했던 시간이 언젠가는 분명 빛을 볼 거야. 네가 살아가고 있는 지금, 이 삶을 후회 없이 살겠다고 마음먹은 순간부터 너는 더 빛나고 있는 거 알지? 네가 만나는 좋은 사람들과 함께 성장하고 있다는 것 알고 있지. 잘하고 있다고 생각해. 정이야, 지금처럼 하면 될 거야.

너는 잘하고 있어. 앞으로 너의 인생이 정말 빛날 거야.

나는 믿어. 어차피 쉰다섯까지 힘들 각오가 되어 있잖아. 그때까지 지금처럼 고민하고 더 성장할 거라 믿어. 지금이 가장 행복하다는 너를 보면, 현재에 충실한 네 삶이 항상 진심이라는 것을 나는 알아. 그래서 그 삶이 더 돋보이는 것 같아. 행복해지려고 노력하고 행복하다고 말하면서 긍정적인 생각을 하는 네가 참 좋다. 오십이어서 좋다는 말, 그 말은 언제나 지금 최선을 다한다는 말이잖아. 참 열심히 사는 네가 너무 멋지다고 생각해. 그리고 정말 행복했으면 좋겠어. 과거는 과거일 뿐, 앞으로 펼쳐질 너의 인생도 응원해. 행복해질 자격이 충분히 있고, 그 행복을 나눌 사람도 있으니, 네가 하고 싶은 것 마음껏 펼쳐봐. 너의 밝은 미래를 나는 언제나 응원한다. 인생 뭐 있어! 이제 즐기면서 살면 되는 거야! 사랑한다.

나에게 보내는 편지는 그동안의 나를 알아주고 위로하는 시간이 되었다. 나를 위한 위로와 응원의 메시지였다. 힘들었던 시간을 끊어내려고 노력했다. 언제까지나 힘들다고 하면서 살고 싶지는 않았다. 내 앞에 놓인 암담했던 현실을 벗어버리고 싶었으나 말처럼 쉽지는 않았다. 무모한 도전이면 어쩌지! 하는 여전한 불안함도 있었다. 변화하기 위해 도전해야만 했다. 이전의 나의 삶에서 벗어나는 길이라 생각했다. 변화하려고 마음먹었으니 일단 시작하게 되었다. 성공할지 실패할지 전혀 모르지만 일단 부딪혔다. 시작하기 전에 두려움은 누구에게나 있다. 막상 시작하면 아무것도 아닌데 할 수 있는 일도 미리 겁을 내곤 한다. 나도 처음에는 자신이 없었다. 결국, 나 자신을 믿기로 했다. 나를 가장 응원하고 지원해 주는 멋진 내가 되기로 했다. 나는 나의 행동과 신념을 믿고 부딪쳤다.

이제는 해보다 안 되면 방향을 틀거나 잠깐 쉬어갈까? 하는 여유도 부린다. '비발디 연구소' 이창현 강사는 유튜브가 유행이라 자신도 유튜브 강의를 시도했다고 한다. 하지만 구독자가 나오지 않아 고민을 많이 했단다. 세상 돌아가는 추세를 보니 '빠름'이라는 키워드가 떠올라 쇼츠나 틱톡으로 방향을 틀었더니 연일 조회 수가 늘었다고 했다. 해보고 안 되면 그때 접어도 된다. 안 되는 일에 목숨 걸 필요도 고집을 부릴 필요도 없다. 내가 간 길이 아니면 그때 방향을 바꾸면 된다. 조금 내려놓았더니 마음이 편해졌다. 나 혼자 모든 짐을 짊어지려고 했던 무거운 마음이 한결 가벼워졌다.

생각을 조금 비우니 내가 해야 할 일이 눈에 보였다. 해보지도 않고 평생 후회하느니 해보고 후회 안 하는 편이 훨씬 낫다. 변화를 시도한다는 것은 큰 용기가 필요하다. 일단 마음먹고 해본다면, 그 안에서 실패든 성공이든 값진 경험을 얻을 수 있다. 시행착오를 겪으며 스스로 성장할 수 있다. 장애물이 있다면 넘거나 치우면 된다. 혼자 안 되면 도움을 요청하고 될 때까지 하면 된다. 누구든 지금과 다른 미래에 대한 꿈을 꾸고 있는 것은 사실이다. 시작하는 시기는 다르지만, 지금이 중요하다. 현재를 잘 돌보는 사람이 미래를 계획할 수 있고 과거의 나도 치유할 수 있다. 꿈은 결핍이 있는 사람, 간절한 사람이 이룬다고 한다. 40대에 내가 갈망했던 부자의 삶을 위해 나는 오늘도 내 꿈을 위해 뛴다. 오랫동안 나를 괴롭혔던 결핍이야말로 가장 소중한 꿈의 목표가 되었고, 결핍을 풍요로 만들어야겠다고 마음먹었다.

어릴 적 꿈에 대한 회상

"Dream as if you'll live forever, live as if you'll die today."

"영원히 살 것처럼 꿈꾸고, 오늘 죽을 것처럼 살아라."

– James Dean

토끼와 발맞추는 산골이라는 말을 들어봤는가? 소설 속에 나오는 인적 드문 곳이 나의 고향이다. 버스는 하루 세 번 막차가 종점에서 자고 다음 날 새벽에 다시 운행했다. 초등학교 전교생은 입학할 때 열다섯 명, 졸업할 때 남자 넷, 여자 둘. 여섯이 전부였다. 선생님은 모두 학교 관사에서 생활했다. 워낙 시골이라 출퇴근이 어려웠기 때문이다. 두 학년을 합쳐 한 교실에서 수업했다. 우리는 졸업반이라고 따로 수업을 받았다. 나는 어릴 때 가수가 꿈이었다. 노래를 잘해서가 아니라 자라온 환경으로 가수가 되리라 생각했다. 엄마 아빠는 새벽부터 일하러 가고 나는 할머니 손에서 자랐다. 동생도 마찬가지다. 남동생만 셋인 나는 큰딸이라고 엄마가 집안일을 많이 시키셨다. 나는 엄마 아빠가 나가기가 무섭게 시킨 일은 하지 않고, 전축에 LP판을 틀어 놓고 가수 흉내를 냈다. 부엌 아궁이에 있는 고무래(아궁이에 타다 남은 재를 밀어내기 위해 만든 나무)를 들고 마이크라 생각하고 노래를 불렀다.

중학교 소풍은 학교 근처로 걸어서 가곤 했었다. 점심 도시락을 먹고 옹기종기 앉아 장기자랑 시간을 가졌다. 시키지도 않았는데 언제나 먼저 일어나 이선희, 정수라, 민해경 80년대 노래를 불렀다. 노래하면 생필품 세트를 선물로 받았다. 선물이 탐났던 것도 아닌데 참 유별났다. 자연스럽게 가수가 꿈이 되었고, 나에게 노래를 잘한다고 했기에 당연히 가수가 될 줄 알았다. 고등학교 학교 행사나 축제 때, 수업 시간에 아이들이 졸면 선생님은 언제나 나를 불렀다. 당시 나는 이선희 노래를 너무 좋아했고 잘 부른다고 생각했다. 이렇게 연예인 흉내를 내고 춤추는 것을 즐겼다. 진짜 연예인이 될 줄 알았다.

인생은 언제나 반전이 있어 재밌다. 가수가 꿈이던 내가 약간의 박치가 있다는 사실이다. 고등학교를 졸업하고 노래방에 처음 간 날, 얼마나 노래를 잘 부르고 싶었겠는가! 잘한다는 소리를 듣고 살았으니 우쭐했을 테다. 태어나 처음 보는 신기한 노래방기계 앞에서 신나게 노래 불렀던 친구들, 나도 한껏 뽐내서 한 곡 뽑으려 하는데, 같이 간 친구의 노래 솜씨가 보통이 아니다. 자신감이 뚝 떨어졌다. 반주에 맞춰 잘 불러보라는 말을 생전 처음 들었다. "조금 빨라, 느리게." 얼굴이 빨갛게 달아오르며 창피했다. 평생 반주라곤 맞춰본 일이 없었다. 지금은 수업하면서 성대 결절이 생겨 고음을 낼 수가 없는 상태가 되었다. 일곱 가구가 살았던 시골엔 어떤 학원도 없었다. 피아노라곤 학교 풍금을 보는 것이 전부였다. 지금은 어떤 노력도 하지 않고 가수가 되려고 했던 그때를 생각하면 절로 웃음이 나온다.

실업계 고등학교라 3학년 때 대부분 취업하고, 몇몇은 대학에 진학했다. 최고의 직업인 은행원이 되면 출세한다고 생각했다. 나는 새마을 금고에 입사했으며, 내근보다는 외근을 더 선호했다. 고객들과 소통하고 고객업무를 대신하는 일이 더 즐겁고 보람 있었다. 새마을 금고에 잘 다니고 있던 어느 날, 나는 연예인을 한다고 엄마를 졸랐다. 외삼촌이 레코드 음반 회사에 근무하며 무명 가수로 활동했는데 삼촌의 극심한 반대로 엄마도 같이 반대했다. 하지만 나는 자취 중이었으니, 회사를 그만둬도 알 수 없었다. 퇴직금과 예금을 들고 서울로 올라갔다. 큰아버지 집에 살던 나는 아침 일찍 나와 여의도에 있는 연기학원에 다녔다. 최진실, 김혜수, 최수종 등 유명한 연예인이 연기 수업을 받은 곳이다. 많은 배우가 엑스트라를 하면서 거쳤던 곳. 연기 연습을 하고, 드라마 엑스트라 보조 출연을 했다. 전문 사진작가와 프로필 촬영도 했다. 마땅한 옷이 없어 대충 입고 찍었는데도 그때는 날씬해서인지 아니면 카메라가 좋아서인지 그렇게 예뻐 보일 수가 없었다. 시골 촌년은 생전 처음 본 예쁜 사진에 푹 빠져 있었다. 카메라 구경하기가 어려웠던 시절이라, 예뻐 보이는 내 사진이 얼마나 갖고 싶었겠는가! 호시탐탐 그 사진을 빼낼 생각만 했었다.

연기 수업을 받으면서 졸업작품도 공연했다. 〈리투아니아〉라는 연극이었다. 나는 극 중 엄마 역할을 했다. 내용은 다음과 같다. 어릴 때 집을 나간 아들이 성공한 후 돌아와 투숙객으로 위장한 채 집에서 하루 묵었다. 아들이라 전혀 상상하지 못한 엄마는 돈이 많이 있어 보인다는 이유로 자기 아들을 죽인다. 아들이 죽기 전에 엄마라는 말을 하면서 아들인지 알게 되는 내용이다. 동기들 앞이라 해도 연기는 어려웠다. 그 〈리투아니아〉라는 작품으로 연기상을 받았다. 졸업생에게 주는 평범한 상일 수 있겠지만, 나에게는 그 상이 보물 같았다. 결혼하고도 한참을 가지고 있을 만큼 의미 있었다.

연기학원에서 SBS 드라마 〈모래시계〉, 〈박봉숙 변호사〉, KBS 드라마 〈갈채〉에 엑스트라로 출연했다. 배우 고현정이 방송 복귀하면서 〈모래시계〉가 재방영되었다. 우리 팀 선생님이 내가 출연한 방송을 캡처해 채팅방에 올렸다. 쥐구멍이라도 찾고 싶었다. 분명 말랐었는데 화면에 보이는 내 얼굴이 크게 나와서 창피했다. 연예인들은 얼굴도 작고 아담하고 몸도 말랐다. 나는 역할이 적은 엑스트라였지만 대구 촬영장까지 열정을 쏟으며 다녔다. 큰아버지가 딴따라는 절대 안 된다고 해서, 큰집을 나와 미아리 산 밑 허름한 집에 월세를 살았다. 자유로워지니 촬영장을 오고 가는 일이 쉬워졌다. 아침에는 여의도 연기학원, 연기 수업이 끝나면 낡은 건물이 있는 을지로 상가로 판소리를 배우러 다녔다. 겁이 많았지만 용감하게 혼자 잘 돌아다녔다. 배우는 모든 일이 재밌었다. 수업이 끝나면 미아리로 돌아와 아트박스에서 저녁 아르바이트했다. 그때도 지금도 참 열심히 살았다.

〈모래시계〉를 찍었을 때 생각이 난다. 배우 박상원과 함께 버스를 탔다. 버스 안에는 엑스트라, 연기자, 제작진도 함께 있었다. 얼마 배우지도 않은 〈판소리 사철가〉 중에서 '이 산 저 산 꽃이 피니 분명코 봄이로구나.' 한 대목을 불렀다. 박상원이 박자와 추임새를 넣어 주었다. 어디서 그런 용기가 나왔는지 내가 생각해도 나는 개성이 넘쳤다. 결혼 후 남편과 드라마를 볼 때 박상원과 잘해 볼 것인데, 라고 말했더니 남편은 박상원이 나를 쳐다보지 않는다고 말했었다. 유명한 배우와 함께 촬영했다는 일이 아직도 믿기지 않는다. 고현정, 이정재뿐만 아니라, 대학로에서 만났던 개그맨의 성공한 모습을 보면서 과거를 회상하곤 한다.

어릴 적 꿈이 가수였던 내가 보조출연도 하고, 대학로 연극 무대에도 섰다. 언제나 평범하지 않고 튀었다. 호랑이띠는 역마살이 많아 돌아다닐 팔자라는 말과 연예인 활동을 해야 잘 산다는 말을 들은 적이 있다. 그래서인지 어릴 적부터 꿈이 많았다. 그 열정, 그 모습 그대로 늙어간다. 온라인에서 시니어 배우 오디션 광고가 자주 눈에 띈다. 솔직히 내가 조금만 여유가 있었다면, 이미 오디션을 보러 다녔을지 모른다. 잊고 있던 배우가 다시 하고 싶어졌다. 4년 전 아들이 모델 학과에 합격하고 연기를 한다고 했을 때 나도 하고 싶다고 했다. 아들이 나에게 시니어 직장인 연극반에 들어가라고 했지만, 현실적으로 불가능했다. 시간적, 경제적 여유가 없어서 생각뿐이다. 건강하게 늙는다면 나의 노년은 하고 싶은 일로 상당히 바쁜 삶이 예상된다. 이렇게 꿈꾸던 소녀는 아줌마에서 할머니로 꿈과 함께 나이 들어간다. 꿈꾸는 사람은 늙지 않는다는 말을 믿으며, 나는 오늘도 꿈을 꾸며 살아간다.

모두가 꿈꾸는 인생을 살아가면 좋겠다. 이미 지나온 과거지만 하고 싶은 일을 했다는 과정과 결과가 중요하다. 내가 해 온 일에 대한 후회는 없었으나, 끝까지 하지 못한 아쉬움과 미련은 늘 마음속에 남아 있다. 하고 싶은 것을 한다는 것은 인생을 더 의미 있게 만든다. 내 삶에서 가장 가치 있는 일을 한다는 것처럼 강력한 동기부여는 없다. 자신의 꿈을 위하여 어떤 일이든 해보길 바란다.

6

누가 나를 막을쏘냐

"Courage is being scared to death… and saddling up anyway."

"용기란 죽을 만큼 두려워도 일단 한 번 해보는 것이다."

– John Wayne

누가 나를 막을쏘냐? '누막쏘'라는 별명을 SNS에서 보자마자 나도 마찬가지라고 생각했다. 친구들은 어릴 적 내가 좀 유별났다고 말한다. 이제는 글을 쓴다고 하더니 진짜 책까지 내냐며 나에게 대단하다고 한다. "너는 뭔가 할 줄 알았어."라는 이야기도 덧붙인다. 원래 내 성격대로 자연스럽게 늙어가고 있다. 반대로 주변 친구들은 나서기를 싫어한다. 나의 어린 시절은 언제나 특별났다. 원래부터 덤벙거리고 털털한 성격이며 왈가닥이었다. 선머슴 같다는 이야기도 많이 들었고 여성스러움과는 거리가 멀었다. 하지만 이런 내 성격이 언제나 좋다고 말해왔다. 감추려고 해도 감춰지지 않고 내숭 떨지 않는 성격이다. 얌전해지려고 노력해도 얼마 못 간다. 태생부터 그렇게 자라왔다. 시골 촌구석은 나의 놀이터요 생활 터전 전부였다.

남동생이 셋인 우리 집에서 나는 남자가 하는 일을 똑같이 했다. 봄이면 망태를 메고 고사리를 꺾으러 산에 가고, 경칩 무렵이면 개구리알을 채집하는 아빠를 따라다녔다. 시원한 냇가에서 첨벙거리며 놀던 일, 가재, 다슬기 잡던 그 시절을 잊을 수 없다. 차가운 시냇물은 생각만으로도 온몸이 시원해진다. 여름 장마철이면, 수심이 얕은 시냇물은 길 위로 넘쳤다. 물이 넘치면서 미꾸라지가 신작로(길)까지 올라와 팔딱팔딱 튀어올랐다. 마치 뜨거운 프라이팬에서 튀는 것 같았다. 동생들과 서로 많이 잡으려고 밀고 넘어지고 웃고 떠들던 기억이 난다. 그렇게 하지 않아도 쉽게 잡을 수 있는데, 그때는 왜 그런 사소한 것에 목숨을 걸었는지 모른다. 미끈거리는 미꾸라지를 손으로 쥐면 어느새 손가락 사이로 빠져나갔다. 미꾸라지가 도망가면 바짝 약이 올라, 옷이 젖는지 모르게 기어이 미꾸라지를 잡고야 말았다. 미꾸라지 소동이 한바탕 끝내면, 바짓가랑이가 다 젖어버린다. 엄마가 집에 오기 전에 얼른 옷을 갈아입고 흔적을 없애버려야 했다. 그래야 선머슴처럼 옷을 다 적셨다고 혼나지 않았다.

모내기 철이면 마을 사람이 돌아가며 품앗이한다. 모내기 줄을 양쪽 끝에서 길게 잡고 모내기 줄 앞에 나란히 서서 각자 자기 위치에서 모를 심었다. 이런 풍경은 이제 학교 교과서에나 나올 것이다. 나는 그런 시골에서 자랐다. 이앙기(모심는 기계)가 들어오기 전이라 모든 걸 직접 했었다. 논바닥에 발이 빠지면 발을 빼려고 하다 균형 잡지 못해서 넘어졌다. 에라 모르겠다며, 논바닥에 온몸을 내던진다. 미끈한 논바닥은 미끄럼틀 같았다. 논두렁에 개구리라도 나오면 잡으려고 슬라이딩하며 온몸으로 진흙 마사지했다. 부지런한 부모님 덕분에 어릴 때 안 해본 일 없이 자랐다. 땔감을 하려고 갈퀴 들고 산에 가야 했고, 마을 어귀 동네 빨래터에 빨래하러 다녔다. 새참으로 국수도 삶았고, 직접 농사일도 거들었다. 그때는 그 일들이 왜 그렇게 싫었는지 모른다. 어린 나이엔 유독 나에게 일을 많이 시킨다고 생각했다. 시골에서 자라 그만큼 일하지 않은 사람이 없는데 말이다. 그런 옛날이 지금은 아주 그립다. 먹는 모든 음식을 다 사 먹어야 하는 요즘엔, 자그마한 텃밭이 있으면 좋겠다는 바람이다.

고등학교 생물 시간이었다. 실습용 개구리가 필요했다. 반 아이들은 기겁했고 조별로 어떻게 잡아야 하나 걱정만 하고 있었는데, 나는 전혀 걱정하지 않았다. 시골에서 늘 해왔던 일이라 오히려 흥분되었다. 학교 근처에서 자취했는데, 주변이 전부 미나리꽝이었다. 실습용 개구리를 잡기 위해 아이들과 논두렁을 따라 걸었다. 뱀이 나올 수 있다는 생각도 잊은 채, 개구리만 찾았다. 크고 작은 개구리 몇 마리를 잡아서 다른 조에 개구리를 나눠주는 아량까지 베풀었다. 미끄럽고 차가운 개구리를 지금 잡으라고 하면 못 잡을 것 같다. 어릴 때 개구리 뒷다리를 타고 남은 장작불 위에 올려 구워 먹었는데, 그 맛은 치킨 맛과 비슷했다. 그때는 얼마나 맛있었는지 동생들과 서로 먹으려고 했다. 개구리 사건으로 교무실 선생님 사이에 유명 인사가 되었고, 선생님은 여자가 엄청나게 큰 개구리를 잡았다고 놀리셨다. 중·고등학교 전교생 중에 나를 모르는 사람이 별로 없었다. 나랑 같은 반이 아니었던 친구들도 나를 모르면 간첩이라고 할 정도였다. 특별한 나의 과거 행동을 말하면 얼굴은 빨개지고 창피하다. 그러나 예나 지금이나 변한 건 나이만 들었다는 사실이다. 천성은 쉽게 변하지 않는다. 새침하게 말 없는 조용한 성격보다 활발하고 당당한 내가 좋다.

매년 가을이면, 친구들 생각이 난다. 그중에서도 중학교 친구들이 더 그립다. 시골 학교라 누가 시키지 않았는데 나는 향우회 회장을 맡았다. 1990년도 중3, 12월이면 우리는 고등학교 연합고사를 봐야 했다. 전주에서 시험을 보는데, 교통편이 좋지 않아 시험 전날 관광버스를 타고 단체로 이동을 해야만 했다. 매년 학교에서 하는 연례행사다. 전주로 나오는 백여 명의 아이들은 선생님 인솔하에 여관에서 잠을 잤다. 언제나 선배들이 후배를 응원하러 찾아온다. 전날 여관으로 선배, 가족들이 응원차 방문하는 일이 전통이 되었다. 나도 향우회 회장을 하면서 몇 년 동안 후배들을 응원하러 갔다. 귤, 과자, 떡, 엿, 간식을 사서 긴장하는 후배들을 격려했다. 아무도 하지 않은 일을 스스로 찾아서 했다. 생색내지 않아도 친구들이 먼저 나를 챙겨주고 고맙다는 인사를 해준다.

나의 중학교는 완주군에 있는 화산중학교다. 시골에 아담하게 자리 잡고 있으며, 운동장은 천연 잔디가 심겨 있다. 사립학교라 선생님들이 학교에 부임하면 오랫동안 근무를 하신다. 나의 중학교 첫 담임이면서 영어를 가르치신 선생님을 잊을 수가 없다. 1학년, 3학년 2년 동안 담임을 맡으셨고 내가 영어를 좋아하게 만들어준 분이었다. 태어나 처음 배우는 영어였지만, 영어 본문 외우기는 무조건 내가 1등을 해야만 했다. 개미와 베짱이를 제일 먼저 외워 친구들 앞에서 발표했다. 마지막 줄을 다 외우지도 않았는데 첫 번째로 하고 싶었다. 영어는 나에게 신세계였고 영어를 잘하는 선생님은 그냥 존경의 대상이었다. 글씨가 엉망이라고 혼난 일, 떠들다 매 맞은 일, 목소리가 커서 떠들지 않아도 떠든 사람이라고 칠판에 적혔던 일, 중학교 때 일을 적자면 끝이 없다. 떠든 사람으로 오해받는 일이 지금도 억울하지만, 그 시절 생각만으로 입꼬리가 저절로 올라간다.

2014년도에 남원에 수업할 교사가 부족해서 전주에서 남원까지 수업하러 다녔다. 밤늦게 수업을 마치고 돌아오는 길이면 언제나 중학교 선생님과 친구들이 생각났다. 그 당시 네이버 밴드에 동창 찾기가 유행이었다. 처음에는 한두 명 찾으려고 시작했으나, 나중엔 백 명을 넘게 찾는 기적을 만들었다. 지금은 자립형 중학교로 전국에서 공부 잘하는 아이들이 오는 유명한 학교가 되었다. 사실 나는 초등학교가 우리 여섯 명 졸업을 끝으로 폐교되었고, 중학교는 자율형 사립 중학교로, 고등학교는 여상에서 인문계로 바뀌어 학교에 대해 아쉬움이 늘 있다. 특히 중학교 친구들의 모임은 순수하게 고향 친구들로 뭉쳐서 그런지 더 애틋하다. 우리는 만날 때마다 나이가 오십이라는 것도 잊고, 떠들던 열넷으로 돌아간다. 얼굴은 중학교 때 모습 그대로인데 몸은 중년의 아줌마 아저씨다. 친구들은 모일 때마다 모임을 만들어줘서 고맙다고 한다. 나도 기뻐하는 친구들 때문에 덩달아 기분이 좋아진다. 그러나 꼭 좋은 일만 있지는 않았다. 첫 모임을 하고 몇 달 후 터진 세월호 사건은 평생 잊을 수 없다. 수많은 희생자를 냈던 그 현장에 친구의 딸도 있었다. 수학여행을 간다고 기분 좋게 나갔는데 끝내 돌아오지 못했다. 가슴 아픈 일로 전국에서 친구들이 한달음에 모였다. 자식을 키우는 부모로서 다 같이 슬퍼하며 친구를 위로했다. 이렇게 시작한 모임은 이제는 장례식장, 결혼식장에서도 계속 이어진다.

누군가는 해야 할 일을 내가 했을 뿐이다. 급한 사람이 우물을 찾는다고 했다. 내가 필요해서 한 일이며, 누가 하라고 해서 되는 일이 아니다. 자신이 해야 할 일은 망설이지 않았으면 좋겠다. 예로, 좋아하는 사람이 있을 때, 고백하고 후회할 것인가, 고백하지 못하고 후회할 것인가. 결국 둘 다 후회한다. 그러나 후회만 하는 것은 미련하다. 고민하며 자신을 괴롭히는 것보다 말하고 후회하는 쪽이 더 나을 수 있다. 필요하다면 먼저 움직여야 한다. 기다린다고 원하는 일이 저절로 해결되지 않는다. 직접 찾고 뛰어야 한다. 다른 사람과 내가 조금 다른 건 먼저 시도한 행동뿐이다. 어떤 일이든 원하면 일단 해보자. 하다 보면 답이 보인다.

내 인생의 뱃사공은 바로 나

우리는 살면서 어떤 중요한 결정을 스스로 하지 못할 때가 있다. 내가 정말 몰라서 결정하지 못하는 때도 있고, 확신이 없어 못 하기도 한다. 누가 도움을 주었으면 좋겠고, 내 옆에 나보다 더 잘 아는 사람이 있었으면 좋겠다 싶다. 보통은 가족이나 친구에게 많이 물어본다. 격려와 응원을 하기도 하고 안 된다고 반대하기도 한다. 어떤 결정을 할 때 자신감과 확신 있게 결단을 내리긴 쉽지 않다. '내 삶의 주인은 나'라는 말은 결정에 대한 책임이 모두 나에게 있다는 뜻이다. 내 삶을 통제할 수 있는 것은 결론적으로 나 자신이다. 어떤 환경이나 상황에서 나의 선택과 행동으로 나은 결과를 만들어 낼 수 있는 중요한 사항이다.

나는 큰아이 작은아이 둘을 임신했을 때 임신 5주부터 유산기로 병원 신세를 졌다. 큰아이는 3개월, 작은 아이는 7개월 동안 종합병원 산부인과 분만대기실과 산부인과 병동에 있었다. 둘이 합쳐 열 달 동안 고위험군 산모들과 시끄러운 분만대기실에서 누워만 있었다. 배 속에 아이를 키우는 데 집중했다. 자궁이 약해 임신 초부터 호르몬 치료를 했다. 자궁이 약간 기형인 쌍각자궁이라 유산, 조산 위험이 크다고 했다. 둘째는 임신 13주 전에 조산을 예방하기 위해 자궁 입구를 묶어주는 수술을 했으나 겨우 한 달 집에 있다가 다시 입원했다. 그때부터 출산 때까지 병원에서 지냈다. 보통 40주가 정상인데 나는 그것도 못 채우고 첫째는 34주, 둘째는 31주에 출산했다.

병원에 입원해 있는 동안 씻는 일, 화장실 출입은 절대로 안 되었고, 식사와 모든 생활은 누워서만 해야 했다. 온종일 병원 천장만 보고 누워 생활해야 한다는 생각에 우울하고, 하루 이틀 시간이 지날수록 허리도 끊어질 듯 아팠다. 병원 침대 끝에 다리를 올리고 지냈다. 큰애는 22주, 임신 6개월 자궁이 3cm 열려 있는 상태로 구급차에 실려 출산 때까지 병원에 쭉 있었다. 잘못하면 650g밖에 안 된 아이를 낳을 수가 있어 산부인과 선생님과 나, 극도로 불안하고 예민해 있었다. 화장실도 못 가고 간병인을 쓰거나 엄마가 왔다 갔다 했다. 식구마다 고생이 이만저만 아니었다. 둘째 때는 겨우 화장실 출입만 허락되었다. 그 외는 무조건 움직이면 안 되었다. 내게 조산 위험 빼고는 다른 특별한 이상이 없어서 다행이었다. 언제든지 출산해도 될 정도로 배 속에 있는 아이 몸무게를 늘리는 일에만 집중했다. 폐 성숙 주사와 약으로 온 정성을 쏟았다. 다행히 큰아이는 2,680g 인큐베이터에 들어가지 않고 자가 호흡도 잘했다. 둘째는 1,780g 자가 호흡을 할 수 없어 인공호흡기를 달았다. 둘째가 태어날 당시 성별도 알지 못하고 급하게 인큐베이터에 실려 신생아 중환자실로 이송되었다. 태어나 한 달이 넘도록 딸을 안아보지도 못하고 호흡기에 의존하며 숨을 헐떡이는 딸의 모습을 중환자실 창문 너머로만 봐야 했다.

둘째가 장애 진단을 받은 후에 월요일에서 토요일까지 치료를 받았다. 병원에서는 재활치료를 하면 좋아진다고 했다. 신생아 집중치료실에 있는 동안 별의별 검사를 다 했었다. 언어장애가 90% 이상 생길 수 있다고 했다. 뇌출혈로 인한 백질연화증과 왼쪽 편마비 진단을 받았을 때는 앞이 캄캄했다. 어떻게 살아야 할까 암담했다. 일단 치료할 방법만 생각했다. 복지관, 병원, 대형병원, 사설 기관까지 예약하고, 산후조리는 뒷전에 아이 치료 방법만 찾았다. 서울 대형병원, 전국에 치료할 수 있는 병원은 모조리 검색했다. 너무 어려서 치료하기 힘들다는 이야기는 나를 극도로 예민하게 만들었고, 예약 대기라도 해달라고 사정하고 부탁하는 일이 나의 일과였다. 뇌성마비 환우 카페에 가입해서 재활치료 다니는 엄마들 이야기에 집중했다. 하루라도 일찍 치료를 시작하라고 했다. 도와 달라고 내 상황을 말하지 않았다면, 내 아이의 귀중한 치료 시간을 놓쳤을 것이다. 생각만으로 아찔하다.

생후 2개월부터 재활치료를 일찍 시작했기에 걷는 것이 조금 어색해도 잘 걸어서 얼마나 감사한지 모른다. 빠른 선택이 아이의 삶을 더 힘들게 하지 않아서 천만다행이었다. 마음에 상처를 치유하기 위해 심리치료도 병행했는데, 잘한 선택이었다. 일곱 살 때 다리 수술을 하면서 다니기 시작했던 세브란스 소아 정형외과, 재활의학과를 작년에 졸업했다.

인생은 언제나 선택과 결정의 연속이다. 치료 시기를 결정하는 것도 수술을 결정하는 것도 모두 나의 선택이다. 전문가의 조언은 참고사항이다. 모든 삶의 결정은 내가 해야 한다. 아이들 치료를 일찍 시작하고 수술을 결정하고 재활치료를 시작했던 모든 순간이 얼마나 빠르게 결정하느냐에 따라 달라졌다. 치료 시기를 놓쳐 몇 년 후에 시작했다면 지금과 같은 결과는 분명 얻지 못했을 것이다. 아직도 절뚝거리는 걸음걸이를 보면 가슴이 미어지지만, 그래도 이만하니 정말 다행이라 생각하며 살고 있다. 병원에서 언어장애가 있을 수 있다는 그 말을 듣고, 엄마라고 첫 말을 할 때 얼마나 감사하고 행복했던지 지금 생각해도 잊을 수가 없다.

살면서 스스로 결정할 경우가 얼마나 많을까. 나는 어렸을 때부터 성인이 될 때까지 부모님이 하지 말라는 것은 하지 않았다. 직업을 선택할 때도 어른들 영향을 많이 받았다. 하지만 성인이 되면서 모든 결정은 나 스스로 했다. 조언이나 의견은 구하긴 했지만, 결정은 언제나 내가 했다. 좋아하는 것, 하고 싶은 것을 찾았다. 나를 돌아보기 시작하면서 성장하는 것 같다. 주체적인 삶을 살기 위해 끊임없이 고민하고 생각하게 된다. 3년 전 회사를 그만둔 것, 부동산 투자를 한 결정 모두 나의 선택이다.

내 마음대로 내 인생을 선택했으면서 아이들은 내가 정한 길로 가길 바랐다. 먼저 살아봤기에 안전한 길을 제시한다. 사실, 오십인 나도 내 삶에 대해 아직 확실한 방향을 잡지 못했는데 아이들 미래를 내 맘대로 하려고 하니 양쪽이 시끄러울 수밖에 없다. 아직도 아이들만큼은 안정적인 삶을 살았으면 하는 바람이 크다. 자라온 환경에 의해서 삶이 영향을 받는다. 내가 자유롭게 살았으니, 아이들도 자유로워지고 싶은 것은 당연한 결과이다. 삶의 주인으로 살아가기 위해 무엇을 해야 할까? 내가 누구인지, 진정 원하는 삶이 무엇인지 정확히 알아야 한다. 행복한 삶을 위한 주인이 내가 되어야 한다.

어떤 방법으로 자신의 삶을 찾으면 좋을까?

첫째, 끊임없이 생각하고 고민하고 적어라. 버킷리스트, 하고 싶은 것, 뭐든 기록하자. 하루 반짝 즉흥적인 것 말고 내가 해보고 싶은 것을 조목조목 적어보자.

둘째, 어떤 일이 오랫동안 행복하게 해줄 수 있을까. 원하는 것을 찾고 나의 소득이 되는지 고민한다. 즐기면서 살 수만 없다. 은퇴 후에 삶이 아니라면 지금은 열심히 일하고 꿈을 키워야 할 때다.

셋째, 적은 것들의 공통점을 찾아본다. 돈도 벌고 행복도 추구할 수 있는 것이면 좋다. 물론 아직, 젊다면 하나씩 해 보길 추천한다. 하면서 버릴 것은 버리고 성장할 것은 꾸준히 키우면 된다.

인생은 물 위에 떠 있는 배와 같다. 풍랑을 맞을지 잔잔한 파도와 함께 나아갈지 아무도 예측할 수 없다. 분명한 것은 어떤 상황에서든 배의 방향을 정하는 것은 내가 결정한다는 사실이다. 내가 노를 어떻게 어디로 젓는가에 따라 인생이라는 배의 방향이 정해진다. 방황하면서 두렵기도 하다. 때론 막막할 때도 있다. 무엇이 옳은지 알 수 없어 혼란에 빠지기도 한다. 그렇다고 망망대해에 가만히 멈춰 있을 수만은 없다. 더 나은 방향을 찾기 위해 끊임없이 고민하고 연구하며 사색한다. 힘들고 어려울 때도 많겠지만, 제대로 된 방향을 찾는 과정에서 배우고 성장하는 것 아니겠는가. 파도에 굴복하지 않고, 파도를 타며 누릴 수 있는 인생, 우리가 가야 할 길이다. 내 인생의 뱃사공은 바로 나다.

제2장

혼자서 꿈을 꾼다

만약에

만약에 그 사람이 내 손을 잡을 수 있다면
꼭 안아줬을 텐데
만약에 그 사람이 내 눈에 보인다면
환하게 웃어줬을 텐데

만약에 그 사람이 내 말을 들을 수 있다면
고생했다고 말해줬을 텐데
만약에 우리 아빠가 내 옆에 있다면
사랑한다고 말해줬을 텐데

만약에 우리 아빠가 내 옆에 있다면
행복했을 텐데
만약에 우리 아빠가 내 옆에 있다면
좋았을 텐데

그랬을 텐데

– 딸이 아빠에게 보내는 편지, 본문 중에서

1

남편과의 쓸쓸한 마지막 이별

"The family is one of nature's masterpieces."

"가족은 자연의 걸작 중 하나이다."

– George Santayana

2017년 10월 13일 남편의 장례식을 치렀다. 20년 동안 남편과 함께한 결혼생활이 끝이 났다. 아무런 준비도 없이 보내야 했다. 앞으로 어떻게 살아야 하는지 걱정보다 남편을 외롭게 보낸 일이 미안했다. 그렇게 일찍 갈 줄 알았으면 좀 더 잘해줄 걸 생각했다. 남편이 아이들과 아무런 인사도 없이 갑자기 떠나서 더 슬펐다. 내가 출근하지 말고 병원을 데리고 갔다면, 내 마음이 덜 아팠을지 모른다. 끝까지 설득하지 못한 후회만 남았다. 솔직히 큰 병이면 어쩌지라는 두려움도 있었다. 남편이 전날 아들과 치킨 먹으며 콜라 가지고 티격태격한 일, 딸에게 파스를 붙여달라고 했던 일, 나에겐 꿀물 한 잔 달라고 했던 말이 마지막 작별 인사가 되었다. 남은 우리 세 사람에게 아빠와의 마지막 모습은 오랜 상처로 남았다. 예고 없는 이별은 생각하지 못했다. 집에 도착해서 장례 준비해야 하는데 정신을 차릴 수 없었다. 한쪽 구석에 갖고 싶다던 스마트폰만 꺼져 있었다. 휴대전화라도 켜져 있어야 어디든 연락할 수 있었을 것이다. 전화를 켤 시간도 없었던 것은 아니었나 생각이 들었다.

　남편이 죽기 며칠 전부터 병원 가자고 말했지만 듣지 않아 포기했다. 이미 삶을 놓아버린 사람처럼 멍하니 있었다. 광대뼈가 튀어나올 정도로 삐쩍 마른 모습에 쌍꺼풀 진한 커다란 눈만 깜빡이고 있었다. 돌아가신 시아버지 모습이 남편 얼굴에서 비쳤다. 불길한 예감이 들었지만, 별일 있겠어! 생각하고 출근했다. 아침에 일은 까마득하게 잊고 정신없이 일하고 있었다. 다급한 엄마의 전화를 받고 한 시간 이상을 달려서 왔다. 운전하고 오는 내내 별의별 생각이 들었다. 믿기지 않았다. 갑작스러운 죽음은 전혀 생각하지 못했다. 힘든 순간에, 나와 아이들을 찾았을 거란 생각에 눈물이 계속 흘렀다. 나를 많이 의지했던 사람이 내 무관심과 차가운 말에 상처받았을지 모른다. 이리 뛰고 저리 뛰고 정신없는데 매일 술을 마시니 좋은 말이 나가지 않았다. 최근 일상의 모든 기억이 떠올랐다.

　부검 없이 검안사가 내린 사인은 심장마비였다. 장례식장에서 한없이 울었다. 눈물을 멈출 수 없었다. 그날 아침에 기억은 상처로, 그 상처는 원망이 되었다. 병원이라면 질색하는 남편이다. 가장으로서 건강하게 살 의지가 없어 보였다. 언제부턴가 둘이 연애할 때 함께 마시던 술이 쳐다보기 싫어졌다. 남편은 술을 잘 마시지도, 이기지도 못하면서 늘 마셨다. 처음에는 기분 좋게 마시던 술이 횟수가 늘면서 그 모습이 싫어졌고, 몇 년 살다 보니 잔소리와 짜증도 자연스럽게 늘었다. 술 마시는 것만 봐도 화가 났다. 뚜렷한 병이 있었다면 치료할 텐데, 술 때문에 일찍 떠났다는 생각에, 모든 원망을 남편과 술로 돌렸다.

　장례식을 치르고 조용히 소리 없이 지냈다. 아무도 살지 않는 집 같았다. 회사 출근하기 전 며칠 동안 남편에게 화냈던 시간을 되돌아봤다. 내가 잘못해서 그런 것만 같아 마음이 불편했다. 군산으로 출퇴근하는 나는 아침 일찍 나갔다가 밤늦게 집에 들어왔다. 일에 치여 가족에게 소홀했다. 엄마가 아이들을 가르친다고 자랑스러워하던 딸아이의 불만이 점점 커졌다. 중학교 2학년 딸과 고등학교 2학년 아들, 가장 예민한 시기였다. 지금 생각하면 아이들에게 미안하다. 가장 예민할 때 곁에 있어 주지 못했다. 집에서 스트레스받는 것보다 일하면서 당당한 엄마 모습이 나을 것이라 착각했다. 나는 당당한 엄마가 아니라 일과 피곤함에 찌들어 오는 엄마였다. 집에 들어오면 어질러진 집을 보며 히스테리를 부리는 엄마였다. 아이들 먹고 싶은 것을 잘 사주는 것만으로 내 소임을 다한다고 착각했다. 직장에서의 스트레스를 고스란히 집에 전달했다. 한참 예민한 아이들에게 따뜻한 말 한마디 건네지 않았다. 그러니 남편에게는 오죽했을까.

　『콘텐츠 크리에이티브』 김애란 작가는 매일 직장에서 집으로 출근했다고 표현했다. 현관문 앞에서 하루의 감정을 다 털고 웃는 얼굴로 집에 들

어선다고 한다. 옷 갈아입기 전 아이들을 안아주고 종알거리는 이야기에
귀 기울였다고 한다. 밥보다 중요한 것이 정서라고 말했다. 그 말은 내가
진짜 나쁜 엄마였음을 알려주었다. 한 대 얻어맞은 듯했다. 아무리 바빠
도 아이들과 정서를 나누는 일을 최우선으로 생각해야 하는데, 나는 퇴
근하면 힘들다, 짜증 난다는 말부터 꺼냈다. 심지어, 집에 와서도 회사
일을 하느라 아이들 얘기는 듣지 못했다. 계속 울리는 전화와 처리해야
할 일이 쌓여 있었다. 어느 날 아들이 집으로 일 가지고 오지 말라고 했
다. 얼마나 관심을 주지 않았으면 그렇게 얘기했을까 싶다. 아차 했다.
아이들에게 너무 미안한 마음이 들었다.

　나는 정서적인 부분을 만져주는 것은 고사하고, 아이들과 남편에게 잔
소리만 했다. 잔소리는 화를 더 돋우고 술만 마시게 할 뿐이다. 타이르고
달래볼 걸 그랬다. 왜 몰랐을까. 말이 안 통하는 사람도 아니었는데 그런
생각조차 하지 못했다. 눈에 보이는 행동이 그냥 싫었다. 즐겁게 살고 싶
었는데, 점점 삶에 찌들고 힘들어지기만 했다. 나만 고생하는 것 같아 억
울하다는 생각도 들었다. 직장에서도 직책을 맡으니 책임감도 컸다. 이
른 출근, 늦은 퇴근. 주말도 없었다. 회사에 행사가 있으면 병원 앞이나
마트에서 행사를 진행했다. 학습지 시장이 줄어드니 영업을 통해 성과를
낼 수밖에 없었다. 판촉 행사가 많아지면서는 주말에 아이들과 거의 보
내질 못했다. 교사 때는 일이 즐겁기만 했는데 팀장 때는 아니었다. 자기
목소리 내며 똑 부러지게 일하는 사람이 많지만 나는 멍청하게 일만 했

다. 회사에선 인정받고 집에서는 정반대였다. 애들도 계속 그만두라고 했다. 엄마가 일 때문에 힘들어 집에서 아프다는 소리만 했으니 싫었을 것이다. 말하는 나도 내가 싫었다.

친정 아빠가 고등학교 졸업하고 얼마 안 돼 돌아가셨다. 결혼식 날 큰아버지 손을 잡고 신부 입장했을 때, 아빠 생각이 많이 났다. 딸 하나라고 나를 무척 예뻐해 준 아빠였는데, 우리 애들은 또 얼마나 예뻐하셨을까! 예전이나 지금이나 아픈 아빠라도 있었으면 좋겠다는 생각이 들 때가 있다. 아빠가 있는 것과 없는 것은 상처의 크기부터가 다르다. 최근에 아들이 얘기할 사람이 없다고 했다. 아빠랑 할 얘기가 있는데, 얘길 들어줄 사람이 없다고 했다. 애써 덤덤한 척했지만, 마음이 아팠다. 남편은 술을 좋아하면서 아이들도 좋아했다. 특히 표현도 잘 못하는 사람이 사춘기 딸이 좋아하지 않는 걸 알면서도 '딸랑구~'라고 부르며 장난을 쳤다. 그 사람이 할 수 있는 최고의 애교 섞인 목소리다. 아들은 잔정은 없지만 그래도 남자로서 아빠랑 통하는 부분이 있었다. 애들과 부딪칠 때면, 남편을 떠나 아빠라는 존재가 아이들 곁에 없어 힘들 때가 많다. 혼자서라도 둘을 잘 키우고 싶은데 마음처럼 안 돼 속상하고 힘들다. 옆에 있다고 챙겨주거나 자상하지 않아도 그냥 있었으면 하는 생각이 든다. 나에게는 미운 남편이었지만, 아이들에게 나쁜 아빠는 아니었다.

모두 내 탓 같았다. 남편의 부재는 나를 죄인처럼 만들었다. 당당했던 내가 의기소침해졌다. 남편은 사업을 하면서 술을 더 자주 마셨다. 주사도 없던 사람이 자면서 소리를 지르기 시작했다. 본인은 그 행동을 전혀 알지 못한다. 아이들과 내가 깜짝 놀란다. 스트레스를 풀지 못해 생긴 것이다.

술 마신다고 해결되지 않는데, 술에 의존하다 결국 몸만 망가진다. 힘들면 힘들다 속상하면 속상하다고 얘기해야 한다. 같이 사는 사람도 상대방의 마음을 다 알지 못한다. 이야기하면서 풀어야 한다. 모든 일은 자기가 어떻게 풀어감에 따라 달라진다. 마음에 담는다고 해결되지 않는다. 자신만의 스트레스 해소 방법을 만들어 보자. 나처럼 산에 올라가거나 글로 스트레스를 푸는 방법도 좋다. 운동이나 여행도 괜찮고, 아니면 실컷 울거나 웃거나 하는 방법도 괜찮다. 나를 위해 숨 쉴 구멍 하나쯤 만들어 놓고 살아도 좋다.

상처로 남아버린 아빠의 부재

"Family is not an important thing. It's everything."

"가족은 중요한 것이 아니다. 그것은 모든 것이다."

– Michael J. Fox

당당했던 애들이 시댁이든 어디서든 어깨가 축 처지고 말수도 줄었다. 아빠 없는 게 애들 잘못은 아닌데 애들도 나도 덩달아 작아진다. 모두에게 상처로 남아 속상하다. 아들 녀석은 하고 싶은 말도 하고 속에 있는 이야기도 한다. 하지만 딸은 아니다. 어려서부터 오랫동안 병원 치료를 다녀서 그런지 속마음을 내비치지 않는다. 처음에는 남편 닮아 그러려니 생각했다. 조용하고 표현을 잘 못 하는 남편 성격이 마음에 들지 않아, 첫째 태교할 때 아빠 성격 닮지 말라고 배에다 계속 얘기했었다. 둘째는 조산 위험이 있어 신경 쓰지 못했다. 그래서 첫째는 나를 닮고 둘째는 남편 닮았다고 생각했다.

딸아이 중학교 때 일이다. 담임 선생님과 할 이야기가 있어 전화를 드렸다. 정현이는 속이 깊어, 학교에서도 아이들하고 잘 지내고 선생님 일을 너무 잘 도와준다고 하셨다. 부탁하지도 않는데 먼저 와서 마음 써 주는데 고맙고 예쁘다고 하셨다. 딸이 학교에서는 잘 적응하고 있어서 안심이다. 도통 말이 없어 학교생활이 궁금했던 참이었다. 이야기 끝에 선생님은 교내 행사 때 딸이 아빠와 관련된 시를 썼다고 했다. 속이 깊고 아빠를 많이 생각하는 줄 몰랐는데 시를 보고 선생님 마음이 아프셨다고 하신다.

"정현이 시 쓴 거 보셨죠?" 처음 듣는 이야기다. 전화를 끊고 딸 방에 들어갔다. 책장 맨 꼭대기에 뒤 짚여 있는 액자 하나. 그 액자를 꺼내 보는 순간 눈물이 왈칵 쏟아졌다. 도통 말이 없는 딸이 힘들었겠다는 생각에 한참을 울었다. 전혀 내색 안 하던 아이가 속마음을 고스란히 시로 담아 썼다.

만약에

만약에 그 사람이 내 손을 잡을 수 있다면
꼭 안아줬을 텐데
만약에 그 사람이 내 눈에 보인다면
환하게 웃어줬을 텐데

만약에 그 사람이 내 말을 들을 수 있다면
고생했다고 말해줬을 텐데
만약에 우리 아빠가 내 옆에 있다면

사랑한다고 말해줬을 텐데

만약에 우리 아빠가 내 옆에 있다면
행복했을 텐데
만약에 우리 아빠가 내 옆에 있다면
좋았을 텐데
그랬을 텐데

아빠를 그렇게 그리워하는지 전혀 모르고 있었다. 내가 일에 미쳐 엄마 노릇 못했을 때도 남편은 언제나 딸과 함께 있었다. 어릴 때 매일 치료 받으러 다닐 때 빼고는 남편이 나 대신 같이 있었다. 국수를 삶아 먹고 텔레비전을 보면서 늘 함께했다. 아프면 병원을 데려가거나 하진 않았어도 늘 아이들과 함께 자상한 모습으로 있었다. 애들이 해달라는 것은 다 해주고 싶어 했다. 능력 없는 아빠 소리 듣기 싫어서 일도 열심히 했다. 그런 아빠가 나중에는 일에 집중하지 못하고 우울하게 넋 놓고 앉아 있는 모습은 아이들에게도 상처가 되었다. 아빠가 자꾸 낯설다고 이야기했다. 아이들의 상처가 깊어진 만큼 다른 것으로 회복되어야 하는데 잘 안되었다. 설사 상처는 치유가 된다고 하지만, 아빠의 부재는 영원히 해결될 수 없다. 저녁 6시면 늘 함께 있어 줬던 아빠. 회식이 있어도 일찍 들어오려고 노력했고, 귀찮다는 사춘기 아이들을 살살 건들며 놀리던 사람이다. 아이들 반응은 아랑곳하지 않고 술기운에 농담을 던져 싸늘한 아이들 반응을 즐겼던 사람이었다. 그런 사람을 나는 방관했다.

  7년이라는 시간이 흘러 이렇게 글을 쓰면서 모든 일이 나 때문이라는 생각이 든다. 아이들 상처를 치료할 방법도 몰랐다. 경제적으로 살만하면 조금 나을 텐데 다시 힘들어졌다. 남편이 있었으면 나아졌을까. 똑같은 상황이었겠지만 어쩌면 내가 달라졌을지 모른다. 책을 통해서 내 마음을 다스린다. 유튜브에서, 부부 소통전문가 이야기를 들을 때가 있다. 말과 행동을 바꾸면 달라진다고 한다. 온전히 아니어도 둘 다 상대방을 배려하고 이해했더라면 어느 정도 바뀌지 않았을까 싶다. 반쪽짜리 결혼 생활은 우리 모두에게 쓰라린 아픔이 되었다. 아이들과 내가 서로 말 없는 이유는 꺼내고 싶지 않은 상처가 있기 때문이다. 다시는 후회할 일을 하지 않겠다고 다짐했다. 하지만 애들은 이미 커버리고 어릴 때처럼 행복하게 지내지도 못한다. 만약에 남편이 살아있다면….
  이런 말은 이제 아무 소용이 없다. 그런 만약은 결코 일어날 수 없으니까….

  살면서 다시는 만날 수 없는 아빠의 존재, 어린 시절의 딸과 아빠의 추억에서 멈춰버렸다. 더 많은 추억을 만들지도 못하고 아빠를 일찍 잃었다는 상처가 남아 있다. 긴 시간은 아니었지만, 좋은 아빠만 기억했으면 좋겠다. 둘이 함께 웃으며 행복했던 순간만 기억하길 바란다. 남편의 빈자리를 내가 대신 채워줄 수 있다고 장담했지만, 쉽지 않았다. 남편 몫까지 열심히 살면서 더 신경 쓰고 잘해주고 싶었다. 힘들지만 그런 날을 꿈꾸며 살아가고 있다. 남편이 죽고 난 후에 아이들과 어딜 제대로 가질 못했다. 남편 있을 때는 장거리 여행은 아니지만, 가까운 곳에 텐트 치고 아이들과 며칠씩 놀곤 했다. 셋이 된 이후에는 서로 바쁘게 살다 보니 여수, 변산 바닷가 여행이 전부였다. 아빠 역할까지 잘해 보겠다며, 여행도 1년에 한 번씩 간다고 약속했는데 지키지 못했다.

셋이 가장 많이 웃었던 적이 언제였을까! 남편이 죽고 1년 후에 갔던 여수 여행이 떠올랐다. 우리는 12월 추운 밤바다에서 미친 듯이 웃었다. 가슴에 쌓아 놓은 것이 많아 그럴까. 셋은 연신 웃고 또 웃었다. 차가운 겨울바람도 웃는 우리 기분을 얼리지 못했다. 서로 어떤 이야기를 주고받거나 꺼내지 않았지만 담아 놓았던 것을 그냥 쏟아내고 있었다. 내가 그랬으니, 아이들도 그랬을 것이다. 이것이 진짜 행복이구나 생각했다. 우리는 매년 여행을 가기로 한 약속은 지키지 못하고 있다. 잘 웃던 우리는 일상으로 복귀하면서 예전처럼 웃음이 사라졌다. 다시 웃음을 찾아주고 싶다. 환하게 크게 웃는 날이 많아졌으면 좋겠다. 아빠 때문에 나 때문에 웃는 날이 줄어든 것 같아, 늘 가슴속에 미안함이 가득하다.

소중한 것을 잃고 다시는 후회하는 일은 만들지 않겠다고 다짐했다. 아이들과 엄마 모두 내 곁에 있을 시간도 별로 없다는 것을 분명 안다. 마음은 그렇지 않은데 표현도 챙기는 일도 쉽지 않다. 가족이니까 더 많이 신경 써야 하는데 좋은 말보다 짜증스러운 걱정이 먼저다. 분명 걱정과 관심의 말인데 들으면 기분이 언짢다. 소중한 사람이 옆에 있을 때 표현하고 잘 지내야 하는데 쉽지가 않다. 함께 하는 시간을 더 만들어야겠다고 생각했다. 대학에 들어간 딸이 첫 방학을 맞아 집에 있는 시간이 많아졌다. 한 끼라도 더 챙겨주려고 했고, 말이라도 따뜻하게 하려고 노력했다. 아이들을 보면서 늘 반성한다. 엄마의 과한 친절을 낯설어한다. 미안하다, 사랑한다는 표현도 자주 해야 익숙해진다. 언제나 마음 아픈 나의 소중한 아이들이다. 잘하고 싶어도 잘 못 해주는 내가 그저 미안하기만 하다. 때늦은 후회는 소용이 없다. 마음 아픈 일은 다시는 만들지 말자고 생각했다. 남은 시간을 함께 많이 웃고 행복한 시간을 만들어 가야겠다고 다짐하게 되었다.

사춘기 아들 vs 오춘기 엄마

"In family life, love is the oil that eases friction,
the cement that binds closer together, and the music that brings harmony."
"가정생활에서 사랑은 마찰을 완화하는 오일,
더 밀접하게 결합하는 시멘트, 그리고 조화를 가져오는 음악이다."
- Friedrich Nietzsche

아침부터 눈물이 자꾸 흘렀다. 아들과 다퉜다. 스물넷, 아직도 어디로 튈지 모르는 혈기 왕성한 아들이다. 중학교 때부터 시작한 사춘기는 끝날 줄 모르는 듯 끝이 없다.

"엄마는 하고 싶은 거 다 하고 살잖아!"
"후회 없는 삶을 살겠다고 책도 쓰고, 하고 싶은 수업도 다 받고."
"우리는 돈 때문에 힘든데."

아들이 내가 작년에 전자책을 낸 것을 비웃는 것 같았다. 분명 그런 의도가 아니었지만, 나에게는 빈정거리는 말투로 들렸고 기분도 썩 좋지 않았다. 돈도 안 되는 책 낸다고 오랫동안 컴퓨터 앞에 있는 내 모습이 보기 싫어 뱉은 말이다. 허리 디스크가 터져 매일 아프다고 했으니 그럴

만도 하다. 화가 나면 무슨 말인 듯 못할까 싶지만, 나도 모르게 울컥했다. 혼자 둘 뒷바라지하며 아침저녁으로 가게에 들러 정리하고, 오전에 어린이집 수업, 저녁에 학원 아르바이트까지 바쁘게 사는 내가 아이들 눈에는 별로 힘들어 보이지 않았나 보다. 육체노동도 힘들지만, 정신노동이 더 힘들다는 것을 모른다. 나 좋자고 편한 일만 찾아서 한다고 생각한다.

대학에 다니는 딸도 챙겨야 하는데 혼자 버는 요즘, 삶의 무게가 느껴진다. 직장을 그만둔 후에는 수강료 외에는 돈을 안 쓰려고 노력한다. 돈이 부족한 것도 있지만, 밥값이나 커피값이 아깝다는 생각이다. 물론 커피를 좋아하지도 않는다. 밥을 먹으니 차를 꼭 마셔야겠다는 것도 없다. 하지만 아이들은 밥 먹고 커피 마시는 일이 일상이다. 집밥보다는 식당밥이 더 맛있고, 혼자 챙겨 먹자니 귀찮았을 것이다. 택시도 너무 쉽게 생각한다. 택시비가 올라서 비싸다면서도 급하면 택시를 자주 탄다. 학교 다닐 때는 버스 타고 잘 다니던 애들이 크면서 늦게 들어오는 시간이 많으니 택시 타는 일이 잦아졌다. 언제나 아이들은 용돈이 부족하고 나는 돈이 부족하다. 서로 만족하지 못하니 돈 때문에 다투는 일이 자주 일어난다.

"엄마는 혼자 벌고 다른 집은 둘이 벌잖아. 혼자 벌어 너희 둘 챙겨야 하니까 힘들지, 엄마도 돈 쉽게 버는 것 아니거든."

"올해는 정말 돈을 아껴야 한다고 했고, 지난달부터 대출이자 나가니까 도와주라고 했잖아."

　서로 말이 좋게 나가지 않는다. 아이들에게 이해를 바라고 하는 말은 아니지만, 그래도 현실을 알아야 할 것 같아 말했는데 오히려 역효과다. 특히 아들은 엄마가 다 좋아서 한 일 아니냐고 따진다. 틀린 말이 아니지만, 그럴 때 눈물이 저절로 흘러내린다. 누구 때문에 이렇게 아등바등 살면서 애쓰고 있는데 진짜 속이 상한다. 마음 아프고 우울하다. 이제는 둘이 벌고 혼자 벌고 그런 얘기해 봤자, 서로 감정만 상하니 조용히 혼자 삭힌다. 물론 애들도 얼마나 놀고 싶겠는가! 아르바이트도 하고 일도 하고 싶은데 뭔가 제대로 안 되니 화내는 일이 당연하다. 의지할 곳이라곤 나밖에 없으니 말이다. 사실 둘째는 아르바이트하려고 노력한다. 식당이나 음식점에서 일을 시작하고 며칠 지나면, 사장은 내일부터 그만 나와도 된다고 한다. 그런 일을 몇 번 겪더니 위축되고 자존감도, 자신감도 없어졌다. 어릴 때부터 왼쪽 몸이 불편했는데, 이제는 커서 괜찮은 줄 알았다. 설거지, 서빙 등 손이 느리니 답답했을 것이다. 몇 번의 실패를 경험하니 아르바이트에 대한 트라우마가 생겼다.

　"또 그만두라고 하면 어떻게 해?" 이런 말을 하는 딸에게 아르바이트를 강요할 수도 없다. 내가 힘들다고 애들도 같이 힘들 필요는 없다. 솔직히 아들도 억울할 수 있다. 아빠 대신이라는 어른들의 말에 책임감과 부담이 컸을 것이다. 대학교에 합격했어도, 학비 때문에 미리 포기해 버렸다. 대학에 대한 미련이 없냐고 물어보면, 늘 다녀도 별것 없다면서 말을 피한다. 그 부분이 참 미안하다. 이일 저일 마음대로 안 되니 아들 속은 얼마나 답답하고 속상할까 싶다. 예전에 맞벌이할 때는 풍족하게는 아니어도 아이들이 원하는 것이 있으면 거의 들어주곤 했다. 물론 비싼 걸 요구하진 않았다. 애들 아빠가 죽고 3년이 될 때, 몸도 마음도 힘들어 직장도 그만두었다. 돈이 없다면서 아파트, 부동산 투자를 하고 있으니, 돈이 있는데 자기들 힘들게 했다고 생각할 수 있다. 그 돈은 남편이 죽고 남은 얼마 안 되는 돈이었다.

  일부 잃고 남은 돈을 지켜내려고 여기저기 투자를 했다. 아이들은 그 사실을 모른다. 남은 돈으로 재산을 늘리고 싶었다. 지금 힘든 일쯤이야 훗날을 위해 참으면 되는 줄 알았다. 아이들이 이해할 줄 알았다. 그런데, 부동산 경기가 안 좋고 돈이 회수가 안 되었다. 팔지 못한 분양권으로 아파트와 지식산업센터 건물을 갖게 되었다. 앞이 깜깜했었는데, 어떻게든 하나씩 해결이 되었다. 몇 달 공실로 가지고 있던 건물에 어렵게 임차인을 구하긴 했다. 대출금리가 높아 월세를 받아도 손해지만 지금으로선 모두 감당할 수밖에 없다. 경제적 자유까지는 아니지만, 아이들과 잘살아 보려는 분명한 목표 때문에 버티고 있다. 월급만으론 안 돼 공부하는데, 그걸 이해 못 한다. 내가 컴퓨터 앞에 앉아 글 쓰는 일을 못마땅하게 생각한다. 내가 일하지 않는 것으로 보이나 보다. 잠을 줄여가며 새벽 자투리 시간에 글을 쓴다. 허리디스크가 터져 오랜 시간 작업을 하지도 못한다. 한참 앉았다 잠시 멈추고, 그대로 누워 허리를 펴가면서 글을 쓴다. 앉았다 일어날 때도 허리를 꼿꼿이 바로 세우지 못한다. 그런 모습을 많이 봤기에 아들은 내가 하는 행동을 싫어했다. 남편이 죽고 얼마 안 돼 내가 불쌍해 보였던지, 내가 좋아하는 일, 만나고 싶은 친구들 만나라 했었다. 엄마 인생 즐기면서 살라고 하더니 지금은 자꾸 시비를 건다.

요즘 이렇게 서로 충돌할 때, 투자한 돈이 어떻게 나왔는지 왜 내가 이렇게 하는지 말해야 할 때가 온 것 같다. 이런 사실을 알지 못하는 아이들은 나를 오해하고 있다. 언제 말해야 할지, 말해도 이해할까 싶기도 하고, 오히려 오해만 더 커질까 봐 겁이 난다. 때를 기다리고 있는데 어쩜 끝까지 말 못 하다가 이 책이 나오면 그때 알 수도 있겠다. 같이 부동산 공부를 하자고 해도 꿈쩍도 안 한다. 내가 있는 부동산 커뮤니티에는 재테크나 투자에 관심을 가진 젊은이도 꽤 있어 늘 부럽고 좋아 보인다. 우리 아이들도 같이 공부하길 바라는데, 그건 어디까지나 내 욕심이다. 내가 없을 때 아이들 스스로 자립할 수 있을까. 내가 성공해 유산을 많이 남겨주려는 것이 아니다. 재테크에 관심 가지며 돈을 지킬 힘을 키워내길 바란다. 스스로 성공과 실패를 경험하며 성장하기를 원한다. 애들을 위한 발판을 만들어주고 싶은데, 지금은 정신적, 육체적으로 힘들다. 친구처럼 아들과 얘기하고 싶지만 생각의 차이가 너무 달라 감정만 상한다. 결국, 아직은 때가 아니라고 생각한다. 아이들과 싸우고 감정 소비하는 것이 귀찮고 싫다. 같이 화내서 얻는 소득이 전혀 없다. 서로 상처 주는 말로 마음만 다칠 뿐이다.

　결국, 내가 늦게 시작한 투자가 문제였다. 만신창이 몸으로 다른 일을 할 수 없었다. 마땅한 자격도 없이 수업하고 교사나 고객 관리만 했던 내가 할 수 있는 일이 별로 없었다. 선택의 여지가 없었다. 부동산 공부로 성공까지는 아니어도 형편이 나아지리라 생각했다. 퇴사할 때 마흔일곱, 늦었지만 그때부터 투자 공부를 시작했다. 힘든 과정도 있었지만, 끝까지 해야만 했다. 평생 할 일이라 생각하고 마음먹었기에 포기하거나 물러설 수 없었다. 부동산은 돈과 연결되니 더 힘들었다. 아이들이 내 맘을 알아줬으면 좋겠다. 잘 견디고 이겨내 행복하게 살고 싶다. 시간이 오래 걸리지 않기를 바랄 뿐이다. 특히 엄마와 함께 보낼 시간이 많지 않다는 생각에 늘 불안하다. 더 늦기 전에 빨리 자리 잡아야 하는데 조급함이 생긴다. 후회 없이 행복하게 사는 것이 참 어렵다. 사소한 것 하나에도 행복할 수 있는데, 조급함과 욕심에서 시작된 투자가 희망과 행복 둘 다 잡을 수 있기를 소망한다.

오춘기, 갱년기, 나도 처음이라

"This too shall pass."

"이것도 지나갈 것이다."

– Persian Proverb

깊은 한숨을 쉬는데 자꾸 눈물이 난다. 요즘 김창옥 교수와 법륜 스님의 영상을 들으며 마음을 달랜다. 때로는 큰 위로가 되면서 과거를 생각하며 후회도 한다. 이해시키려고 하지 말고 그냥 상대방을 이해하면 된다는데 잘 안된다. 아침부터 아들과 서로 옳다 아니다, 이해하니 못하니, 한바탕 시끄러웠다. 아들은 문을 쾅 닫고 나가버렸다. 나도 옷을 주섬주섬 입고 운전대를 잡았다. 차를 타자 내가 왜 이리 고생해야 하나 설움이 복받쳤다. 시간을 되돌릴 수 있으면 좋겠다. 남편이 있었다면 조금 덜 힘들었을까! 갑자기 죽은 남편과 친구가 생각났다. 순간 죽은 사람이 부러웠다. 아차 싶었다. 나도 모르게 나쁜 생각이 떠올랐다. 어제의 좋은 감정이 하루아침에 무너졌다. 오십이라 편하고 좋다고 생각한 지 하루도 지나지 않았는데, 한없이 서글프고 우울했다. 하루 사이에 천당과 지옥을 오간 듯 감정 기복이 들쑥날쑥했다. 우울증이 이렇게 생길 수 있겠구나 싶었으며, 처음으로 우울증이 무섭다고 느껴진 날이었다. 이러다 죽을 수 있겠다 싶었다.

잘살아 보자고 했던 사람, 아이들이 중·고등학교 가장 예민한 시기에 떠나버린 남편. 남편이 죽고 몇 년이 지난 어느 날, 친구도 우리 곁을 떠났다. 오랜 시간 친척에게 배신당한 충격에 스스로 생을 마감했다. 함께 떠들던 친구가 자주 생각이 난다. 봄 꽃향기가 가득한 햇볕 따스한 아침이다. 남편이 있는 봉안당으로 가는 길목에 벚꽃잎이 바람에 날린다. 꽃이 한창 피어있는 봄이 왔음을 알까! 가는 길목에 벚꽃 나무는 커다란 아치를 만들었다. 아무런 준비도 없이 찾아간 나를 반겨 줄까? 자주 오지 않은 나를 미워할 수 있겠다. 기껏해야 남편 기일과 명절에나 겨우 왔었다. 아들은 자주 아빠를 찾아가지만, 나 혼자는 처음이라 오늘은 웬일인가 하겠다. 남편 봉안당 앞에 털썩 앉았다. 납골함 번호를 보며 한참을 울었다. 햇살 때문에 미간은 찌푸려지고 오가는 사람의 인기척 소리도 신경 쓰지 않았다. 거기 있으니 좋냐고 행복하냐고 물었지만, 아무런 대답이 없다. 길가에 개나리는 긴 줄기를 늘여놓고, 노란 꽃을 피워 향기를 뿜어내는 걸 알까 싶다. 어릴 적 싸리꽃이라 불렀던 하얀 나무에도 꽃이 피었다. 온 들녘에 봄이 왔는데, 죽은 사람은 알기나 할까.

남편에게 들렀다가 조금 떨어진 곳에 있는 친구를 찾았다. 시골길을 따라 올라가다 양지바른 곳에 작은 묘비가 보인다. 바쁘다는 핑계로 장례 후에 오지 못했다. 개나리, 진달래, 이름 모를 풀꽃을 꺾어 묘비 앞에 놓아주며 미안함을 대신했다. 함께 수다 떨고 웃고 지냈던 시간을 떠올렸다. 그립다. 남편과 아들을 남겨놓고 떠난 친구가 야속했다. 그렇게 쉽게 떠날 줄 알았다면, 더 자주 만날 걸 후회가 된다. 남편과 사이도 좋고 애교도 많았던 친구였는데 황망하게 가버리니 충격이 컸다. 다른 친구랑 셋이 자주 만났는데 그럴 수 없어 마음이 아프다. 모든 면에서 나보다 풍족한 친구였고, 사는 게 부러운 친구였다. 어떻게 떠날 수 있냐고 욕이라고 퍼붓고 싶은데 소용이 없다. 인적 없는 묘 앞에서 한참을 울었다. 큰 길 옆이지만, 주변은 온통 무덤뿐이다. 겁 많은 나였어도 무서움 따윈 없었다. 한참을 울다 자주 온다고 약속하고 일어섰다. 점점 멀어지는 친구를 한 번 더 돌아보았다. 시부모 간호하느라 고생 많았던 그녀의 말이 떠올랐다. 며느리가 혼자가 아닌데 시댁 일은 자기가 다 한다고 가끔 힘들다고 푸념을 했었다. 그런 친구가 지금은 시부모님 바로 밑에 묻혀 있다. 친구 남편의 효심과 배려로 내 친구는 시부모님과 늘 함께 있게 되었다. 웃어야 할지 울어야 할지 씁쓸한 미소가 생겼다.

친구를 만나고 나오다 들꽃 한 주먹 꺾어 남편에게 다시 갔다. 활짝 핀 꽃향기를 맡아 보라고 말이다. 벌써 7년이라는 시간이 흘렀다. 둘째가 올해 대학에 들어갔는데 그렇게 재밌어하지 않는다 했다. 말 없고 내성적인 딸이 갈수록 조용한 것이 늘 걱정이다. 궁금해서 물으면 짜증만 낸다. 내가 조금 살갑게 다가가려고 해도 늘 차갑다. 차라리 하고 싶은 말을 쏟아붓고 뒤끝 없는 아들이 낫다. 아이들 이야기를 남편에게 한참이나 했다. 정적이 흐르는 봉안당이지만 가끔 사람이 왔다 갔다 한다. 아무도 들리지 않게 속으로 힘들다 했다. 어떤 말을 해도 대답이 없는 야속한 남편이다. 일어나 인사하고 발길을 돌렸다.

유치원 수업하러 가야만 했다. 눈은 퉁퉁 부었는데, 웃으면서 아이들과 춤추고 노래해야 한다니, 핑계를 대고 하루 빠지고 싶었다. 마음을 고쳐먹고 힘들게 일어서 유치원으로 향했다. 심호흡 한번 들이쉬고 아무 일 없듯 아이들과 즐겁게 수업을 마쳤다. 돌아오는 길에 기분은 조금 풀렸지만, 아들 얼굴은 보고 싶지 않았다. 할 말도 없어 서로 말없이 며칠을 보냈다. 말 많던 내가 말 하지 않고 사는 것도 나쁘지 않았다. 잔소리 듣지 않아도 되니 아들도 편할지 모른다. 요즘 나는 이유 없이 말하기 싫고 자주 울컥하고 삐진다. 오십이라 쉰 가지 감정이 드는 걸까? 말도 안되는 상상을 해본다. 작년 6월에 크게 아프고 난 후에는 후회 없이 살려고 마음먹었다. 모든 일이 즐겁고, 감사하며 행복하다고 생각했다. 그런데 오십이 되면서 무엇이 문제인지 감정 조절이 안 된다. 오십은 나도 처음이라 이 감정이 어색하고 낯설다. 사춘기도 없이 지나온 나였는데 오십에 감정은 나를 의기소침하고 우울하게 한다. 가족에게서 오는 상처라 더 크고 더 깊다. 수수께끼 같은 오십을 잘 풀고 싶다. 영원히 끝나지 않는 사춘기 아이들과 함께 말이다. 나도 두 번째 사춘기를 겪고 있는지 모른다. 어릴 때 착한 아이가 지금은 까칠한 사춘기를 겪고 있는가 보다.

하루에도 열두 번 마음이 바뀐다. 복잡한 문제들과 맞닥뜨리면 불안하고 초조하다. 아이들과 마음이 불편한 상태로 토라져 말도 안 하는 철딱서니 없는 엄마가 된다. 불편하고 어색하고 힘든 시간을 굳이 만들 필요가 없어 혼자 조용히 지냈다. 감정이 쌓이다 보니 말 한마디에 눈물이 왈칵 쏟아진다. 마음뿐만 아니다. 몸도 어떻게 할지 모르겠다. 어제 거뜬했던 몸이 갑자기 처지고 힘들다. 졸음이 쏟아지는 시간에는 죽었다 깨도 눈을 감아야 했다. 잠을 자는 것도 아니다. 아무것도 못 한다. 몸과 마음을 내 맘대로 할 수 없는 것이 우울하고 당황스러웠다. 남들 갱년기라 힘들다고 하지만 나에게 갱년기는 없을 줄 알았다. 그런데 이런 감정과 신체 변화가 갱년기라고 생각하니 감정 조절이 정말 중요함을 깨닫게 되었다.

우울증을 앓고 있는 사람을 이해 못 했던 나였다. 우울증으로 힘들었던 엄마를 떠올렸다. 그때는 어려 심각한 마음의 병인지 몰랐다. 어쩜 남편도 '나 지금 우울해 위로가 필요해.'라고 신호를 보냈는지 모른다. 나만 몰랐을 수 있다. 엄마는 우울증 약을 먹고 정신과 상담도 오래 받았다. 남편도 우울증 같다며 말이라도 따뜻하게 해주라고 얘기하셨다. 늘 짜증 많던 나는 인정하지 않았으며, 우울할 시간이 없는데 무슨 우울 타령이냐고 했다. 힘들고 지키고 진짜 위로받은 사람은 나라고 투덜거렸다. 정말 위로받을 남편은 없고, 그 자리에 내가 있게 되었다. 이런 감정이 생길 거라 상상하진 못했다. 예상하지 못한 감정으로 당황스럽기만 하다.

갱년기라 우울해서 위로받고 싶은 마음은 없다. 언제나 꿋꿋이 버티며 이겨냈고 자신 있게 살아왔다. 하지만, 지금은 의기소침하고 모든 것이 자신이 없으며 힘이 빠진다. 겉으로 강한 척할 뿐이다. 강한 것도 한순간에 무너질 수 있다. 강한 척하지 않아도 괜찮다고 나를 위로해 본다. 우울하다고 생각하자 끝없이 우울감이 밀려오고 서럽기도 하다. 우울한 틈을 주지 말자고 다짐했다. 새벽에 일어나 책을 읽고 블로그 글 한 편 쓰고, 수업을 들었다. 남은 시간에는 마음을 다스리는 영상을 보며 다른 생각할 틈을 주지 않았다. 며칠 바쁘게 살다 보니 우울한 감정이 회복되었다. 새벽에 일어나 뒷산 평지를 걷고 시원한 바람을 맞으니 마음이 안정된다. 산에 오르니 세상 걱정이 없는 것 같다. 나 자신을 치유하는 방법을 자연에서 찾았다. 산에 오르고 내릴 때 힘들고, 즐겁기도 한 것처럼 삶에도 분명 굴곡이 있다. 그걸 잘 헤쳐 나가는 것이 나의 남은 숙제다. 자연에서 삶의 지혜를 얻는 것이 참 좋다. 이런 것이 갱년기인지 아닌지 정확히는 모르지만, 나의 갱년기도 사춘기처럼 물 흐르듯 지나가리라 생각한다.

오십, 가슴 뛰는 삶의 시작

춤추는 인생 2막, 나의 40대

"Age is an issue of mind over matter. If you don't mind, it doesn't matter."

"나이는 마음의 문제다. 당신이 신경 쓰지 않는다면, 그것은 문제가 되지 않는다."

– Mark Twain

30대 초반에는 직업을 다시 갖는다는 것은 전혀 생각지 못했다. 둘째 병원 치료에 집중하고 있었다. 1,780g 너무 작게 태어난 아이를 어떻게 든 정상적인 생활을 할 수 있게 하는 것이 내 인생 목표였다. 두 아이 모두 팔삭둥이였지만, 첫째는 건강했다. 둘째는 생후 2개월! 정확한 시기는 기억나지 않지만 2kg 남짓한 아이를 데리고 일주일 내내 재활을 위해 병원 치료를 다녔다. 장애인 복지관까지 하루에 오전 오후 두 번씩 치료를 받았다. 주말에는 미술, 음악 심리치료도 병행했다. 포대기로 업고 버스를 타고 열심히 다녔다. 아이는 점점 크고 허리는 끊어질 듯 아팠지만 다른 생각할 틈이 없었다. 무조건 빨리 시작해야만 했다. 복지관, 대학병원 교수님을 졸라서 대기자 명단에 올려달라고 했다. 처음에는 너무 작아 안는 것도 조심스러웠다. 하루가 급하다고 판단이 들어, 퇴원하자 마자 병원을 전전했다. 젖도 잘 빨지도 못하는 아이를 안고 다니면서 눈물 바람도 많이 했었다. 병원에 오랫동안 입원해 있으면서 산부인과, 소아청소년과, 재활학과 과장님이 고생했다고 빨리 도와주신 덕분에 일찍 치료할 수 있었다. 치료는 주 2회 물리, 작업치료였다. 아이가 너무 작아 근육을 풀어주는 것으로 시작했다.

치료를 시작한 딸이 여덟 살이 되었다. 병원에서 초등학교 입학하면 치료를 줄여도 좋다고 이야기를 들었다. 언어인지는 정상이니 학교생활 잘할 수 있게 해주라 했다. 그 말이 7년 동안 치료를 다녔던 시간에 대한 보상 같았다. 딸아이는 백질연화증 뇌 병변 2급 장애 진단을 받았다. 왼쪽 편마비로 다리를 절뚝거리거나 걸으면 발목이 돌아간다. 왼쪽 손가락은 잘 펴지 못하고 특히 엄지손가락은 더 잘 안 펴졌다. 어릴 때 〈반짝반짝 작은 별〉 노래에 맞춰 손을 돌리곤 하는데, 딸은 왼손 팔목을 돌리지 못했다. 아직도 피아노 치거나 키보드를 두드릴 때 스트레스를 받는다. 컴퓨터 자격시험을 볼 때도 손이 자유롭지 않다며 밤새 연습하고 시험을 본다. 자기는 왜 아프게 태어났냐고 물어볼 때가 있다. 자기 마음대로 안될 때, 짜증 나고 힘들다고 말하기도 한다. 할 말이 없다. 내 탓인 것 같아 늘 미안하지만, 어떤 위로도 딸의 힘들고 불편함을 대신할 수는 없다. 이만큼도 기적이라 생각하며 감사하면서 살 뿐이다. 치료 시기가 얼마나 중요한지를 매번 느끼며 살아간다.

두 살 때 발급받은 장애인증 사진은 아직도 해맑다. 천진하게 웃고 있는 장애인증을 볼 때마다 마음이 아프다. 남들은 잘 모르지만, 내 눈에 유독 더 절뚝거리는 걸음걸이가 아직도 신경 쓰인다. 딸 혼자 무서운 수술을 견뎠던 시간도 많았다. 다섯 살쯤, 큰아이가 놀던 자석 구슬을 삼켰다. 처음에는 삼켰는지 몰랐다. 아이의 불안한 표정을 보고 병원 응급실로 갔다. 엑스레이를 찍었는데 자석이 위에 있어 얼마나 놀랐는지 모른다. 자칫 위에 구멍이 생길 수 있어 위험했다. 급하게 내시경을 하고 피를 토했던 모습도 떠올랐다. 일곱 살 땐 소아 정형외과에서 왼쪽 발목 아치 수술도 했다. 고질적인 중이염 때문에 귀에 튜브를 꽂는 수술도 해야만 했다. 수술과 입원 등 힘든 순간을 잘 버텨준 딸이 나를 울컥하게 만든다.

학교에 들어가서도 치료는 계속되었다. 정형외과 수술 후 재활치료를 위해 한 달씩 입원해 집중치료를 받았다. 1년이면 보톡스 치료와 재활운동으로 입원을 반복했다. 남들은 성형이나 미용을 위해 쓰던 보톡스지만, 딸은 강직된 종아리 근육을 부드럽게 풀어주려고 맞았다. 맞을 때마다 자지러지게 울던 딸, 의사 가운만 봐도 울기 시작했던 모습이 떠오른다. 한쪽 다리에 보조기를 착용하고 생활했다. 걸을 때마다 탁탁 바닥을 찍는 소리가 무척이나 듣기 싫었을 것이다. 초등학교 3학년까지는 보조기를 착용했지만, 그 뒤론 너무 싫어해서 설득하다 포기했다. 딸은 친구들이 놀린다는 이야기도 전혀 하지 않았다. 아이들이 놀린다는 이야기를 다른 사람을 통해서 들었다. 어쩌면 친구들 놀림으로 보조기를 그토록 싫어했겠다는 생각에 한없이 미안했다. 전혀 생각하지 못했다. 딸에게 속상한 일이 있으면 언제든지 말하라고 하지 못한 일이 가장 후회가 된다. 어린 딸에게 험한 세상 살아가려면 참고 견뎌야 한다고만 했다. 수없이 들었던 그 말이 딸에게는 상처였겠다. 그때부터 딸은 어떤 일도 나에게 말하지 않았다. 내 대답은 늘 하나였으니 말할 필요가 없다고 판단했을지 모른다.

딸의 자존감은 나 때문에 낮아졌다. 말 못 하고 쌓다 보니 마음에 상처가 컸으며, 심리치료를 다시 하자고 했어도 딸은 번번이 거절했다. 잘 자라서 고맙긴 하지만, 응어리를 풀지 못하고 쌓아 두는 일이 늘 마음에 걸렸다. 하고 싶은 말을 하고 털어버렸으면 좋겠다. 어릴 때 시를 쓰고 책도 잘 읽었는데 요즘은 아무런 흥미가 없는 듯하다. 걱정돼 물어보면 찬바람이 쌩쌩 분다. 다리 수술과 재활치료를 했지만, 양쪽 다리 길이 차이가 난다. 허리와 골반이 틀어져 통증을 호소하기도 한다. 마음의 상처가 아물지도 않았는데 몸이 또 아픈 것을 보니 속상하고, 더는 내가 해줄 게 많지 않아 마음만 아프다.

학교에 들어갈 무렵, 치료를 줄일 수 있게 되자 내 나이는 사십을 바라봤다. 더 늦기 전에 일하고 싶었다. 지금 아니면 직업을 가질 기회조차 없을 것만 같았다. 고등학교 졸업장만 있어, 조급함과 불안함이 더 컸다. 촌에서 전주로 유학을 왔다 할 정도로 산골에서 자랐다. 90년대 초반 내가 중학교 졸업할 즈음에는 큰딸은 살림 밑천이라고 했다. 은행에 취직하는 것이 시골에선 가장 큰 출세라 생각했다. 시골서 대학은 언감생심 꿈도 못 꿨다. 여상에 입학에서 3학년 때 새마을 금고에 취직했다. 직장 생활하다 결혼했기에 대학은 가지 못했다. 늦은 나이에 직장을 알아보는데, 대학 졸업이라는 학력의 벽에 부딪혔다. 뒤늦게 방송대에 입학했다. 아이 재활치료를 병행하면서 틈틈이 공부해 어렵게 졸업했다. 좋은 성적은 아니지만, 졸업장 가진 것에 만족했다. 졸업하자마자 학습지 교사로 일을 시작했다. 교사로의 자신감과 좋아하는 영어, 노래, 춤을 모두 할 수 있어 행복했다. 마흔이 넘으면 취직이 더 힘들었기에 늦기 전에 입사할 수 있어 좋았다. 좋아하는 일을 할 수 있으니 얼마나 행복했겠는가!

아침부터 저녁까지 수업하면서 노래하고 춤추고, 율동을 배우면서 웃고 떠들고 기분이 좋았다. 좋은 걸 숨기지 못하니 주변에 교사 일을 많이 추천했다. 더불어 영어 공부까지 할 수 있으니 이보다 더 좋은 직장은 없었다. 아이들과 즐겁게 수업할 수 있는 것에 감사했다. 아이들, 교육비 30% 할인 혜택도 마음에 들었다. 신입 교사였지만 열정적이고 즐겁게 일했다. 남원, 정읍 지역 수업도 자청해서 했다. 운전은 항상 부담이었지만 수업하는 것이 즐거워 뭐든 다 할 수 있었다. 계약직 교사 3년 만에 정규직 교사가 되었다. 본사 교육, 자격증 취득, 하는 일이 즐겁기만 했다. 아들과 딸도 내가 기분 좋으니 같이 즐거워했다. 무엇보다 일하는 엄마가 자랑스럽다며 일기에 빼곡히 적었다. 딸은 독서토론 수업하면서 시,

글짓기 모든 상을 휩쓸었다. 공부를 잘해서 받는 상보다 글을 잘 써 더 기뻤다. 사내 백일장 체험 수기는 모두 딸 차지였다. 회장님께 직접 상도 받았으니 얼마나 흐뭇했겠는가. 나도 마찬가지였다. 직원체험수기, 수업 후기 등 다양한 글을 쓰면서 상도 받고 하는 일마다 주목받았다.

   본사에서 다른 지역 '영유아 교육 1일 강사' 제안을 받았다. 김해까지 가는 불편함은 있었지만, 강의할 기회를 놓치고 싶지 않았다. 낯선 도시에서의 하룻밤 잠을 자야 하는 번거로움은 전혀 신경 쓰지 않았다. 다른 교육 본부장까지 참석해서 더 떨렸지만, 나의 경험을 나누는 기회는 행복한 일이었다. 교육 후에 받은 피드백은 설레고 흥분되었다. 사무실로 복귀했을 때 지점에서 많은 축하를 받았다. 그때부터 강사가 돼야겠다는 결심을 했다. 본사 신입 교사 교육팀에 가고 싶었다. 본사 교육받을 때처럼 행복한 적이 없었다. 교사였을 때가 가장 행복했다. 나에게 딱 맞는 천직 같았다. 잘하고 좋아하는 일을 한다는 것은 언제나 중요하다. 할머니가 되어도 아이들과 노래하고 춤추고 즐기면서 산다고 했다. 교사라는 직업이 나를 꿈꾸게 했다. 일에서 즐거움을 찾고 행복감과 성취감을 느낄 수 있었다. 가르치는 삶이 인생 전반의 중요한 일이 되었다. 행복은 나로부터 시작되었다. 뚜렷한 목표가 있으니 더 일이 즐거웠다. 내가 잘하고, 좋아하는 일을 찾았다고 생각했다. 이제 행복한 상상을 하면서 목표를 향해서 달리면 되었다.

사표를 낸 지 3년 만에 퇴사하다

"Opportunities don't happen, you create them."

"기회는 닥치는 것이 아니라, 당신이 만드는 것이다."

– Chris Grosser

처음 학습지 교사를 입사했을 때는 세상을 다 가진 듯 행복했다. 좋아하던 영어 수업을 할 수가 있었다. 수업하면서 율동도 노래도 원 없이 할 수 있어 가르치는 일이 더 좋았다. 서른여덟에 직장이 있다는 행복으로 가득했다. 긍정적인 생각으로 즐겁게 수업하는 나에게 운도 따라줬다. 학습지 계약직 교사가 정규직으로 승진은 쉽지 않았다. 몇 년간 일한 성과도 좋아야 하고 회원도 많이 늘려야 가능했다. 내부 교육 경험을 쌓고, 수업 만족도 나쁘지 않았으며 회원 수도 꾸준히 늘어났다. 교사로 근무하다 정규직 교사로 승진했다. 정규직이니 4대 보험, 퇴직금, 연월차도 사용할 수 있었다. 나이 먹고 입사한 회사에서 오래된 교사보다 더 빨리 승진하고 승승장구했다. 회사에서 출시되는 교재나 교수교육팀 사내 교육 강사를 하고 싶었다. 강사가 되려면 팀장 경력이 2년 이상 되어야 했다. 교사에서 팀장, 교육부 강사라는 목표를 세워 열심히 살았다. 그 결과 정규직 교사가 된 지 1년 만에 바로 관리직 팀장으로 승진하게 되었다. 꿈에 그리던 강사가 되기 위해 첫 번째 목표인 팀장이 된 것이다. 빠른 승진으로 얼떨떨했지만, 기분은 좋았다. 선생님들과 지점장님 도움이 아니었다면 조금 더 늦어졌을 것이다.

신임 팀장이 되니 모든 것이 달라졌다. 어제까지 동료였는데 하루 만에 교사를 관리하는 처지가 되었다. 관리자라는 직책이 전처럼 교사를 편하게 대할 수 없었다. 회원을 늘리고 교재 판매를 권유해야만 했다. 아쉬운 소리도 해야 하고, 때로는 충고나 조언도 해야만 했다. 입장이 완전히 달라졌다. 교사 때와는 다른 일이라 처음에는 어리둥절했다. 선생님들 수업 동행도 하고, 늦은 시간까지 선생님과 식사나 차를 마셨다. 수업하는 과정을 피드백하기도 하고, 일대일 밀착 면담도 해야 했다. 도움 될 이야기를 해야 하는데 신입 때는 조심스럽고 쉽지 않았다. 성과를 내기 위해 교사들에게 지시하거나 판매를 부탁할 때 힘들고 불편했다.

교사 때는 수업만 하면 되었다. 아이들과 몇 년 동안 만났기 때문에 친밀감도 있다. 학부모도 마찬가지다. 가르치기만 할 때는 나만 잘하면 된다. 팀장이 되니 관리해야 할 교사가 열 명이다. 열 명의 교사 밑에 적게는 사십, 많게는 80명이 넘는 학생이 있다. 학부모까지 몇백 명 관리할 사람이 늘어난다. 해야 할 일이 많은 건 당연하다. 관리자로서 수업 동행, 홍보, 영업, 제품교육까지 일이 많았다. 늘어난 업무량만큼 고객 요구사항도 많아졌다. 교사 교체, 수업 불만으로 인한 중단, 수업비 문의, 회사 불만 사항, 교육상담 등 처리해야 할 일이 산적했다. 점점 일의 즐거움보다 업무실적과 성과 위주로 돌아갔다. 일 마감, 주 마감, 월 마감 결과를 만들어야 하고, 전국 영어팀, 지점 순위가 매겨졌다. 영업 성과를 위해 교사들을 독려하는 일이 힘들긴 했지만, 교사들이 잘 따라와 줘서 성과도 좋았다. 성과는 고과로 연결되고, 고과 점수가 나쁘지 않아 승진도 남보다 빨랐다.

일밖에 모르는 상사 밑에서 둘이 정신없이 바쁘게 살았다. 덕분에 승진은 빠르고 급여도 많이 받았다. 경제적으로 나아지니 여유롭고, 안정되리라 생각했다. 하지만, 시간이 지날수록 돈보다 가치 있는 일이 무엇인지 고민하게 되었다. 고객 불만과 교사들 요구사항은 끝이 없었다. 사람 관리하는 일이 가장 힘들다는 말을 정말 실감하게 되었다. 살면서 남들에게 미안하다고 말해 본 적이 얼마나 있을까? 거의 없다. 고객에게 사과해야 할 일이 계속 생겼다. 내가 맡은 영어팀은 원어민이 있었다. 한국에 오랫동안 살았다고 해도 문화적 차이가 분명히 있다. 이해하지 못하는 부분도 있으며 한국어를 쓰는 데 어려움 있다. 그렇다 보니 교육비, 교재 관련해서 이해 안 될 때마다 고객은 팀장인 나를 찾았다. 전달하는 과정에서 오해가 생겨 오는 연락이 대부분이다. 원어민 수업은 늘 호불호가 분명했다.

발령이 나면 새로운 조직을 맡아 운영하기도 한다. 개성이 다른 사람이 열 명이 있으니, 사건이 많다. 태어나 처음으로 다양한 사람을 경험해 봤다. 새벽인지 밤인지 시간 개념도 없이 카톡 하는 교사, 전화번호 주고 교재 판매하라고 명령하는 교사도 있었다. 수업 안 갈 테니 나보고 다 알아서 하라고 통보하고 연락 안 되는 교사도 있다. 교사 행동에 열 받은 고객, 교재 취소, 조용할 날이 없었다. 아무렇지 않게 툭 던진 말에 혼자 상처받고 속앓이하며 밤잠 설친 적 많았다. 혼자만 전전긍긍했다. 모든 책임은 팀을 운영하는 팀장에게 있다. 물론 좋은 일도 보람된 일도 분명히 있었다. 하지만 교사일 때와 전혀 다른 세상이었다. 이리 치이고 저리 치이고 죽어라 얻어터지는 샌드백 같았다. 스트레스가 점점 극에 달했다.

수업만 집중했던 교사 때와는 달랐다. 설상가상 교사가 갑자기 그만두면 결손 난 수업도 팀장이 해야 했다. 업무는 더 많아졌지만, 수업하는 시간만큼은 즐거웠다. 원래 좋아하는 일이라 수업만 하면 좋겠다는 생각도 했다. 다시 교사로 내려갈지 고민도 해보았다. 팀장이라는 책임감 있는 직책이 나와 맞지 않는 듯했다. 주말 일상과 평일 늦은 시간까지 회사에 충성하면서 살았다. 그 결과 건강은 더 나빠지고 스트레스도 심했다. 남편이 죽고 나서는 더 심해졌다. 그만두려고 했는데 그만둘 수 없는 상황이 되자 스트레스는 극에 달하고 몸은 만신창이가 되었다. 그걸 참고 쌓아 두면서 몇 년을 살았다. 자유롭게 수업하는 걸 좋아하는 나였는데,

나에 대해서 깊은 고민에 빠졌다.

　팀장 3년 차부터 마음속에 사직서를 품고 다녔다. 내가 원하는 삶이 아니었다. 강사의 꿈을 안고 팀장을 했는데, 사내강사 자리는 교육팀 축소로 보장되지 않았다. 꿈이 물거품이 되었다. 일에 지쳐 의욕도 재미도 없어졌다. 그만두고 싶다는 생각을 계속했다. 그만둔다고 생각하니 일이 더 재미없고 싫어졌다. 잘못 없는 내가 미안하다고 말하는 것도 싫고 교사가 그만둘까 전전긍긍하는 것도 싫었다. 성과까지 내느라 점점 일에 치여 지냈다. 내가 그만두는 것을 아쉬워하는 사람도 있었지만, 퇴사에 대한 미련과 후회가 전혀 없었다. 일중독 직장 노예로 살았다. 갖고 있던 사직서는 언제나 반려되었다. 내 퇴사는 매번 지점장 설득의 벽을 넘지 못했다. 아무 말도 못 하고 눈물만 뚝뚝 떨어뜨렸다. 그만두고 싶은데 그만둘 수 없게 되자, 장거리 출퇴근이 더 고통이었다. 장거리 운전으로 인한 강박관념, 죽음에 대한 쓸데없는 불안함이 있었다. 아이들 앞에서 마음대로 울 수 없었다. 출퇴근하며 눈이 퉁퉁 붓도록 참았던 울음을 쏟아냈다. 나의 스트레스는 최고조에 달했다. 마지막 사표를 다시 던졌다. 사표를 반려해도 이번에는 정말 그만두고 말겠다고 다짐했다.

살면서 정말 중요한 선택의 길에 있을 때,

첫째, 결단이 필요한 순간이 있다. 3년. 내게는 후회와 아쉬움 가득한 세월이다. 그만두어야 할 이유가 충분했던 시기. 단호하게 결단 내리고 회사를 나왔어야 한다.

둘째, 힘들고 괴로운 순간이라 하더라도 나 자신에게 의미 있는 뭔가를 지속해야 한다. 그래야 소중한 인생 허투루 낭비하지 않을 수 있다.

셋째, 사람은 끝이 아름다워야 한다. 회사를 그만두면 속이 다 시원할 것 같았지만, 마무리가 깔끔하지 못한 아쉬움과 안타까움만 있다는 사실이 문제다.

회사는 내가 필요했는지 눠주질 않았다. 아니 일 시키기에 편했을 것이다. 밤늦은 퇴근은 다반사고, 주말도 없이 홍보를 참여하고 바쁘게 살았다. 가족과 아이들과의 시간도 없이 말이다. 지금 생각하면 정말 중요한 것을 놓치고 살았다. 예전에는 일상의 돌파구 같은 직장이었지만, 지금은 당장 그만두고 싶은 직장이 되었다. 한 달만 더, 한 달만 더…. 전주로 발령받은 지 3년이나 지나서야 그만둘 수 있었다.

미움받을 것을 두려워하지 않고 과감한 결단이 필요할 때는 다 내려놓아야 한다. 정에 이끌리고 사람들 눈치 보면서 살아갈 필요가 없다. 미적거리고 망설이다 보면 중요한 시간을 낭비하게 된다. 내 삶을 위해 쓸 시간을 낭비하지 말고 아끼면서 살아야 한다.

7

부린이, 부동산과 눈먼 사랑에 빠지다

"Wealth consists not in having great possessions, but in having few wants."

"부는 큰 소유물을 가지고 있는 것이 아니라, 소원이 적은 것에 있다."

– Epictetus

부동산 공부를 시작한 지 벌써 3년이 넘었다. 부동산의 '부' 자도 모르던 내가 이렇게 바뀐 건 경제적 자유까지는 아니어도 잘살아 봤으면 하는 바람에서였다. 경매부터 시작했다. 경매로 사야 싸게 사는 줄 알았다. 수업을 받으면서 다양한 투자가 있음을 알았다. 경매 수업은 부천에서 받았다. 새벽에 버스를 타고 부천에 도착해서 수업을 받거나 과제를 하려고 인천을 자주 갔었다. 투자 기본용어인 '임장' 뜻도 몰랐다. 임장은 관심 물건지를 방문해서 시세, 수요, 거래량, 가격, 부동산 주변 환경에 대해 직접 알아보는 활동이다. 일명 발품이라 한다. 반면에 손품이라고 집에서 인터넷으로 미리 조사하는 방법도 있다.

부동산 공부를 위해 알아두면 좋은 부동산 플래닛, 아실, 디스코, 네이버 부동산 등 유용한 앱들이 있다. 예를 들어, 아실 플랫폼은 아파트 실

거래가, 최근 거래량, 최고가, 가격변동, 재개발 정보, 교육환경, 갭투자 지역 등 상세히 알 수 있어 자주 이용하고 있다. 미리 손품으로 조사하고 나면, 조별로 동기들과 집을 구하는 손님으로 가장해 부동산에 들렀다. 첫 번째 부동산 사무실에서 문전박대당했다. 누가 봐도 초보티가 났나 보다. 하루면 이렇게 찾아오는 가짜 손님이 많단다. 한눈에 봐도 진짜 손님인지 아닌지 알 수가 있단다. 얼마나 귀찮으면 대답도 성의가 없다. 계약 안 하고 부동산에 기웃대는 사람이 얼마나 많겠는가! 힘들만 하겠다. 다행히 다음 부동산 소장님은 친절하게 개발 호재와 현 상황, 인천 관련 뉴스와 지하철 개통 소식까지 상세히 알려주셨다. 조사가 끝나면 집으로 돌아가 오늘 본 물건에 대한 PPT 장표를 만들었다. 장표를 만들고 조에서 한 명씩 나와서 발표를 하면 끝이 난다.

썩은 빌라 강의로 유명한 쿵쿵나리 선생님이 나의 첫 경매 스승이었다. 『싱글맘 부동산 경매로 홀로서기』 책의 저자이다. 썩은 빌라로 투자를 시작해서 수십억 자산가가 되었다. 서민 갑부 TV에 출연해 부동산 등기부 등본을 거실에 펼쳐 놓았던 영상이 기억난다. 유명한 책의 저자가 나의 첫 스승이라니 믿어지지 않았다. 오프라인 수업이 가능했던 때라 수업 후 뒤풀이에서 선생님의 경험, 성공담을 들을 수 있어서 좋았다. 얼굴 마주하며 선생님께 응원 메시지를 받았던 대면 수업에 매료되었다. 오프라인 수업 신청은 하늘에서 별 따기였다. 일명 초치기라고 수강료를 입금한 순서대로 수업을 들을 수 있었다. 경매 초급반은 기초 반이라 쉽게 신청할 수 있지만, 다른 강좌는 3분 안에 수강신청을 완료해야만 했다.

경매 초급반을 시작으로 낙찰 집중반, 법인, 상가, 재건축재개발, 블로그, 쇼핑몰 등 많은 수업을 들었다. 투자는 기초부터 배워가며 시작해야한다. 경제 용어가 많아 혼자 공부하기는 어려웠다. 분양권 수업은 집이 있으니, 필요 없다고 생각했다. 분양권 대신 구독 스터디를 신청했다. 분양권, 아파트 청약과 관련된 실전 수업이다. 분양권 수업을 듣지 않아도 된다고 생각했는데 아니었다. 부동산 아파트 청약에 관한 기초 지식이 없으니, 수업을 이해하기가 어려웠다. 수업은 제 코스대로 밟아야 함을 알았다.

아직 추위가 심하지 않은 겨울 무렵, 김장철이라 엄마랑 김장을 버무리고 있었다. 1,500명 공개 채팅방에서는 대구, 아산, 김해 줍줍(미분양 아파트를 계약하는 것)을 위해 동기들이 서울에서 지방으로 한달음에 달려가는 사진이 계속 올라왔다. 삼삼오오 대구에 도착해 실시간 생중계를 해줬다. 배추에 양념이 묻는지 안 묻는지 모른 채 휴대전화만 계속 보고 있었다. 엉덩이는 들썩들썩 마음은 이미 대구에 있었다. 대구에 운전해서 가야 할지, 기차를 타야 할지 속으로 고민했다. 그 당시 대구 아파트 청약 경쟁이 치열했다. 떴다방에 대기 번호표를 받으려고 전날부터 텐트치며 밤샌 사람까지 있었다. 몸싸움과 고성은 예사였다. 경찰이 동원되고 9시 뉴스까지 나왔다. 엄마 눈치 보다, 나 저기 가야 하는데 말했다가 욕만 얻어먹었다. 2020년 대구는 전매제한이 없었기에 아파트를 계약하자마자 바로 매도가 가능했다. 너무 뜨거운 시장이기에 세금을 내고도 적게는 몇백에서 몇천까지 수익을 냈었다. 나도 하고 싶었고 할 수 있다고 생각했다. 그런 호시절을 맞던 분양권, 부동산 시장이 22년부터 갑자기 얼어붙고 미분양 사태로 번지면서 아파트 가격이 급락했다. 그때 빠져나오지 못한 사람은 아직도 팔지 못하고 있다. 갭투자(매매와 전세 차이를 보고 투자하는 방식, 전세 맞춰 있는 물건을 사기도 함)를 보고 투자했으나 매도가 안 돼 힘들어한 사람도 있었다. 1,500명이라는 단톡방에서의 투자 열기 때문에 모든 물건이 다 좋아 보였다. 얼른 계약 하나 해야만 할 것 같았다.

　사실 나에게도 뼈아픈 사연이 있다. 한참 동기들이 아파트 단타로 크고 작은 수익을 올릴 때, 나는 천안, 대구 어디든 청약만 하면 떨어졌다. 남들은 잘되는데 나만 안 되는 것 같아 불안했다. 수익을 내고 싶었다. 충청도와 전라도 미분양 아파트 두 채를 턱 하니 계약했다. 지금이라면 절대로 하지 않을 일을 조급함 때문에 저질렀다. 충청도 물건은 동기들도 저평가된 대단지 아파트라며 계약을 많이 했다. 짧은 시간에 수익을 낼 수 있다는 말에 덩달아 따라 했다. 같이 공부하는 언니랑 고속도로 운전도 서툰데 직접 올라가 계약서에 사인하고 말았다. 계약 후 바로 매도하려 했지만 안 됐다. 설상가상 공사도 미뤄져 분양이 늦어졌고, 지금은 시행사와 법정 싸움 중이다. 인근 도시가 투자조정 지역으로 묶여 괜찮을 줄 알았는데 투자 지역이 해제되면서 분위기는 바뀌었다. 남들 하길 래 따라 했다 팔지 못해 스트레스받는 물건이 되어버렸다. 가장 쓰라린 투자다.

정신 줄 붙잡고, 군중심리에 빠지지 않겠다고 다짐했는데, 한순간 판단이 엄청난 결과를 가져왔다. 선생님은 절대 물건과 사랑에 빠지지 말라고 조언했다. 부동산 초보자는 한순간 실수하게 된다. 개발 가능성이 크다는 분양상담사 말에 혹해 잘못된 판단을 하게 된다. 물건이 좋아 보이면 어떤 이야기도 들리지 않는다. 돈이 여유가 있는 것도 아니면서 앞일은 생각하지 않았기에 벌어진 일이다. 딱 내가 그렇게 시작했다. 하지 말라는 것만 골라서 한 셈이다. 나는 부린이(부동산 어린이)다. 부동산 나이로 세 살 정도밖에 되지 않은 완전 초보다. 가치 판단이 부족한 나는 물건과 사랑에 빠지고 말았다. 투자에 있어 정말 중요한 것은 여유 있는 투자를 해야 한다. 나처럼 준비되지 않은 상태에서 물건과 사랑에 빠지면 절대로 안 된다.

부동산은 한 치 앞을 모른다. 절대 원칙을 세우고 지켜야 한다. 반드시 실천할 원칙은 다음과 같다.

첫째, 여윳돈이 없으면 절대로 투자하지 않는다.

둘째, 종잣돈을 모으는 일이 가장 우선이 되어야 한다.

셋째, A가 안 될 때 다음 차선책은 무엇인지 반드시 체크 하고 확인한다.

넷째, 투자는 시간 싸움이다. 만약에 대비해 오랜 시간 버틸 수 있는 여유가 있어야 한다.

다섯째, 절대 욕심부리면 안 된다. 내가 정한 수익의 선에서 반드시 매도해야 한다.

다음에는 이런 실수를 하면 안 되겠구나, 주변에 흔들리지 않아야 하겠구나. 상담사나 중개사 말만 믿으면 안 되는구나! 물건과 사랑에 빠지지 말아야겠다고 다짐했다. 공부하면서 실력을 키워야 한다. 다른 사람 말만 믿고 투자하는 것이 가장 위험하다. 매수도 중요하지만 매도가 정말 중요하다. 자금, 대출, 세금 등 꼼꼼하게 따져야 한다. 투자에 있어 실수는 치명적이다. 투자는 돈과 직결돼 계속 물어보고 확인해야 한다. 많은 변수에 대비할 수 있어야 한다. 목표 수익에 도달하면, 욕심내지 않는다. 투자는 타이밍이다. 계약서를 쓰는 순간 돌이킬 수 없으니, 계약서를 쓰기 전에 깊은 고민이 필요하다. 한순간의 선택이 운명을 바꿀 수 있다는 걸 뼈저리게 느꼈다. 부동산 투자는 더 신중해야 한다. 걷잡을 수 없는 후회를 하지 않도록 생각하고 결정해야 한다는 것을 잊지 말아야겠다. 욕심은 금물이다.

마흔일곱, SNS에 눈을 뜨다

2020년 4월 첫 블로그에 글쓰기를 시작한 것은 마흔일곱, 퇴사하기 직전이다. 어떻게 써야 할지 모르고 시작했다. 내용이 엉성하고 재미도 없었다. 이웃 수 0, 공감 0, 댓글 0 아무런 흔적도 없었다. 나를 위한 글쓰기였다. 매일 꾸준히 한 개씩 발행했더니 조회 수가 늘고 이웃도 생겼다. 그렇게 3년이란 시간이 흘러 이웃이 6,500명이 생겼다. 올해 5월 초고를 준비하면서 지난 블로그를 열었다. 블로그 첫 글 제목이 '도전, 열정, 실행이 인생의 진리며 답이다.'라고 쓰여 있었다. 3년이 지난 지금까지 지키고 있는 신념이다. 처음 시작할 때 생각이 지금과 같다는 것에 소름이 돋았다.

재테크 공부하면서 블로그, 인스타그램 수업도 병행했다. 하루 100명씩 이웃을 늘리는 재미에 빠졌다. 공감 댓글을 달아 주는 것도 재밌고,

응원 글도 좋았다. 비슷한 생각을 하는 이웃을 만나니 반가웠다. 퇴사하고 뭘 할지 걱정했는데, 배울 것 많은 온라인 세상이었다. 매일 행복하다는 말을 입에 달고 살았다. 배움에 대한 갈증과 고민이 하나씩 풀려가는 행복함으로 가득했다. 온라인 세상은 정보를 빠르게 공유하며 끊임없이 변화하고 발전한다. 다양한 콘텐츠를 통해, 비즈니스, 마케팅, 뉴스 및 엔터테인먼트 분야에서도 중요한 역할을 하고 있다. 사회 문화에 큰 영향을 미치며 온라인 시장은 엄청나게 커 있다. 배우지 않으면 따라갈 수 없고, 자고 일어나면 새로운 콘텐츠가 쏟아져 나오는 세상에 살고 있다. SNS는 이제 선택이 아닌 필수가 되었다.

2020년부터 지금까지 블로그를 하면서 가장 달라진 점은 글의 내용이다. 글이 단조롭고, 간결하고 전달하는 메시지도 없고 가독성도 없었다. 지금은 가끔 다시 읽어봐도 재밌다. 책 속의 한 줄 명언은 읽는 사람에게 동기부여를 준다. 다음 글이 궁금하다는 말을 종종 들었다. 내 글에 격려와 공감의 댓글이 많아졌다. 물론 지금 잘 쓴다는 말은 절대 아니다. 과거 3년 전과 비교해 보았을 때 조금 좋아졌다는 이야기다. 오해 없기를 바란다. 블로그와 인스타그램이 내 일상의 기록과 이웃들과 소통하는 창구가 되었다. 3년을 꾸준히 했기에 내용이나 구성이 조금씩 나아졌다.

온라인으로 수익을 만드는 사람도 많아진다. 블로그, 글쓰기, 스마트폰 사진, PPT 강의 등 종류도 다양하다. 블로그나 인스타그램을 통해 수강생을 모집하기도 한다. 온라인 마케팅, 체험단 다양한 수익화를 이룬다. 인스타 공구, 블로그 맛집, 여행, 체험단을 통해 나 또한 많은 수익 구조를 만들고 싶었다. 하지만 쉽지 않았다. 작년에 체험단 신청을 몇 번 했으나, 상가를 방문할 시간도 부족했고, 사진 찍는 것도 어려웠다. 맛집이라 간 곳이 생각과 달리 맛이 별로인데, 체험단 후기를 잘 써야 하는 일이 어려웠다. 불편한 옷을 입은 듯 양심에 걸렸다. 시간적 여유가 있을 때 해야겠다고 몇 번 하다 말았다.

책을 꾸준히 읽으면서 도서를 받아 서평을 쓰는 일이 나와 맞았다. 읽고 싶은 책을 구매하거나 서평단으로 활동하면서 책 읽는 습관을 만들고 있다. 맛집 다니며 체험하고 여행하면서 글을 쓰는 일이 더 가치 있다고 생각하면 그 분야에 관심을 가지면 된다. 비용 들이지 않고 맛있는 음식, 건강, 운동을 체험할 수 있으니 그 또한 의미 있는 일이다. 책을 꾸준히 읽으니 세상을 바라보는 눈이 달라졌다. 내 성장을 가장 먼저 느낄 수도 있었다. 나를 더 단단하게 하는 원동력이 되었다. 꾸준한 실행만이 원하는 것을 얻을 수 있다.

블로그나 인스타그램을 하려면 몇 가지 꼭 기억했으면 한다.

첫째, 분명한 색깔이 있어야 한다. 맛집, 도서, 체험단, 정보성 글 등 큰 제목 2~3개 정도의 큰 범주를 가지고 글을 발행해야 한다. 나만의 경제, 육아, 부동산 분명한 콘텐츠가 있으면 더 유용하다.

둘째, 개념을 잡았다면 지속적인 글 발행이 중요하다. 쓰다마다 하지 말고 꾸준히 해야 한다.

셋째, 사람들이 많이 검색하는 황금 키워드 위주로 상위노출을 공략하는 것도 필요하다. 키워드를 찾는 방법도 있다. 나는 키워드 중요성을 알고 있지만, 검색하면서 글을 쓰지는 않았다.

유튜브도 자주 이용한다. 내가 책에서 이해 못 한 부분을 찾아 자주 듣는다. 재테크 관련해서 행복 재테크, 월급쟁이 부자들 영상을 보고, 마음이 힘들 때는 법륜 스님, 김창옥, 김미경 강사 영상을 찾아서 보고 있다. 책 소개와 스피치 관련 영상도 자주 본다. 부족한 지식을 채우기에 유튜브가 도움이 많이 되었다. 최근에 아들과 아들 친구가 수익형 부동산에 관심 있어 하기에 믿을 만한 영상을 골라 소개를 해주었다. 쏟아지는 많은 영상 속에서 옥석을 가려내긴 쉽지 않지만 괜찮은 영상이나 방송을 찾을 정도의 실력은 되었다. 예전에는 비싼 돈 주고 수업을 받아야 했지만, 지금은 조금만 부지런 떨면 얼마든지 공부할 수가 있다.

유튜브를 개설하고 책이나 사연을 읽어주는 방송을 하거나 영상을 만들고 싶다는 생각을 했었다. 최근에 우연히 낭독 필사에 참여하게 되었다. 손글씨가 아닌 목소리로 필사를 대신 해도 된다고 해서 시도해 보았다. 나는 정말 손글씨를 못 쓴다. 학교 다닐 때 글씨가 엉망이라고 맞은 적도 있다. 노트 필기를 하면 처음 몇 줄만 잘 쓰고 뒤에는 엉망이 돼서,

내가 쓴 글을 못 알아볼 때도 많았다. 이런 상황이라 평생 필사는 언감생심 꿈도 꾸지 못했는데 목소리로 참여하게 돼서 기분이 좋았다. 마침, 캡컷 영상을 배우는 중이라 내가 찍은 사진에 목소리를 입혀 편집한 후 유튜브에 올렸다. 놀랍게도 영상을 올리자 구독자가 생기고 댓글이 달렸다. 영상을 배우고 싶다고 연락이 오고, 목소리에 좋아 귀 호강한다는 이야기도 들었다. 영상을 보고 한 대표님은 목소리가 신뢰감이 든다며 스피치와 낭독을 접목해서 나만의 콘텐츠를 만들면 좋겠다는 조언을 해 주셨다. 낭독이나 성우 쪽 다양한 플랫폼도 소개해 주셨다. 믿기 어려운 일들로 기분은 좋았지만, 뭘 어떻게 해야 할지 잘 몰랐다. 언젠가 도전하려고 했던 일을 이렇게 빨리하게 될 줄 예상치 못했다. 악필인 나에게 일어난 기적 같은 일이었다. 재능이라고 생각하지 못한 일들이 다른 사람들 눈에는 재능으로 보였다는 것이 참 신기했다.

자신을 내보이면 재능이 드러난다는 말이 있다. 몰랐던 나의 재능이 다른 사람에 의해서 발견되는 일이 생긴다. 멘탈파워 성공스쿨 커뮤니티 안에서 긍정 확언 녹음을 한 후 채팅방에 올렸는데, 목소리 좋다는 이야기를 들었다. 지금까지 살면서 굵은 내 목소리가 좋다는 생각을 한 번도 하지 못했다. 그랬던 내가 지금은 낭독을 통해 목소리를 잘 내려고 노력하고, 목 관리에 신경을 많이 쓰고 있다. 목소리에 대한 칭찬을 받으니, 자신감도 생겼다. 유튜브에 1분 정도 짧은 영상을 만들어 올리며 성공 경험을 쌓고 있다. 아주 작은 실천과 성공 경험이 긍정적인 생각을 키워주는 출발점이 되었다.

SNS 시작은 나를 드러내는 중요한 수단이 되었다. 나를 알리고 싶다면 블로그부터 시작해 보길 추천한다. 인스타그램, 유튜브 범위를 넓혀 가면서 다양한 정보와 인사이트를 얻으면 좋겠다. 무엇보다 꾸준히 활용하면 성장한다. 빠르게 바뀌는 세상을 따라갈 힘을 키워야 한다. 자신의 미래를 위한 빠른 적응이 필요한 시기다. 나를 알리기 위한 SNS 하나는 꼭 있어야 한다는 생각이다. 이제 SNS는 나와 함께하는 운명체가 되었다고 해도 과언이 아니다. 어떤 것을 결정하듯 꾸준히 시작해 보자.

오십의 열정, 열정히어로의 삶

"Nothing is as important as passion.
No matter what you want to do with your life, be passionate."

"열정만큼 중요한 것은 없다.
당신의 인생에 무엇을 하고 싶든지 간에, 열정을 가져라."

– Jon Bon Jovi

태어날 때 부모님이 주신 이름 말고 다른 이름으로 바꾸는 경우가 있다. 학교 다닐 때 이름이 'ㅇ년'이라는 친구가 있었다. 'ㅇ년아' 이름을 부를 때마다 난처했다. 그 친구는 결국 개명을 했다. 우리 형제들 이름은 엄마가 직접 지으셨다. 특히 내 이름은 중학교 입학하고 등본을 떼면서 잘못되었는지 알았다. 아빠는 엄마가 적어준 종이를 들고 2시간 넘게 산을 넘어 출생신고를 하고 오셨다. 70년대는 출생신고 후 서류도 못 보고 왔으니, 이름이 잘못된 줄도 몰랐을 것이다. 아직도 할머니 산소의 비석의 내 이름은 정희로 새겨져 있다. 그 비석의 이름은 영원히 바뀌지 않을 것이다. 이름대로 사는 것은 아니지만, 살면서 어려운 일이 닥치면 이름 탓을 한다. 사람 이름이 중요한 것은 분명히 있는 것 같다.

맨 처음 네이버 카페에 가입할 때는 '주영맘' 첫 아이 이름을 사용했다.

퇴사 후에는 다시 사는 삶아가는 의미로 '인생 2막 멋진 인생'이라 했다. 그때 비슷한 이름을 가진 사람이 문제를 일으켜 내 별명을 쓸 수 없었다. 고민 끝에 내 성격과 어울리는 '열정히어로'라는 별명을 만들었다. 3년째 사용하고 있다. 이름 하나 때문에 장황하게 설명했지만, 온라인에서 불리는 이름이라고 대충 만들고 싶지 않았다. 내 성향에 맞게 짓고 싶었다. '열정히어로' 도전과 변화를 두려워하지 않는 주인공이라는 의미다. 나를 대표하는 상징적 별명이다. 열정대로 생각하고 행동하기에 진짜 이름대로 열심히 배우고 바쁘게 살았다. 원하는 꿈이 계속 생겼다. 배움에 진심이었기 때문에 행복감도 컸다. 40대 후반에 다시 쓰는 버킷리스트가 생겼고, 그중에서 먼저 이루고 싶은 몇 가지를 실행하고 있다. 이름이 주는 힘이 오늘을 행복하게 만들어준다.

많은 사람이 내 이름을 기억한다. 자신이 만든 제품의 판매를 부탁하기도 하고, 책을 출간하는 작가가 서평을 부탁하기도 했었다. 네이버 블로그나 view에 내 별명을 검색하면 노출이 잘됐다. 나의 별명이 캐릭터가 되었다. 특별한 모임을 모집할 때 먼저 연락을 주거나 다른 요청도 많았다. 나를 알리기에 딱 좋은 이름이었다. 모임에서 처음 봤을 때도 열정 넘치는 나로 기억해 준다. 열정히어로 하며 나를 기억해 주시는 분들이 있어 놀랄 때도 있다.

지금은 모임 창업이든 어떤 것이든, 모든 홍보 활동이 채팅방을 통해 이루어진다. 자료 하나도 채팅방을 통해야 받을 수 있다. 처음에는 올라오는 자료를 전부 갖고 싶은 욕심에 채팅방 이곳저곳을 기웃거렸다. 채팅방이 많아 관리조차 쉽지 않게 되자, 쓸데없이 욕심내지 말자고 생각했다. 자료를 받아놓고 보지 않는 것이 사실이다. 관리가 안 돼 댓글이 수백 개 쌓이기도 한다. 나에게 필요한 톡방만 남겨두고 나온다. 단톡방 예의도 중요하다는 생각에 간단히 인사를 하고 나온다.

남아 있는 톡방에서 원하는 인증, 좋은 글을 공유하면서 나를 각인시켰다. 이제는 열정이라는 수식어는 나와 분리할 수 없게 되었다. 성격과 별명이 너무 딱 맞는다는 이야기를 듣는다. 이름대로 살아가고 있다. 블로그, 채팅방, 카페 활동도 하나로 통일하고 있다. 나를 더 알릴 수 있고 통일감도 있어 좋다. 내 온라인 쇼핑몰 이름도 같다. 만들 때는 이름이 중요하지 않다고 생각했지만, 그건 아니었다. 쇼핑몰 이름 중요하긴 하다. 창피하기도 하지만, 그냥 놔두었다. 물건 판매가 적어 다른 용도로 사용하고 있어 크게 신경 쓰지 않기로 했다. 나중에 하는 일이 잘 되면 쇼핑몰 이름도 바꿀 예정이다.

네이버 검색창에 상위노출을 신경 쓰진 않았지만, 갑자기 찾아보고 싶어졌다. 별명을 검색하니, 임영웅, 열정 영웅, 포켓몬고 열정의 히어로 무수히 많은 열정 관련 검색어가 떴다. 내 블로그가 전혀 노출되지 않아 충격을 받았다. 이름을 바꿔야 하나 생각했다. 열정이라는 이름 때문에 바쁘기만 한 건 아닌가, 고민하던 참이었다. 투자 공부를 하면서 부자가 된 사람이나 뭐든 잘 되는 사람들을 볼 때가 있다. 강사든, 수강생이든 하는 일마다 성공하는 경우를 보았다. 공통점은 부를 상징하는 이름을 가지고 있다는 것이었다. 행복재테크에 강남 여의주, 부자 되는 세상이라는 이름으로 활동하는 강사가 있다. 나는 내가 몇 년 동안 바쁘기만 하고 실질적인 성과가 없었다고 생각했다. 그들을 보며 나도 부를 상징하는 이름으로 바꾸고 싶었다. 일이 잘 안 풀릴 때는 내 이름과 별명 둘 다 바꾸려고 했다. 열정만 있고, 일도 많고, 끝없이 배우며 도전만 하고 있다고 생각이 들어서였다. 하지만, 그 이름을 대신할 마땅한 이름이 없었다. 별명은 흔해도 나를 대변하기에 딱 맞는 이름이라 고민하다 그냥 계속 쓰기로 했다. 마음에서 보낼 수 없는 이름이 되었다.

마음을 비우니 일이 술술 풀려간다. 열정대로 살고 활동하니 하고 싶은 일이 더 생겼다. 시니어 모델, 오디오 작가, 강사 등 하고 싶은 일들이 눈앞에 자꾸 보인다. 내 안에 잠든 열정이 꿈틀거린다. 최근에는 시니어 모델 모집 광고가 눈에 확 들어왔다. 젊었을 때 엑스트라도 해보았고, 극단에도 잠깐 있었고, 촬영장도 다녔던 생각이 났다. 보통은 광고를 보고 그냥 지나쳤는데 나도 모르게 지원서를 작성하고 있었다. 연신 혼자 피식 웃으면서 말이다. 며칠 지나고 오디션 날짜가 잡혔다고 연락이 왔다. 참가비가 없어서 해보려고 신청했는데, 갑자기 잡힌 중요한 일정으로 참가하지 못했다.

요즘은 나와 별명이 찰떡이라고 생각한다. 내 열정을 부러워하는 사람들이 많다. 오십에 식지 않은 열정의 비결이 무엇이냐 물으면 대답은 언제나 간절함이다. 배우고 말겠다는 의지와 해야 할 이유가 가능하게 했다. 꿈이 있는 사람은 늙지 않는다는 말을 좋아한다. 꿈을 위해 도전한다. 뜨거운 열정도 좋고 지속적인 열정도 좋다. 나는 열정이라는 단어가 참 좋다. 그 글자에는 힘이 있고 에너지가 넘친다. 자신감도 생긴다. 운명은 스스로 개척하기에 달려있다. 우울한 이름보다 에너지 넘치는 별명이 있으면 기분부터 달라진다. 아주 사소한 별명이지만, 나의 성격과 행동에 따라 만들었다. 이 식지 않은 열정으로 육십, 칠십, 팔십이 될 때까지 살고 싶다. 블로그 글쓰기도 더 열심히 하고 나만의 색깔을 담아내고 있다. 많은 활동을 통해 나라는 사람을 드러내고 나의 콘텐츠도 찾아가는 중이다.

자기 스스로 운명을 만든다고 생각한다. 내 삶의 열쇠는 내가 가지고 있다. 운명이니 재천이니 이런 말에 휘둘리지 않고 사는 삶, 나답게 사는 삶이 중요하다. 배움에 끝이 없듯이 인생에도 끝이 없다. 모든 것은 눈을 감아야 끝이 난다. 그때까지는 나의 열정도 끝이 없다. 해보지 않고 말할 수 없고, 경험하지 않고 말할 수 없다. 삶에 모든 일은 경험에서만 터득할 수 있다. 직접 해보는 실제 경험과 책이나 강의를 통한 간접 경험도 다 체험을 통해서 얻어진다. 나만의 캐릭터를 만들고 하나씩 도전하길 바란다. 작은 경험을 쌓아가면서 자신이 그린 그림을 완성해 가면 좋겠다.

삶의 퍼즐을 하나씩 완성해 가면서 느끼는 감동과 환희가 가슴 절절한 한 편의 드라마가 되길 바란다. 내 삶의 작은 경험이 채워지는 순간 설렘도 같이 채워진다고 생각한다. 행복한 삶을 만들기 위해서는 지속적인 노력이 필요하며, 자기 자신을 인정하고 사랑하는 것도 필요하다. 열정을 품고 멋지게 도전하자.

제3장

내 꿈은 사치가 아니야

내 마음대로 살아도 괜찮아

내가 원하는 길이 있다면
그건 내 마음이 시키는 거야
내 마음이 끌리는 대로 살아도 괜찮아

내가 가고 싶은 길이 있다면
그것도 내 마음이 시키는 거야
내 마음이 움직이는 대로 살아도 괜찮아

때로는 길을 잃고 헤매도
그대로 나아가면 되는 거야
내 마음이 끌리는 곳을 향해
마음이 움직이는 대로 살아도 괜찮아

끝없는 모험이지만
그 안에서 답을 찾을 거야
내 마음이 움직이는 대로 살아도 괜찮아
내 마음대로 살아도 괜찮아

그래도 괜찮아

1

내 수술동의서의 보호자는 23살 아들입니다

"The greatest wealth is health."

"가장 큰 부는 건강이다."

– Virgil

장미의 계절 오월, 곡성 장미 축제가 한창이다. 일주일 열심히 산 나를 위한 여행이다. 차 안에서 소리 높여 노래 부르며 한껏 신났다. 출발하기 전부터 생긴 편두통이 신경 쓰이긴 했지만, 기분은 최고였다. 곡성 장미 마을에 도착하니 도로는 사람들과 자동차로 가득했다. 정원에 들어가 가슴을 활짝 펴 장미향을 깊게 들어 마셨다. 꽃향기에 기분은 좋은데, 머리 통증이 점점 심해졌다. 오늘따라 자주 머리가 아프다. 뭘 잘 못 먹고 체한 걸까! 시간이 흘러도 두통은 사라지지 않았다. 계속 미간을 찌푸렸다. 코로나 집합 금지가 해제되고 처음 나온 나들이였는데 기분이 엉망이 되어간다. 장미정원을 한 바퀴 급하게 돌고 서둘러 돌아왔다. 운전대를 잡고 창문을 열고 달려오는데, 식은땀이 흐르고 속까지 메슥거리며 점점 좋지 않았다. 가게에 들러 집에 가려고 후진하던 중, 위 속에서 뭔가 확 올라왔다. 정신없이 상가 화장실로 뛰어갔다. 계속 토했다. 이상하다! 특별히 먹은 것도 없었다. 변기 뚜껑을 잡고 있다 문득 뇌출혈인가 하는 걱정이 들었다. 다 토하고 나니 속도 가라앉고 두통도 조금 괜찮은 듯했다.

다음 날, 두통은 사라졌다. 아침에 일어나 병원에 갈까 말까, 고민하다 MRI를 찍을 수 있는 병원을 찾았다. 건강검진도 예약할 겸 해서 방문했다. 두통이 있고 난 뒤에 뇌 사진 찍은 적 있냐고 묻기에 없다고 했다. 예방 차원에서 찍어보라고 권했다. 걱정되던 터라 흔쾌히 찍어보겠다고 했다. MRI를 찍을 때는 폐소공포증 환자처럼 긴장이 된다. 20여 분간의 촬영이 끝나고 판독하는 의사의 얼굴이 좋지 않았다.

"비파열성 뇌동맥류 소견이 보이고, 혈관이 조금 부풀어 있네요. 발견되기 쉽지 않은데, 검사하길 잘했네요. 소견서 가지고 큰 병원에 가서 정밀 검사받으세요."

덜컥 겁이 났다. 유명 영화배우가 뇌동맥류로 사망한 사건이 최근에 있어 더 겁이 났다. 오만 생각이 머릿속을 스쳤다. 서둘러 병원을 나와 소견서를 들고 큰 병원으로 갔다. 진료를 기다리는 시간이 멈춘 듯 길기만 했다. 진료실 문을 열고 들어가 앉자, 뇌동맥류라고 했다. 뇌동맥류는 뇌동맥이 갈라지는 부위의 혈관 벽이 약해지면서 꽈리 모양으로 풍선처럼 부풀어 올라 생긴 병이다. 내 경우는 아주 응급한 경우는 아니지만, 시술이 불가피하다고 한다. 혈관에서 나온 입구가 넓어 더 커질 수도 있고 놔두면 터질 수 있어 위험하다고 했다.

　병원 진료를 마치고 입원과 수술 날짜를 잡고 집에 돌아왔는데 일이 손에 잡히지 않았다. 겁 많고 걱정 많은 나는 검색을 했다. 전국의 뇌동맥류 명의와 뇌 시술이나 수술 정보를 다 찾아봤다. 전조 증상이 없고 언제 터질지 몰라 '머릿속 시한폭탄'이라고 불린다고 한다. 나는 건강에 대해서 예민한 편이다. 작년에 의사가 나에게 혈압이 불규칙해 약을 먹으라고 권유했지만 먹지 않아서 생긴 병이라 생각했다. 코로나 백신 접종 이후에는 두통도 자주 생겼다. 무엇 때문인지 정확한 원인을 알 수 없는 것이 이 병의 특징이며, 여성 발병률이 높고 젊은 사람도 많이 걸린다고 한다. 빨리 발견해서 정말 다행이었다. 조기 발견이 어렵고, 시기를 놓치면 사망률로 높다고 한다. 뭐든지 빨리 발견하는 것이 좋다. 정확한 발병 원인을 모르기 때문에 중년 이후 뇌혈관 검사를 한 번쯤 받아 보는 것을 추천한다.

　혈관조영술과 코일 색전술을 위해 입원했다. 다리 쪽 대퇴동맥을 통해 작은 관을 넣어 뇌동맥에 접근한 뒤 뇌동맥에 코일을 넣는 시술이다. 코일 색전술은 최근 많이 하는 방법이라고 했다. 부풀어진 혈관에 백금 코일을 감아 더 커지지 않게 하는 시술이다. 내 경우는 뇌혈관이 부푼 부분이 넓어 코일을 감아도 고정이 안 돼 코일이 혈관으로 다시 나온다고 했다. 불가피하게 그것을 막아주는 스텐트 시술까지 추가해야 했다. 스텐트 시술은 동맥경화나 혈관이 막혔을 때 하는데, 내가 한다니 마음이 더 좋지 않았다. 머리를 열고 하지 않아 그나마 다행이라 생각했다. 수술 전 동의서, 준비물, 주의할 사항을 듣고, 마지막 보호자 사인이 필요했다. 아들에게 보호자 사인해 달라고 부탁할 수가 없었다. 애들 아빠도 힘들게 보냈는데, 수술동의서에 살벌한 말을 읽고 사인하는 모습은 보고 싶지 않았다. 내가 사인한다고 말했지만 통하지 않았다. 나의 보호자는 고등학생인 딸과 23살 아들이다. 아무것도 해준 것 없는데, 수술동의서 사인까지 하게 해서 마음이 아팠다. 수술 전날 밤늦게 아들이 병실에 들어왔다. 잠을 자야 하는데 생각이 많아져 도통 잠이 오지 않았다. 생각의 절반은 불안한 걱정거리다. 내일 시술인데, 잠을 잘 수 없었다. 열심히 산 결과가 병이라니 마음이 착잡했다. 침대에 누워있자니 인생 참 허무한 생각이 들었다.

혹시나 하는 불안한 마음에 뇌동맥류를 다시 찾아봤다. 수많은 부작용과 후유증, 모두 내 이야기라 생각했다. 시술받다 죽으면 어떡하지, 남겨줄 건 처리해야 할 부동산과 대출뿐이었다. 해결하지 못한 일을 아들이 책임져야 하는가. 끝까지, 부모라고 힘들게만 한다고 생각했다. 온갖 부정적인 생각이 꼬리에 꼬리를 물었다. 한쪽에 앉아 있는 아들에게 들킬까 조용히 손으로 눈물을 훔쳤다. 카카오톡 화면을 열어 하나씩 정리하기 시작했다. 혹시 내가 잘못돼도 당황하지 않고 해결할 수 있도록 말이다. 사는 집, 분양받은 아파트, 법인 물건, 가게, 통장, 서류 위치 등 나는 이미 유언장을 작성하고 있었다. 잠을 못 자고 한숨을 쉬었다. 나도 모르게 내쉰 큰 한숨 소리에 아들이 놀랐는지 아들이 말을 걸었다.

"엄마 왜? 긴장돼?"
"어, 조금, 잠을 자야 하는데 잠이 안 와. 아들, 미안하네."
"왜?"
"엄마가 보호자 사인하게 해서 말이야."
"내가 엄마 보호자지 누가 보호자여."

그냥 웃음이 나왔다. 가끔 나보다 의연하게 대처할 때가 있다. 그럴 때는 남편보다 낫다. 말은 안 했지만, 의지가 되고 든든할 때가 있다.

다음 날 아침 일찍, 수술 준비를 마치고 간이침대에 누워 수술실로 향했다. 내 옆에 졸졸 따라오는 아들 얼굴을 보자 눈물이 났다. 수술실 문이 닫히고 수술대 위에 누웠다. 수술대에서 바라본 천장의 커다란 기계 장치는 공포감을 불러왔다. 간호사, 의사의 웅성거림은 힘없이 누워있는 나를 바보로 만들었다. 눈을 지그시 감았다. 겁먹은 상황에서도 내 이야기를 하는지 귀를 쫑긋 세웠다. 허벅지 옆 사타구니 쪽을 소독했다. 꼿꼿하게 굳어 있는 나에게 힘 빼고 편하게 있으라고 말했다. 눈물이 흘러내렸다. 시끄럽고 냉기가 흘러나오는 수술실 분위기는 나를 더 움츠러들게 했다. 시간이 지났다. 눈이 스스로 감기고 뇌 속에 있는 혈관에 뜨거운 물질이 들어가는 듯했다. 별이 보였다. 눈을 감고 있는데 뜨거운 느낌과 불빛이 뇌 속을 왔다 갔다 했다. 태어나서 처음 경험해 본 것이다. 무섭고 겁이 났다. 온몸에 힘을 꽉 주려고 노력했다. 그리고 기억이 없다.

시간이 흘러 눈을 떠보니 중환자실 한쪽의 회복실이다. 어떻게 왔는지, 시간이 얼마나 흘렀는지 아무런 기억이 없다. 눈앞에 엄마가 보였다. 울컥해지는 눈물을 참았다. 면회가 안 될 텐데, 사정해서 아들 대신 오셨나 보다. 아프지 않은 게 효도지만 엄마에게 늘 나는 아픈 자식이다. 동맥을 건드려 움직이면 안 되었다. 24시간 동안 지혈 잘 되게 모래주머니를 허벅지 위에 올려놓고 누워 있었다. 디스크가 터진 나로서 반듯이 누워있는 건 고통이다. 시술은 잘 되었단다. 헐떡거리는 숨을 몰아쉬는 환자, 목 놓아 우는 보호자, 그 중환자실에 내가 있다. 어쩜 미래의 내 모습 아닐까! 온 신경이 예민해졌다. 평정심을 찾는 게 여간 힘든 게 아니었다. 몸과 마음에서 보내는 경고에 민감해야 한다. 몸 하나 통제 못 할 정도로 힘든 날이 있다. 쉬라는 신호다. 건강을 챙기는 일이 우선순위가 되었다. 건강 염려증 덕분에 이상하면 바로 병원에 간다. 누구도 건강을 자신할 수 없다. 건강하게 오래 사는 일이 남은 숙제다. 사는 동안 건강하게 멋지게 늙고 싶다. 내 몸도 마음같이 챙겨야겠다.

2

내가 사기를 당할 줄이야

2020년 5월 아침 일찍 친구 A에서 전화가 왔다.

"어떡해, 정이야."

"무슨 일인데?"

"우리 사기당했어. 돈 갖고 튀었어. 사고 난 줄 알고 신고했는데, 다 갖고 도망갔어."

친구의 떨리는 목소리가 전화기로 그대로 전해졌다. 흐느끼는 소리가 들렸다. 머릿속이 하얘졌다. 퇴사를 앞두고 맡긴 돈이다. 금세 찾으려고 했던 건데, 흔적도 없이 사라졌다. 전국 지명수배를 내렸다. 47년 평생 투자 권유를 많이 받았지만 절대로 하지 않았던 나였다. 그런 내가 다른 친구 B와 C에게 소개까지 했다. 이 일을 어떻게 감당해야 할지 앞이 캄캄했다. 심장이 요동치며 좀처럼 진정되지 않았다. 회사 규모가 커지며, 투자한 이익금으로 또 다른 사업을 더 확장한다고 했다. 평생 누구에게 돈을 맡기거나 빌린 적도 없다. 결혼하고는 남편만 경제 활동을 했다. 아이 병원 치료와 수술을 하느라 돈을 모으지 못했다. 집도 결혼할 때 산 작은 아파트가 전부다. A는 혼자 힘들게 사는 내가 잘됐으면 하는 바람에 이야기를 어렵게 꺼냈다.

처음에는 3,000만 원만 맡겼다. 매일 일수처럼 이자가 통장에 찍히자, 욕심이 생겼다. 사람 욕심이 끝이 없다. 모인 이자와 원금을 또 맡겼다. 불어난 이자가 원금과 비슷하게 불어났다. 싱글벙글 기분이 좋았다. 친구를 만나면 자꾸 웃고 있는 나에게 좋은 일 있냐고 추궁했다. 숨길 수 없어 사실을 얘기하자 소개를 부탁했다. B와 C는 이미 오래전부터 다른 투자를 하고 있었다. 나에게 여러 번 권유했지만, 늘 돈이 없다는 이유로 거절했다. 그랬던 내가 뭔가에 홀렸나 보다. 우리 셋은 원금과 이자를 늘려가는 재미에 빠졌다. 만나면 즐거웠다. 건물주도 되고 월세 받는 꿈을 꾸었다. 뭔들 재미가 없겠는가. 돈이 통장에 꼬박꼬박 들어오니 사는 게 재미있었다. 직장서 힘들어도 통장 잔액을 보면 기분이 좋았다. 돈을 쓸 시간도 없이 정신없이 일했다. 한 달 후에 회사를 그만두고 무엇을 할지 고민하지 않았다. 이미 건물주가 된 듯 몸이 아픈 것도 일이 힘든 것도 잊었다. 쓰지 않고 쌓이는 대로 다 맡겼다. 생각할수록 기가 막혔다. 차라리 돈을 썼다면 덜 억울할 것이다.

어느 날부터 매일 아침 같은 시간에 입금되어야 하는데 늦어졌다. 찜찜했지만, 바쁜 업무로 잊어버렸다. 퇴사하면 종잣돈과 생활비 하려고 했다. 그 생각만 하면 기분이 좋았다. 걱정이나 의심이 없었던 것은 아니지만 돈에 눈이 멀었다. 조금 늦네! 생각하다 보면 금세 들어왔다. 사고 며칠 전 통장에 모인 돈을 전부 맡겼다. 지금 생각하면 도저히 이해할 수 없다. 전국 지명수배가 내려, 그 나쁜 자식을 금세 잡고 돈도 찾을 거라 믿었다. 아무런 진척 없이 한 달이 흘렀다. 벌써 외국으로 도망갔다고 생각했다. 누구에게도 말할 수 없다. 어떻게 평생 하지 않은 짓을 한 것인지, 나조차도 이해가 되지 않았다. 속만 시꺼멓게 타들어 갔다. 소개한 B와 C가 걱정되었다. 잠을 잘 수가 없었다. 참담했다. 앞이 캄캄했다. 욕심내지 말고 감당할 수 있는 선에서 하자 했는데 욕심은 이미 감당할 선을 넘었다.

마침내 사기꾼이 잡혔다. 돈은 온데간데없어지고 빈털터리로 잡혔다. 주식으로 다 날렸단다. 믿어지지 않았다. 그 순간, 어느 시골 밭을 팠는데 돈다발이 나왔다는 신문기사가 떠올랐다. 어디 땅에 묻어 놨겠지. 그렇게 믿고 싶었다. 어떻게 찾을 수 있을까? 그 사기꾼 가족은 분명 알겠지. 모든 행적을 다 뒤져라도 찾았으면 했다. 아니 꼭 찾아 달라고 매달리고 싶었다. 조사할수록 과거 사기 전과가 튀어나왔다. 그 사람 과거 행적에 충격을 받았다. 왜 우리는 그런 사람에게 잘 속을까. 평생 착하게 살아온 우리가 표적이었나 보다. 바보 같은 우리를 얼마나 비웃었을까!

생각하니 화가 나고 창피해 미칠 것 같았다. 하루아침에 직원 모두 피해자가 되었고, 그 사기꾼에게 완전히 속았다. 사장이 직원들과 그들 가족까지 잘 챙겼기에 모두가 믿었단다. 많은 피해자는 도망간 사장 대신 남은 직원들을 괴롭히기 시작했다. 전쟁이나 다름없었다. 나는 돈은 날렸어도 재테크 투자를 공부하고 있으니 금방 회복될 거라 믿었다. 나보다 A가 걱정되었다. 좋은 일로 했는데, 피해 본 사람이 많아 감당하기 힘들었다. 어떻게든 A가 딴마음 먹지 않기를 바랐다. 같이 했던 B, C도 본인도 힘든데 서로 위로했다. 눈물 없이 볼 수 없는 상황이었다.

　나에게 여러 번 투자를 권유했던 B에게 지금 하는 투자도 잘 살펴 조심하라고 말했다. 큰일을 겪으니 다 믿을 수 없었다. 돌다리도 두드려 보고 건너자 했다. B는 가족과 10년 넘게 해왔던 투자라 더 안전하다고 했다. 잘 살펴보라고 당부했다. 불길한 예감이 계속 남았다. 어느 날, 그쪽도 돈이 들어오지 않고 차일피일 밀리기 시작했다. 친척인데 설마 사기칠 거란 생각은 꿈에도 하지 않고 기다리고 있었다. 그러다 결국 B 쪽도 사건이 터졌다. 10년간의 투자가 모두 거짓이었다. 우리 사건 발생 한 달 뒤에 터졌다. 가족을 속인 사기 사건이라 금액도 피해자도 많았다. 대부분 가족, 친구, 친인척이다. 서류까지 위조해 모두 감쪽같이 속였다는 사실에 친구는 망연자실했다. 그 사기를 친 여자의 남편도 전혀 몰랐다는 사실이 더 충격적이었다. 10년을 들키지 않았던 치밀함에 모두 혀를 내둘렀다. 돈을 갖고 도망가 숨어 지내다 결국 잡혔다. 그 돈도 주식으로 날렸단다. 양쪽에서 터진 사건으로 정신을 놓을 뻔했다. 정말 기가 막혔다. 양쪽에서 걸친 B와 C는 넋이 나갔다. 세상에 이런 일이 특종감이다. 어떻게 우리한테 일어난 일인지 믿어지지 않았다. B와 C는 이중 삼중 고통을 받았다. 아찔한 그 순간을 다시 떠올리고 싶지 않다.

전 재산을 날린 사람들의 이야기로 뉴스는 매일 시끄러웠다. 회사에선 얼마나 멍청하길래 저렇게 당할 수 있을까? 그 멍청한 사람이 나라는 것도 모른 채 계속 쑥덕였다. 사무실과 집에서 나는 벙어리가 되었다. 쥐구멍이라도 찾아야 했다. B와 C는 반쯤 넋이 나가 있었다. B는 오랜 시간 큰 탈도 없었고 어떤 이상한 낌새도 없었다고 했다. 그 여자가 수십 년 같이 산 남편도 속였으니, 내 친구는 오죽했을까 싶다. 오랫동안 별 탈 없었기에 주변 사람들에게 소개했다고 말했다. 그 주변 사람이 친구를 괴롭히는데 보고 있을 수 없었다. 결혼 후 살림만 하던 친구는 넋 놓고 있었다. 우울증 약으로 하루를 버티고 있었다. 피해자가 피의자가 되고 고소장이 접수되자 불안은 극도로 치달았다. 견디지 못했다. 달래고 이겨내라고 했지만, 결국 이겨내지 못하고 스스로 생을 마감했다. 사기 친 사람은 버젓이 잘살고 있는데 죄 없는 피해자는 왜 힘들어야만 하는지 억장이 무너졌다.

이보다 더 비참할 수가 없었다. 늘 함께 한 친구를 더는 보지 못한다는 슬픔이 너무 컸다. 삶을 놓아야만 했는지, 힘들어도 황망하게 떠날 줄은 전혀 예상치 못했다. 하루아침에 세상이 멈췄다. 그녀의 선택이 모두 망연자실하게 했다. 죽을 것 같다는 말, 그냥 한 말이 아니었다. 얼마나 고통스러웠을까! 살고 싶어. 살려 달라 말하는지 전혀 몰랐다. 그렇게 우리는 친구를 잃었다. 아수라장이 되었다. 무슨 일을 어떻게 해야 할지…. 남은 A, C도 걱정되었다. 나를 돌볼 시간이 없었다. 회복하리라 믿었기에 친구가 걱정되었다. C도 죽을 만큼 힘들었지만 참아냈다. 누군가 또 삶을 포기한다면 그때는 내가 무너질 것 같았다. 필사적으로 남은 사람을 보호하기로 했다. 가족에게 도움을 요청했고, 친구를 지키기로 했다. 죽고 싶다고 말할 때마다 아이들 마음의 상처는 어떻게 할 거냐고 타일렀다. 내가 할 수 있는 최선이었다. 3년이 지난 지금도 내 친구는 몹시 불안한 상태다. 곁에서 지켜보며 내가 더 단단해지기로 했다. 나는 이겨내고 있다. 하루에도 열두 번 이만하길 다행이야 외쳤다. 투자해서 모두 회복하고 다 도와줄 것이라 수백 번 다짐하며 나를 강하게 만들었다.

인생 참 허탈하다. 어떤 것도 예측할 수 없다. 다 부질없다. 욕심이 욕심을 낳다가 소중한 사람을 잃고 후회해 봤자 아무 소용이 없다. 사람 목숨이 먼저다. 아무리 미워하고 욕하고 싸워도 사라진 돈은 그냥 없다. 포기할 것은 포기하고 다시 시작하면 된다. 물론 힘들다. 그래도 살아야 하지 않을까! 모든 걸 되돌릴 수는 없다. 하지만 이 세상 그 어떤 것도 목숨보다 더 중요한 것은 없다는 걸 다시 한번 깨달았다.

오십에 다시 하는 인생 공부, 사람 공부

"One book, one pen, one child, and one teacher can change the world."

"한 권의 책, 하나의 펜, 한 명의 아이, 한 명의 선생님이 세상을 바꿀 수 있다."

– Malala Yousafzai

친구 장례식을 끝내고 다음 날, 멍하니 앉아 있다가 옷을 주섬주섬 입고 운전대를 잡았다. 창문을 열고 바람을 가르며 한 시간 달려서 찾아간 곳, 아빠 산소였다. 발길이 왜 그곳까지 닿았는지 모르지만, 펑펑 울고 나니 답답함이 조금 가라앉았다. 집으로 돌아오는 길에 모두 다 털어버렸다. '분명 나는 다시 일어설 거야, 그래야만 해.' 내가 친구 몫까지 열심히 살아 진짜 부자가 되어야겠다고 다시 한번 다짐했다. 털어내고 빠르게 일상으로 복귀했다. 일련의 사건들을 받아들이기 힘들었지만, 아이들이 내 옆에 있으니 정신 차려야만 했다. 나는 강한 엄마이자 투자자다. 나의 어리석은 일은 내 삶의 전환점이 되었다. 나 외에는 아무도 믿지 않겠다고 다짐했다. 쉽게 버는 돈, 투자에 흔들리지 않기로 했다. 세상 유혹에 흔들림 없이 버티며 살기로 했다. 그래서 책을 읽기 시작했다. 사기를 당하지 않기 위해, 돈을 잃지 않기 위해서 계속 읽었다. 안 쓰고 안 먹고, 아껴 모은 돈을 고스란히 날리다니 믿어지지 않았지만 인정했다. 40대에 그렇게 된 것도 운이라 생각이 들었다. 50대, 60대 은퇴 후에 그 사건이 났다면 견디지 못했을 것이다. 그때는 걷잡을 수 없다.

나는 회복 탄력성이 좋고 강한 정신력이 있다. 그렇게 힘든 일이 있는데 어떻게 견뎠냐고 묻는다. 선택의 여지가 없었고, 어떻게든 회복하고 일어서야 할 수밖에 없는 처지였다. 사람인지라 요즘같이 힘들 때면 그 돈이 있었으면 하는 생각이 든다. 그 돈 안 맡겼으면 아이들과 잘 지냈을 텐데 생각한다. 누구를 원망할 수도 없다. 어쨌든 모든 선택은 나의 무지로 일어났다. 자책하려면 나를 해야 한다. 이런 상황에서 남은 돈을 악착같이 지켜야 했다. 남은 돈을 잘 이용해 부동산에 투자하게 되었다.

그 사건 이후 일상으로 복귀가 쉬울 것 같지만, 나의 생활은 달라졌다. 친구도 챙겨야 했고, 내 삶도 돌아봐야 했다. 퇴직하고 종잣돈으로 쓰려고 한 자금이 한순간에 없어졌으니, 어떻게 살아야 할지 막막했다. 투자 공부를 열심히 해 다 회복하고 주변 사람들도 챙긴다고 큰소리쳤지만, 자신 없었다. 무엇을 할 수 있을까? 아이들에게도 미안했다. 속속들이 다 말할 수 없다. 지금보다 조금만 더 여유 있으면 좋겠다고 욕심냈는데 욕심이 화가 되었다. 나 혼자 벌어서 언제 부자가 되지, 살길이 막막했다.

아들이 나에게 정신력이 정말 대단하다고 말했다. 친구가 죽고 힘들어 하기보다 언제나 당당해 보였기 때문이다. 산 사람은 이겨내야 할 분명한 이유가 있다고 말했다. 중요한 것은 나에겐 책임져야 할 가족이 있다. 내가 우울하게 지낸다고 삶이 달라지지 않는다. 삶이 힘들수록 나를 더 단단하게 만드는 것이 나를 지탱하는 힘이라 믿었다. 솔직히 당당한 척하기도 했다. 그래야만 내가 더 빨리 극복할 수 있으니 말이다. 천성이 여리고 남에게 상처를 주는 말을 못 하는 남편은 술을 마시면서 자신을 힘들게 만들었다. 술로 해결되면 좋겠지만, 술은 절대로 아무 도움도 주지 않았다. 옆에서 지켜보는 내가 감당하기 힘들 뿐이다. 자신을 힘들게 해봤자 얻어지는 건 아무것도 없다. 나와 내 가족을 위해 다시 용기를 냈다.

내가 잃은 돈은 남편 보험을 정리한 것이었다. 그 돈의 일부라도 남아서 다행이라고 생각했다. 아이들과 잘살아 보려던 나의 어리석은 판단이 전부 망치고 말았다. 처음에는 은행에 펀드나 예금으로만 단기 수익을 냈었다. 위험한 것을 싫어하고 안정적인 투자를 고수하던 나는 주식도 하지 않았다. 오로지 은행, 신협, 새마을 금고에서 돈을 굴렸다. 큰 수익은 아니어도 안정적인 이자 수익을 만들었다. 그렇게 모으고 굴린 돈을 하루아침에 날렸다고 생각하니 나를 원망하지 않을 수 없었다.

남은 돈은 나에게 남겨진 마지막 유산이었다. 그 돈은 어떻게든 지켜야 했다. 투자 공부하면서 사업도 시작하고, 부동산 투자도 과감하게 했다.

그 돈을 제대로 투자했다면, 지금 형편이 더 나아졌을지 모른다. 분양권 투자만 했다. 계약금만 있으면 계약할 수 있고 중간에 팔면 된다는 생각에 걱정도 문제도 없었다. 개인 투자로 지식산업센터 분양권 3개, 아파트 분양권 2개, 아이스크림 가게, 친구랑 공동 투자한 사무실, 재건축 갭투자 아파트 등 나열하고 보니 믿어지지 않을 정도로 많다. 무식이 용감했다. 진짜 무식한 사건은 따로 있다. 지식산업센터는 아파트와 달리 건물 부분 부가세를 환급해 준다. 전매하거나 매도할 때 다시 돌려줘야 하는 돈이다. 처음에는 모두 환급한 돈이 내 돈이라 생각했다. 분기별로 환급되면 돈을 모아 다시 다른 물건에 투자했다. 투자 개수가 그렇게 해서 늘어났다. 결론은 내 돈이 아닌 남의 돈으로 투자한 격이다. 이런 무식한 투자자는 처음 볼 것이다. 나를 가르쳐줬던 강사가 들으면 놀라 기절할 일이다. 돈을 지켜야 한다는 강박관념에 결국 무리한 투자를 하고 말았다.

작년부터 경기침체로 부동산 하락장을 맞으면서 힘들어졌다. 내가 생각한 대로 잘될 줄 알았는데, 갑자기 경기가 나빠질지 전혀 상상하지 못했다. 적당한 시기에 매도해서 투자금을 회수할 수 있다고 믿었으나, 내 맘대로 이뤄진 건 하나도 없었다. 사실 퇴사한 후에도 아는 부동산 소장님이 좋은 물건을 소개해 주셨으나 매번 거절했다. 아무도 믿지 못했다. 1년을 허송세월 공부한다고 보낸 다음 한참 상승기 투자 분위기에 올라탔다. 부동산은 한 치 앞도 알 수 없으며, 타이밍이 중요하다. 부동산 전문가도 지금 힘들다고 한다. 고수도 힘들다는 부동산에 겁 없이 덤빈 결과다. 여윳돈과 기다릴 시간 있는 사람이 버틸 수 있는 상황이다. 요즘 매도하지 못한 부동산 등기부 등본을 볼 때면 한숨이 절로 나온다. 이렇다 보니, 줄일 돈조차도 없는데, 안 쓰고 더 아껴야 한다고 나 혼자만 전전긍긍하고 있다. 돈을 지킬 정확한 판단조차 하지 못했다. 매도 시기도 놓쳐 부동산 물건 중 겨우 하나만 정리가 되었다. 앞으로 일이 두렵고 무서웠으며, 이대로 패배감과 두려움으로 살아야 하나 겁이 났다. 주저앉을 수만은 없다. 가진 것이 정리되면 조금 마음이 편할 텐데 지금은 마음의 여유도 없다. 그냥 책을 읽고 글을 쓰면서 인내하고 견디며 내공을 쌓고 있다.

김승호 회장의 『돈의 속성』에서 읽은 돈을 다루는 네 가지 능력이 생각났다. 돈을 버는 능력, 모으는 능력, 유지하는 능력, 쓰는 능력이 있다고 한다. 나는 모으는 능력도 틀렸고, 유지하는 능력도 잘못했다. 하지 말아야 할 곳에서 돈을 모으고 유지했다. 재산을 지키는 것, 유지하는 능력이 가장 힘들다는 것을 뼈저리게 느꼈다. 돈에도 좋은 돈과 나쁜 돈이 있다고 했다. 나는 노동으로 정당하게 번 돈이 아니라 나쁜 돈에 빠졌다. 모든 일은 한순간이다. 정말 찰나의 순간에 모든 걸 앗아간다. 잘못된 판단이 욕심을 불러오고 그 욕심이 또 욕심을 불러오는 악순환을 겪었다. 이런 실수는 평생 한 번으로 충분하다. 두 번 다시 실수하지 않는다. 많이 버는 것이 중요한 것이 아니다. 적게 벌어도 어떻게 써야 가치 있는 일인지 알게 되었다. 돈은 불리는 것도 중요하지만 결국 지키는 것이 더 중요하다.

돈을 잃은 사건은 시간이 한참 지났어도 모두에게 상처와 고통을 남겼다. 요즘같이 힘들 때 잃어버린 돈이 생각이 안 난다고 하면 거짓말이겠지만, 나는 이겨내고 있다. 긍정적인 생각으로 앞으로 좋아질 거라 믿기 때문이다. 하지만, 내 친구 A는 그 일 이후에 대인기피증이 생겼다. 죄인이 아닌데 죄인처럼 사는 A를 보면 속상하다. 내가 이렇게 책에 담는 것도 힘들다. 웃어넘길 수도 없다. 그 일로 좋은 사람이 아무도 없기 때문이다. 옆을 살짝 돌아보면 주변에 사기당한 사람이 많다는 사실에 놀랐다. 돈에 대한 욕심, 잘못된 판단은 자기가 선택한 일이며, 그 선택에 책임도 스스로 져야 한다. 남이 아닌 나를 탓했다. 실수는 두 번은 안 된다. 두 번은 실수가 아니라 습관이다. 돈 공부를 잘못한 나의 습관과 잘못이다. 인생에서 가장 큰 경험을 했다. 인생 공부 사람 공부 제대로 했다고 생각한다. 선의로 베푸는 호의를 의심하는 병이 생겼다. 믿어도 될까 고민하기보다 그냥 않기로 했다. 이제는 오롯이 나만 믿기로 했다.

4
아들과 인생을 논한다

"The only way to do great work is to love what you do."
"위대한 일을 하는 유일한 방법은 당신이 하는 일을 사랑하는 것이다."
– Steve Jobs

요즘 열심히 살려고 하는 아들을 보면서 이런저런 생각이 든다. 남들은 대학 다니면서 공부하고 있지만, 아빠의 부재로 가고 싶던 대학도 포기했다. 아들은 여러 가지 일을 하면서 다양한 경험을 쌓고 있다. 힘들어서 금세 그만두기도 하고, 술 마시고 늦게 일어나기도 하고 아직은 자기 몸 하나 건사하기도 힘든데, 종잣돈을 모으겠다고 이리저리 뛰고 고민하는 모습을 볼 때마다 마음이 좋지는 않다. 스물네 살인 아들이 직장보다 사업, 투자 쪽에 더 관심을 두고 있다. 가난했기에 돈을 벌어 사업한다고 하지만 돈을 모으고 쓰는 것은 스물넷, 아이가 감당하기엔 아직은 어렵다. 강한 집념이 없으면 돈을 모으지 못한다. 나에게는 아들의 모습이 모두 서툴고 불안해 보인다.

아이들 자립하는 데 돕고 싶었다. 자유로운 영혼의 소유자인 아들, 자존감 낮고 자신감이 부족한 딸이 세상으로 나가는 데 도움 되었으면 하는 바람에 시작된 투자였는데 오히려 더 힘들어졌다. 더 안 쓰고 독해지려고 했다. 그렇다 보니 아이들은 늘 나를 오해한다. 당연한 결과다. 내가 좋아하는 일만 하고 자기들은 신경도 안 쓴다고 생각할 수 있다. 가족이니까 이해하겠지 나 혼자 착각했다. 가족이라서 말이든 행동이든 더 함부로 하고 상처도 더 크게 받는다. 아이들이 나와 같을 거란 당연한 생각을 했다. 나처럼 단단하게 잘 이겨 낼 수 있다고 생각했다. 말이 좋게 나가지 않았다. 공부했으면 했고, 빨리 시작하라고 강요했다. 결국, 상처가 아픔이 되고 그 아픔이 나도 힘들게 했다. 요즘 아이들에게 참 미안한 생각이 든다. 철없는 엄마는 이제 철이 드는가 보다. 지금 내가 해줄 수 있는 것이 없어 마음이 아프다. 다 정리하고 싶은데 내 마음대로 되지 않으니, 속이 시꺼멓게 타들어 가고 있다.

얼마 전까지 엄마가 하는 말은 전부 잔소리라 생각하고 역효과만 났다. 이제는 믿고 응원하는 쪽으로 마음을 바꿨다. 내가 믿지 않으면 누가 믿어줄까. 아들의 동반자가 되기로 했다. 아직 나도 불안하지만, 아들의 든든한 지원자가 되기로 했다. 할 수 있다는 신념과 자신감을 심어주기로 했다. 인생 선배, 투자 선배로 내가 겪으면서 느꼈던 일을 보고 배우는 일이 더 큰 경험이 될 수 있다. 결과적으로 나도 책임감이 커지고 모든 일에 신중하게 해야겠다는 마음도 들었다. 힘들 때는 대학 보냈다고 생각하기로 마음먹었다. 대학을 다녔다면 신나게 놀고 있을 텐데 하는 생각에 아들에게 하던 잔소리와 핀잔을 줄이려고 노력한다. 조용히 지켜봐 주는 것이 더 나을 수도 있겠다는 생각이다. 인생 경험을 쌓고 있는 아들에게 내가 해줄 수 있는 것이 없기에 더 미안한 마음이다.

아들이 술 한잔 걸치고 들어와 엄마 어떻게 하면 돈을 벌 수 있을까 물었다. 그간의 일을 얘기할 타이밍 같았다. 기회를 엿보고 있었는데 오늘이 그날 같았다. 말할 엄두가 안 나 입안에서 말이 맴돌았다. 어떻게 받아들일지 걱정되었다. 듣는 내내 별말이 없었다. 이야기를 다 들은 아들이 기가 막히는지 말없이 캔맥주를 벌컥벌컥 들이켰다. 아들의 핵심은 내가 친구들에게 투자를 권한 것에만 맞춰졌다. 왜 그랬느냐는 말만 되풀이하며 깊은 한숨을 내쉬었다. 친구에게 잘하라고 했다. 진짜 잘하라는 말만 반복했다. 나는 가족, 친구들, 너희 때문에 부자가 되기로 마음먹었다고 했다. 아들이 자기는 신경 안 써도 알아서 잘 살 수 있다고 내 걱정이나 잘하라고 한다. 어떻게 그런 사기를 몰라볼 수 있냐고, 자기도 알겠다면서 이해가 안 된다는 눈으로 연신 나를 바라보았다. 아들이지만 창피하고 얼굴이 빨개졌다. 어이없는 웃음만 나왔다. 얼마나 어리석게 보일까. 기막힌 아들 표정이다. 자기가 알고 있는 엄마가 그런 사람이 아닌 걸 알기에 더 충격이 크다고 했다. 그렇게 될 줄 몰랐지, 하고 넘어갔다.

아들과 이야기하는 시간이 새벽을 훌쩍 넘겼다. 아침에 예비군 훈련을 가야 하는 아들이다. 일찍 자야 하는데 나 때문에 훈련에 늦어버렸다. 아들은 요즘 부쩍 진로를 놓고 고민이 많다. 어떻게 사는 것이 잘사는 거냐고 물었는데, 내 인생 상담을 한 격이 되었다. 오천 원짜리 맥주 4캔을 혼자 홀짝홀짝 다 마셨다. 훈련 갈 아이를 붙잡고 괜한 얘기를 했나 싶다. 아들이 아직 어린 줄로만 알았는데, 자기 인생에 대해 고민하는 모습이 대견하기도 하고 안심이 되었다. 얼큰히 취기가 올라온 아들은 조용히 내 옆에서 잠이 들었다. 얼굴을 쓰다듬으며 한참을 내려다보았다. 좋은 부모 만났으면 이렇게 고생 안 해도 될 것을 어릴 때부터 힘들게 살아온 아들이 측은해 보였다.

우리 집이 가난하다고 생각한 적이 없었다. 그런데 돌아보니 참 없이 살았다. 안 쓰고 안 입고 말이다. 돈이 부족해서 늘 아끼고 살았다. 그렇다 보니 아이들은 언제나 갖고 싶은 것이 있어도 당당하게 사달라고 요구하지 못했고, 떼 한번 쓰지 않았다. 경주용 리모컨 자동차가 너무 갖고 싶어 검도 학원에 보내 달라고 했었던 일을 평생 우려먹는 아들이다. 천냥백화점 같은 곳에 가면 천 원짜리 장난감 하나만 사줘도 고맙다고 했던 아이다. 내가 못 해줬기에 나중에 여유가 생기면 손주까지 챙겨주는 멋진 할머니가 되려고 했는데, 한참 더 뒤로 밀려나게 생겼다.

아들이 자는 모습을 보며 예전 일을 하나씩 떠 올려본다. 방에서 자는 딸 생각도 하면서 어떻게든 이 어려운 시국을 잘 넘겨야겠다고 생각했다. 어느덧 아들이 커서 내 속마음을 이야기할 수 있다는 것이 믿기지 않았다. 이해 못 하고 화낼 줄 알았는데, 속은 억울하고 분하겠지만 내색하지 않고 나에게 친구들에게 잘하라는 말에 안심이 되었다. 다른 건 몰라도 남에게 돈으로 피해 주는 것을 가장 싫어하는 아이였다. 아들 주변에 돈 때문에 힘들어하는 친구들이 몇 있어 늘 걱정되었다. 어떤 유혹에도 흔들리지 않는 아들이 오십을 살아온 나보다 더 낫다고 생각된다. 아들이 든든해졌다. 아직 돈의 개념이 없어 적은 돈을 빌려주고 빌리기도하지만, 그래도 나쁜 일을 하는 데 돈을 쓰지는 않는다. 쓸데없는 투자도하지 않는다. 주식이나 코인도 친구들 권유에도 흔들림이 없다. 나보다확실히 낫다. 이렇게 자라주면 좋겠다. 흔들림 없이 살아가길 바란다.

앞으로 아들과 더 많은 인생 이야기를 해도 되겠다. 진짜 나의 보호자인 느낌이다. 내가 가진 두려움과 패배감이 줄어드는 것 같았다. 너무 일찍 인생의 쓴맛 단맛을 알아가는 아들이 안쓰럽다. 삶의 힘든 과정이 앞으로 살아가는데 큰 자양분이 되길 바란다. 나와 같은 실수를 하지 않기를 바라는 마음으로 흐뭇하게 아들을 내려다본다. 어떤 삶이든 스스로터득하는 것이 가장 좋은 선생이다. 실패도 시련도 과정이다. 나와 아들은 지금보다 나은 삶에 대한 같은 목표를 가지고 있다. 목표를 이루기 위한 과정에서 어려움과 시련은 극복할 수 있다 믿는다. 실패라고 생각하지 않으면 실패가 아니라 그냥 과정이다. 실패가 두려워 시도조차 하지않는 것은 진짜 바보 같은 짓이다. 아들이 어리니까 실패해야만 한다는 것도 아니다. 과정에서 하나씩 알아가기를 바랄 뿐이다.

경험도 쌓여야 한다. 성공으로 가는 문을 쉽게 들어갈 수 있다면 얼마나 좋을까. 시간과 노력이 필요하다. 성공이라는 기회를 잡기 위해 끊임없이 달려야 한다. 몸에 난 상처는 언젠가는 아물기 마련이다. 성장통을 겪어야 더 성장할 수 있듯이 수많은 과정에서 더 단단해질 수 있다. 어렸을 때의 힘든 삶이 열심히 살겠다는 목표를 갖게 했다. 마음먹은 대로 살면 된다. 준비된 기회를 위해, 어려운 과정을 밟아가는 것이다. 우리는 모두 그럴만한 능력이 있다. 이겨내는 능력도 힘도 있다. 서로 의지하고 응원하면서 살아가면 된다.

step by step, 아주 작은 습관부터

"By failing to prepare, you are preparing to fail."

"준비에 실패하는 것은 실패를 준비하는 것이다."

– Benjamin Franklin

아침부터 허리가 펴지지 않았다. 디스크가 터져 앉았다 일어나려면 힘들다. 친구가 운동 좀 해라, 늙어서 지팡이 짚고 다니게 생겼네, 꼬부라져 제대로 걷지도 못하면 어떡할 거냐고 정신 차리고 운동하라고 잔소리를 했다. 내 몸을 통제할 수 없다는 생각이 들었다. 하루가 다르게 달라지는 몸이 말썽이다. 운동해야 한다고 하면서 하지 못했다. 오늘은 마음먹고 검진부터 했다. 뇌동맥류로 혈전약을 먹고 있어 내시경은 할 수가 없다. 변비도 심해지고 위가 자주 쓰렸다. 위내시경을 하고 싶은데 앞으로 2년 동안은 하지 말라고 했다. 운동을 더는 미루면 안 되겠다. 팔십까지만 건강하면 좋겠다고 했는데, 죽는 일도 마음대로 할 수 없는 시대에 살고 있다. 내 의지와 상관없이 골골하게 백 살을 넘길 수도 있겠다는 생각에 아찔했다. 나같이 건강 염려증이 있는 사람은 조금만 몸이 이상하면 바로 병원에 간다. 조기 발견하고 빨리 치료하기 때문에 오래 살 것이다.

글을 쓰고 책 읽는 삶도 추가했으니 오랫동안 글을 쓰려면 허리가 튼튼하고 정신도 맑아야겠다. 건강 때문에 할 일을 못 하는 것은 원치 않는다. 아픈 엄마를 위해 내가 대신해 줄 것 없는 것처럼, 건강하게 내 삶을 살 의무가 있다. 내시경을 빼고 검진을 받고 일주일 후에 결과를 우편으로 받았다. 봉투를 열어 보니 54라는 숫자가 눈에 뚜렷하게 보였다. 혈관 나이가 54세란다. 지금보다 네 살이 많다. 믿을 수 없는 결과를 보고 충격에 빠졌다. 가족력이 있어 기름진 음식도 피하고 국물보다는 건더기만 먹었다. 어떻게 이렇게 나올 수 있지 믿기지 않았다. 아들이 결과를 보고 다른 운동 다 필요 없으니 아파트 계단만 하루에 3번씩 올라가라고 했다. 근력도 좋아지고 계단 오르기가 나에게 최고의 운동이라고 말이다.

우리 집 뒤에는 나지막한 산이 있다. 7개의 봉우리가 있어 완산 칠봉이라 한다. 그 밑에 터를 잡고 이 산을 자주 오르겠다고 생각했다. 마음처럼 되지 않았다. 살아온 세월이 벌써 24년이다. 하루 24시간을 놓고 운동할 시간이 언제면 좋을까! 새벽 시간을 만들 수 있다. 새벽에 일찍 일어나려고 노력했다. 40대에는 늦게 자는 버릇이 되어 아침에 일찍 일어나는 것이 힘들었다. 잠을 깊게 자지 못해 늘 피곤하다. 잠을 잘 자는 것이 보약이라는데, 나는 자고 일어나는 것이 쉽지 않았다. 요즘은 반대로 초저녁부터 잠이 쏟아져 참아보려고 별짓을 다 해도 눈꺼풀이 내려앉아 잠든 일이 한두 번 아니다. 예전에는 아이들 발걸음 소리에도 금세 깼으나, 지금은 들어오는 소리도 못 듣고 잠들기도 한다. 언니들이 호르몬 영향이니, 참지 말고 병원에서 갱년기 검사도 하고 약 처방을 받으라고 말했다. 요즘은 내 몸 변화를 나도 적응하기 쉽지 않다.

집이 좁아 방 두 개를 아이들에게 주고, 나는 거실에서 생활하니 숙면이 더 어렵다. 일곱 시간을 충분히 자야 치매에 걸리지 않는다고 한다. 건강한 삶을 만들고 싶은데 규칙적인 수면이 늘 문제다. 아침에 가게에 들러 장사준비를 하고 난 후, 어린이집 수업과 학원 일까지 마치면 오후 7시쯤 된다. 다시 가게에 들러 마무리하고 집에 돌아와 저녁 수업을 듣는다. 활동량이 많아 하루가 피곤하다. 순간순간 잠이 쏟아지면, 차에서 5분~10분 정도 눈을 감고 있다. 잠깐이지만 피로가 풀린다. 몸이 예전 같지 않다. 이제는 몸에 맞춰야 한다. 억지로 참으려고 하면 꼭 탈이 난다.

바쁘게 사는 24시간 중에 유일한 새벽 시간만 여유 있다. 조용한 새벽이 나에게 집중할 수 있는 최고의 시간이다. 새벽에 일어나 운동하기로 했다. 아침에 일어나 매일 뒷산을 올랐다. 평지만 가볍게 걸어도 왕복 30분은 걸린다. 오르락내리락 산에서 할 수 있는 방법을 찾았다. 시간을 늘리고 계단도 올라갔다. 한 달, 운동하면서 몸이 변하기 시작했다. 살도 조금 빠지고 변비도 없어졌다. 수십 년 달고 있었던 문제가 하루아침에 해결되었다. 운동의 효과라 믿었다. 운동을 시작하면서 달라졌다. 하루 이틀 사흘 습관을 만들어갔다. 두 달이 되면서 요령이 생겼다. 산에 올라가는 시간이 아깝다는 생각이 들었다. 산 대신 하루에 조금 더 걷기로 했다. 걸음 수와 움직임을 늘렸다. 그 방법도 좋았다. 유튜브 영상을 보면서 근력 운동도 병행하며 운동을 이어갔다. 매 순간 작심삼일이 되지 말자고 다짐했다. 나에게 주어진 새벽 시간은 운동을 제외하고 꽉 채웠다.

새벽 4시 50분 알람을 맞춰 일어나 가장 먼저 책을 잡는다. 매일의 루틴이 잡혔다.

1. 4시 50분 아침 기상을 한다.
2. 책을 읽기 시작한다.
3. 책 속에서 좋은 문장을 뽑아 캔바, 미리 캔버스로 간단한 게시물을 만든다.
4. 퇴고와 글쓰기를 조금씩 매일 한다.
5. 책 속에 좋은 글, 도서 서평으로 블로그 글을 발행한다.
6. 긍정 확언과 감사를 카톡방에 올린다.

아침 시간을 조금 여유롭게 쓴다. 나는 새벽이라는 틈새시장을 개척한 셈이다. 그 시간은 누구에게 방해받지 않는 나의 소중한 시간이다. 그 틈새시장에 언제든지 다른 루틴을 넣을 수 있다. 영어 공부도 운동도 넣고 싶다. 요즘 몸 상태가 오락가락 힘들 때도 있지만, 새벽은 언제나 조절할 수 있어 좋다. 몰입할 수 있는 최고의 시간이 새벽이 되었다. 매일 꾸준히 글을 쓰는 것과 책을 읽는 패턴은 잡혔다. 매일 책을 읽으니 읽는 속도와 양도 늘었다. 전에는 책 한 권을 다 읽어야 글을 썼지만, 책을 읽는 중간에 좋은 글을 만나면 바로 글로 옮긴다. 쓰기 위해 읽는다는 말이 생각했다.

김미경 강사는 『김미경의 마흔 수업』에서 이렇게 말했다. 습관은 평범한 사람이 성공할 수 있는 유일한 방법이다. 습관을 정복하면 평범한 사람이 평범하지 않고 비범해진다고 했다. 꾸준히 하면 완전 다른 사람이 되며, 자체 브랜딩이 된단다. 습관을 몸으로 해내면 기적이 된다고 한다. 습관 하나만 바꿨을 뿐인데 인생 전체가 바뀐 경우를 종종 본다. 기적을 만들어 낼 수 있는 사람은 바로 자신이다. 내 안의 다른 나를 끄집어낼 수 있는 유일함은 '꾸준함'이다. 정말 꾸준함은 아무도 이기지 못한다. 꾸준함의 실천이 정말 큰 변화를 가져왔다. 꾸준함은 인생을 변하게 만든다. 해본 사람만이 느낄 수 있다.

내 일에서 우선순위가 생겼다. 하루 중 가장 창의적인 일이 책을 매일 읽는 것이다. 그다음은 책 속 좋은 글을 만나 나의 삶과 연결하며 글을 쓰는 것이다. 습관을 만드니 자동화가 되었다. 아주 작은 습관의 힘이다. 흔히들 책 읽을 시간이 없다고 말한다. 예전 같으면 나 또한 책 읽을 시간이 어디 있냐며 말했다. 지금은 책을 꼭 한 권을 다 읽으려고 하지 않는다. 하루 30분, 30분이 안 되면 15분 만이라도 매일 읽어보라고 권하게 되었다. 하루를 쪼개서 살면 하루에 10분, 15분 독서에 투자할 시간을 얼마든지 나온다. 해보지 않고 무조건 "시간 없어, 15분 읽으려면 안 읽지!"

이런 이야기를 하게 된다.

　매일 독서와 글쓰기 실력을 키우는 방법은 작게라도 시작하는 것이다. 시간이 없다는 말이 핑계란 것을 알게 되었다. 내가 정한 계획에 맞게 가면 시간을 잘 관리하게 되고, 그 시간을 내 마음대로 가지고 놀 수 있다. 나의 하루를 이리저리 끼워 맞추며 하나씩 채워가야겠다. 자신에게 맞는 시간을 찾아 그 시간을 효율적으로 활용해 보면 좋겠다.

6

강사가 되기 위한 소박한 두 번째 꿈

"Go confidently in the direction of your dreams.

Live the life you have imagined."

"당신의 꿈을 향해 자신 있게 나아가라. 당신이 상상한 삶을 살아라."

– Henry David Thoreau

올해로 어린이집 특별활동 수업을 한 지 4년이 되었다. 코로나가 막 시작되었을 때 다니던 회사를 그만뒀다. 어린이집 방과 후 영어 교사가 하고 싶어졌다. 학습지 회사에서는 1대1 가정 방문을 주로 했는데, 아이들과 단체 수업하는 재미는 어떨까 궁금했다. 다른 경험을 하고 싶었다. 어린이집 수업을 오래 한 동생에게 자리가 있는지 물어보니 있다고 했다. 자신이 그만둘 예정이라 본인 수업을 인계받으라고 한다. 기관 수업은 처음이라 함께 일하며 도움을 받고 싶었는데, 아쉬웠다. 바로 가능한 수업이 있어서 다행이었다. 코로나가 한창이라 정상적인 수업이 안 되지만, 한두 곳 먼저 시작할 수 있었다. 공부할 시간도 연습할 시간도 충분해서 오히려 잘되었다.

수업은 언제나 즐겁다. 들쭉날쭉한 시간표지만, 남은 시간에 다른 공부를 할 여유가 있어 좋았다. 일주일 중에 월요일과 금요일은 수업을 잡지 않았다. 월요일은 법원 경매 입찰하기 위해, 금요일은 부동산모임을 위해 비워두었다. 코로나가 한창 심할 때는 집합 금지에 따라 내 계획도 바꾸어야 했다. 어린 친구들을 만나는 시간은 언제나 신난다.

"Let's sing together with motion."

일어나서 아이들과 춤추고 노래 부르는 시간은 흥이 난다. 낯선 내 얼굴을 뻔히 쳐다보는 아이, 짧은 문장을 따라 말하는 아이, 다른 친구 춤추는 것만 보는 아이, 춤과 노래가 끝나면 나를 꼭 안아주던 아이까지 너무 귀엽다. 아이들과 수업을 몇 년 했더니, 실제 나이보다 내가 젊어지는 것 같았다. 좋아하는 일을 한다는 것은 늘 행복하다. 까칠한 원장님, 요구사항이 많은 교사 다양한 사람을 만나 인연을 맺는다. 내가 회사를 그만두고 어린이집 강사 일에 잘 적응했던 이유는 참관수업, 재롱잔치 등 굵직한 행사가 코로나로 취소되어서 더 수월했다.

올해부터는 집합 금지가 해제되면서 참관수업을 하게 되었다. 매년 원생들이 줄어 원에서도 고민이 많다. 참관수업 진행부터 삐걱거렸다. 5~6세 부모님은 어린이집 영어 수업을 반대했었는데, 원장님이 설득해서 이루어진 수업이라 더 잘 부탁한다고 했다. 다른 때보다 더 신경을 쓰고 있다는 생각에, 나도 예민해졌다. 작년보다 아이들 수가 적어 4~7세

수업을 같이한다. 특히, 7세는 2명밖에 안 돼 작은 아이 중심으로 수업을 진행해 왔다. 참관수업이니 7세도 잘 챙겨주라고 부탁하셨다.

참관수업은 교사와 어린이집 모두 긴장되는 행사다. 원에서는 행사를 잘 마쳐야 원아를 더 모집할 수 있기에 예민할 수밖에 없다. 결과는 모두 만족스러웠다. 보통 아이들은 엄마 아빠가 있으면 옆에서 떨어지지 않으려고 하는데, 오늘은 다 같이 노래하며 신나게 춤을 추었다. 머리부터 땀이 송골송골 맺히더니 화장한 얼굴이 반질거릴 정도로 땀범벅이 되었다. 화장실 갔다 온 사이 노래가 끝났다며 우는 아이를 달래주다 정해진 수업 시간을 넘겼다. 마이크까지 새로 장만하면서 준비한 첫 참관수업을 잘 마쳤다.

뭐든 잘하고 싶었다. 열정적인 수업을 마치고 집에 돌아와 잠을 자려는데, 문자 한 통이 왔다. 어린이집 원장님이다.

"선생님 오늘 열정적인 수업 멋졌어요. 수고했어요. 감사드려요."

깜짝 놀랐다. 이런 문자를 주시는 분이 아니다. 참관수업을 하며 원장님이 부모들에게 잘 어필하고 싶으셨다는 것을 안다. 사업체를 운영하는 사람으로서 당연한 고민이라 생각이 든다.

그 문자 한 통에 예전 시간표 변경 때문에 서운했던 감정이 사르르 녹았다. 가르치는 직업이 보람된 일이라 생각되었다. 원장님과 같은 고민을 나도 한다. 폐원하는 어린이집이 늘고, 수업을 합치는 곳도 늘었다. 내 진로에 대해 고민이 많아졌다. 하루에 한 시간 수업하는 것이 좋았는데, 중간중간 이빨 빠지는 시간이 늘어났다. 특별활동 수업이 낮이라 고정적인 일을 더 할 수 없다. 수업은 한번 잡으면 1년 조정 없이 고정이다. 수업을 계속할 수 있을지가 늘 고민이다. 수업이 더 줄면, 생활비가 부족해진다. 요즘은 어린이집은 줄고 '노인 유치원', '어르신 유치원'이라고 노인들을 위한 시설이 자꾸 늘어난다. 특별활동 강사들이 이직을 많이 한다. 아이도 교사도 줄어 수업하는 이동 거리가 멀어 힘에 부친다. 여러 복합적인 어려움이 있다.

글 쓰는 삶과 가르치는 일은 계속하고 싶다. 강사가 되는 꿈은 진작부터 갖고 있었으나 어떻게 해야 하는지 잘 몰랐다. 솔직히 돈 내고 자격증을 따면 된다지만, 어린이집 수업은 보통 낮에 있어 내가 뭘 배우는데 시간 제약이 많았다. 어른들을 위한 강사도 좋고, 웃음 치료 강사도 좋다고 생각했다. 수입 때문에 늘 망설였지만, 아이들이 자꾸 줄어 더 늦기 전에 결단이 필요했다. 다른 삶을 위한 준비가 필요하다. 4년 전에 계획 없이 회사를 그만둬 힘들었다. 건강상 그만뒀어도 경제 활동을 해야 하는 나는, 퇴사 후에 모든 일이 도전이었다. 준비 없는 시행착오는 한 번이면 충분하다. 나는 강사의 꿈을 꾼다. 영어를 계속 가르치면 좋겠지만 영어만 고집하고 싶지는 않다. 어떤 대상을 정하기보다 누구에게 도움이 될 만한 사람이 되고 싶다.

글쓰기 문장 수업 시간에 이은대 작가님이 내 글을 문장 수업 시간에 쓴 일이 있었다. 퇴고를 경험할 수 있는 시간이라 얼마나 감사한지 모른다. 내가 쓴 글에 나만의 철학적 메시지를 담아 또 다른 인생을 사는 것도 좋겠다고 하셨다. 내 삶에 맞는 일을 찾아야 할 때다. 누군가의 삶에 도움이 되는 동기부여 강사도 좋다. 강은영 강사가 주관하는 스피치 지도자 1급 자격증 과정을 수강했다. 기본반과 심화반을 시작으로 자격증 과정까지 일사천리로 수업을 들었다. 자격증을 취득하고 진짜 강사로 데뷔할 수 있는 기회를 얻게 되었다. 나는 무대에 서는 일이 즐겁다. 내가 이야기를 하면 사람들은 즐겁고 재밌다고 말한다. 많은 동기부여를 얻었다고 말하기도 한다. 나의 열정을 부러워한다.

자격증을 취득하고 바로 대학교 평생교육원에 원서를 접수했다. 첫 번째 경험을 쌓기 위해서다. 어떤 방식으로 면접이 이루어지는지도 궁금했다. 이제는 진짜 홀로서기를 통해 내가 그토록 원하는 일을 위한 준비가 필요했다. 두 군데 면접은 보기 좋게 떨어졌다. 기존 강사들과 겨룰 경력이 없으니 당연할 결과라 생각한다. 하지만, 아동 스피치 자격과정을 하면서 6월부터 문화센터 3곳에서 강의를 하기로 했다. 앞으로 온라인 강의도 시작할 계획이다. 스피치 수업 경험은 없지만, 없는 것을 만들어 내면 그게 바로 경력이 된다. 아동이든 성인이든 잘 해낼 자신이 있다.

인생은 언제나 끝없는 도전이다. 안 된다는 부정적인 생각을 없애야 한다. 떨리고 불안해도 자신 있게 하면 된다. 처음은 떨리고 불안하다.

누구에게나 초보 시절은 있으며, 처음부터 완벽한 사람은 없다. 연습만이 나를 단단하게 만들어준다. 내가 부동산 무식자에서 왕초보 티를 벗었던 것처럼, 모든 결과는 작고 소중한 경험으로부터 시작된다. 경험이 모여 실력이 되고, 실력이 쌓여 결국에는 나의 무기가 된다. 오늘부터 하나씩 준비하자. 나는 할 수 있다는 자신감이 있다. 새로운 도전의 시작은 또 다른 능력을 만들어준다. 나의 인생의 계획을 세우고, 되고 싶은 모습을 상상하며 매일 한 걸음씩 나가보자. 진짜 나의 삶을 위해서 말이다. 내 삶의 남은 후반전은 언제나 지금부터 시작이다.

7

소중한 사람이 생기다

"The best love story is when you fall in love
with the most unexpected person at the most unexpected time."
"가장 아름다운 사랑 이야기는 가장 예상하지 못 한때에
가장 예상하지 못한 사람에게 사랑에 빠지는 것이다."

– Alfiya Shaliheen

내가 다시 사랑에 빠질 수 있을까 생각한 적 없었다. 남편이 죽고 나서
그럴 시간도 여유도 없었다. 사춘기 아이 둘, 좌충우돌 일상, 늦은 귀가,
주말도 없는 생활이 나의 삶 전체였다. 모르는 사람을 만난다는 것은 더
더욱 겁 많은 나로서는 생각도 못 할 일이다. 남편과 사별하고 주위에서
좋은 사람 있으면 만나라고 했다. 특히 남편 있을 때부터 다니던 카센터
사장님이 나만 보면 소개해 주신다고 했다. 일 좀 줄이고 내 인생 돌보면
서 살라는 조언도 아끼지 않았다. 그럴 때마다 "술, 담배 하지 않는 사람
있으면 한번 생각해 볼게요."라고 장난처럼 말했다. 관심도 없었다. 정신
없이 바쁘게 살아야 했고 앞만 보고 달려가고 있었다.

어느 날 내가 장난처럼 뱉었던 그런 사람이 진짜 나타났다. 가장 친한
친구의 오빠다. 생각지도 않은 전화 한 통이 나를 설레게 하고 기분 좋아

지게 할지 전혀 예상치 못했다. 오랜 기다림처럼 기분이 묘했다. 마흔이 훌쩍 넘어, 쉰을 바라보는 나이에 누군가를 다시 만나는 일이 이처럼 가슴 뛸 줄 몰랐다. 20대만 설렘이 있는 줄 알았는데, 설렘은 물론이고 얼굴이 빨개지고 자꾸 생각나게 했다. 30년 전부터 알고 지냈던 사람, 자주 만나진 않았지만, 친구를 통해 소식 들었던 가족 같은 사람이다. 스무 살 때 보았던 얼굴, 친구의 오빠로 알던 사람이 나를 가슴 뛰게 했다. 친구 오빠라 어렵고 부담스러운 존재가 지금은 세월의 흔적만큼 서로 의지하는 사람이 되었다.

표현을 잘하는 사람도 아니고 음악을 좋아하고 감정이 풍부한 것도 아니다. 취미도 다르고, 새로운 것을 배우려는 욕심도 없다. 나처럼 도전적이고 활발하지 않지만, 하루를 허투루 쓰지 않는 성실한 사람이다. 내가 생각한 이상형과는 거리가 멀지만, 지금은 나에게 없어서는 안 될 사람이며, 놓치고 싶지 않은 사람이 되었다. 언제나 내 이야기에 귀 기울여주고, 나를 가장 배려해 주는 사람, 묵묵히 내 옆에서 나를 응원해 주는 사람, 표현할 줄도 모르는 사람이 사랑한다고 말하고, 힘들 때 힘내라고 말해주는 사람으로 변했다. 생각지 않은 만남이 나를 더 성장하게 했다. 다른 어떤 것으로 변하기 힘든 나였는데, 사랑하는 사람을 통해 보고 배우면서 지나온 내 삶을 돌아보게 되었다.

잔잔한 파도처럼 언제나 변함이 없다. 타고난 성격이 차분하고 나와는 정반대다. 그 사람을 보면 내 과거와 아이들에 대해 미안함이 많이 생각난다. 내 삶의 전반을 그 사람을 통해서 바꾸고 있다. 나에게 이것 해라, 바꿔라, 왜 이렇게 했냐, 핀잔하지 않는다. 소리 없이 자기가 먼저 행동으로 보여주는 사람이다. 나는 늘 덤벙거리고 실수가 잦다. 흘리고 떨어뜨리고 넘어지고 손이 많이 간다. 그런 내 옆에서 묵묵히 바라보며 늘 나를 챙겨준다. 그 사람의 조용한 성격과 활발하고 도전적인 나의 조합은 다른 사람의 관심사다. 나는 표현을 숨기지 못하고 감정이 얼굴에 다 드러난다. 내가 더 좋아한다고 사람들은 생각한다. 하지만 누가 더 좋아하는 것은 중요하지 않다. 언제나 한결같고 변함없이 나를 바라봐주고 사랑해 주는 사람이 있다는 것은 더 중요하다. 나를 많이 사랑하고 있다는 것을 내가 알기에 아무것도 신경 쓰지 않는다. 그런 시답잖은 생각을 할 시간이 없다. 일주일에 한 번 만나는 시간이 소중할 뿐이다. 곁을 지켜주고 함께 있는 것이 더 좋은 요즘이다.

책장에 꽂힌 책이 한 권 보인다. 『벌써 오십, 마지막 수업 준비』라는 책이다. 내가 오십이 되고 초반에 우울하고 힘들 때 샀던 책이다. 갱년기를 극복하려고 샀던 책인데 읽지 못했다. 나에게 갱년기는 그저 스쳐 가는 과정이다. 사랑하는 사람과의 삶이 갱년기를 잊게 했다. 우리의 주말 데이트는 내 삶의 활력을 주고, 함께 걷는 나를 철부지 소녀로 돌아가게 한다. 언제나 시끄러운 쪽은 나다. 듣고 싶은 말을 해주라고 하면 끝까지 참았다가 마지막 헤어질 때, 아니면 전화를 끊을 때 해주는 짓궂은 사람, 그 사람에 익숙해진다. 화낼 일도 화나는 일도 없고, 특별한 것도 없는 우리

둘의 일상이 밋밋하고 재미없다고 생각하지만, 평범한 것이 얼마나 큰 것인지 모른다. 평범한 일상에 한 번씩 주는 큰 웃음과 행복이, 다른 어떤 선물보다 더 값지다고 생각한다. 내가 가장 힘들 때 만났기에, 지금까지 잘 버틸 수 있었다. 이런 믿기지 않는 만남이 소중하고 감사할 뿐이다.

그 사람을 만나며 나의 결혼생활과 삶도 반성하게 되었다. 우리는 늘 서로에게 맞춰간다. 무엇인가 해주길 바라지 않는다. 많은 것을 요구하거나 강요하지 않는다. 서로 바빠 뭔가를 더 해줄 것이 없나 생각한다. 가끔은 과거를 돌아보며 많은 이야기를 주고받는다. 과거의 삶과 똑같이 살지 않으려고 노력하고 있다. 한번 무너진 가정은 예전처럼 회복하려고 해도 쉽지가 않다. 설사, 돌아갈 수 있다 해도 엄청난 노력을 해야 가능하다. 한 사람의 일방적인 양보와 희생이 없이 바뀌는 일은 어렵다.

늦게 만난 사람이지만 그 사람에게는 최선을 다하고 싶다. 물론 나는 표현하는 것을 좋아한다. 그 사람은 표현에 익숙지 않지만, 싫어하진 않는다. 그것으로 충분하다. 어떤 행동을 할 때, 싫어하면 하는 쪽도 받는 쪽도 부담스러워 결국 피하게 된다. 예전에 그랬다. 좋아하고 싫어하는 것이 명확하기에 서로 기 싸움하면서 살았다. 자주 부딪히고 언성이 높아졌다. 처음에는 아니었지만, 삶이 힘들수록 더 서로에게 상처를 주었다. 이제는 그렇게 살고 싶지 않다. 사이좋은 연인이나 부부처럼 서로 양보하고 배려하며 산다. 서로의 건강과 안부를 챙기면서 말이다. 각자의 삶을 존중해주고 사는 게 더 중요해졌다. 그 사람을 있는 그대로 받아들이는 것도 중요하다. 나의 삶에 맞추길 바라지 않고 있는 그대로 서로의 삶을 지지해 주는 지금에 만족한다.

결혼할 때부터 덕을 보고 편하게 살겠다는 마음을 내려놓으라고 한다. 오히려 나 때문에 저 사람이 행복하고 편했으면 좋겠다는 생각이다. 내가 좋은 사람을 만나 감사할 줄 아는 삶으로 바뀌고 있다. 좋은 사람 옆에 준비물은 언제나 준비된 나여야 한다. 내가 행복해지려면 나부터 좋은 사람이 되어야 한다. 유연한 사람 옆에 나도 자연스럽게 유연해지고 있다. 나도 그 사람과 같은 사람이 되어간다.

솔선수범하는 사람, 배려가 깊은 사람, 표현이 익숙지 않지만 노력하는 사람, 상대를 웃게 만들어주는 사람, 마음 편하게 해주는 사람, 언제나 더 해주지 못해서 미안해하는 사람, 그런 사람이 이제는 내가 되어야겠다고 생각한다.

사랑하는 사람으로 인해 내가 많이 성장한다. 이렇게 우리는 진짜 어른이 되어가는 것 같다. 어떤 문제가 발생할 때 남 탓으로 생각하지 말고, 내가 서운하게 하진 않았는지 돌아보는 것도 좋겠다. 어쩜 내 이야기가 현실감이 없을 수 있지만, 그래도 이만큼 살아온 경험에 비춰볼 때 안 될 일도 못 할 일도 없다는 생각이다. 이혼이든, 사별이든 누구에게 상처가 된다. 반성하고 후회도 한다. 내 삶이 지금 힘들어도 내가 먼저 바뀌

어야겠다는 생각을 많이 한다. 사랑하고 표현하며 서로의 부족한 면을
채워주며 살아가고 있다. 서로의 곁에 있는 존재만으로 감사하면서 살아
간다.

　　오십, 가슴 뛰는 삶의 시작

각본 없는 드라마 같은 내 인생, 행복해져라

"Dreams are necessary to life."

"꿈은 삶에 필요하다."

– Anais Nin

무인점포를 운영한 지 2년 넘었다. 탈도 많고, 말도 많은 시간이었다. 쉽게 생각하고 덤볐기에 힘들었다. 가게를 운영하면서 아프지 않았다면 달라졌을지 모른다. 머리 시술 후 힘든 일은 과감히 줄였다. 계약을 연장할지 말지 고민에 빠졌다. 부업이라 생각하면 나쁘진 않았다. 큰 수익을 바라고 시작한 일도 아니다. 하지만 시간이 지날수록 경기가 더 안 좋아졌다. 근처 마트에 영업 중단 현수막을 걸어놓았다. 부동산에 임대를 내놓았는데 나가지 않자, 마트 안에 물건과 아이스크림을 할인해 판매했다. 주변 상권에 있는 상가들이 회생하려고 무리한 영업을 하기도 한다. 최근에 마라탕 세 군데가 동시에 오픈했다. 아무리 마라탕이 인기라고 하지만, 좁은 도로를 두고 동시 오픈이라니 서로 힘들겠다는 생각이 먼저 들었다. 반전은 마라탕 가게에서 탕후루를 만들어 팔고, 그 옆에 진짜 탕후루 가게가 들어섰다. 주변 상권이 다 비슷비슷한 품목으로 가니 내

가게도 타격이 크다.

　내 점포가 있는 곳은 집 근처 중심 상권이다. 24년을 살아서 그 지역에 대해서 잘 안다. 상가 주변에서 모든 생활이 가능한 항아리 상권이라 이곳에 가게를 열었다. 예전에 이곳에서 장사하려면 바닥 권리금을 주고 들어올 정도로 경쟁도 치열했던 곳이다. 지금은 점포 임대라는 현수막이 자주 붙고, 내부 공사를 하는 곳이 늘어나고 있다. 코로나가 심했던 때도 잘 버텼던 가게들이 문을 닫고 있다. 작년 오픈 한 매장도 벌써 폐업을 한곳이 생겼다. 터줏대감처럼 그 자릴 지키던 점포가 새롭게 변한다. 하지만, 상가가 오래 비어 있지는 않으며 금세 채워진다. 식당이 없었는데 최근 마라탕, 칼국수, 만둣집도 생겼다. 가게 제일 가까운 곳에 또 비슷한 업종의 가게가 들어왔다. 업종이 비슷하니, 판매하는 종류가 겹친다. 매출이 떨어지는 것은 당연해서 어쩔 수 없이 가격할인을 할 수밖에 없다.

　설상가상 어제는 가게에 문제가 발생했다. 아침에 책을 읽고, 블로그 글을 쓰고 초고까지 마무리하고 여유 있게 가게에 나갔다. 가게 선풍기 전원 스위치를 켰는데, 작동이 안 되었다. 콘센트를 뺐다 다시 꽂았는데 전원은 들어오지 않았다. 학원 출근 시간에 딱 맞춰 나왔는데, 갑자기 불안하기 시작했다. 냉동고에 있는 수백만 원어치 아이스크림을 다 녹게 놔둘 수는 없었다. 냉동고 안의 아이스크림은 이미 많이 녹아 집어 들 수 없었다. 손대지 않고 그대로 문을 닫고 빨리 다른 해결 방법을 찾았다.

냉동고인지, 차단기 문제인지 알 수 없어 앞이 캄캄했다. 냉동고를 움직여보니, 한두 대가 아니었다. 자그마치 4개의 냉동고가 작동이 안 되는 상태였다.

여름이라 아이스크림이 가득한데 다 녹는다고 생각하니 머릿속이 하얘졌다. 당황해서 남동생에게 전화했다. 사진을 찍어 보내고 차단기가 내려가 올려보는데, 차단기가 헐거워서 자꾸 원위치로 돌아왔다. 나중에 알고 보니 옆으로 세게 밀었어야 했다. 멀쩡한 차단기만 교체했다. 남동생과 급한 전화를 끊고 전기를 증설했던 사장님에게 연락했다. 다른 지역 AS 중이라 시간이 오래 걸리는데, 최대한 빨리 온다고 했다. 기다릴 시간이 없었다. 급하게 긴 콘센트 2개를 사서 작동이 안 되는 콘센트 3개를 새것으로 바꿨다.

아이스크림은 이미 다 녹았다고 생각했다. 속상할 시간도 없었다. 무슨 정신으로 그걸 해결했는지 기억조차 없다. 아이스크림이 가득 찬 냉동고를 이리저리 밀면서 얼마나 힘을 썼는지 머리가 지끈거렸다. 온몸에 힘을 다 쏟아내면서 가까스로 정리했다. 옆에 도움을 요청하면 좋으련만, 상가엔 어르신들이 많아 혼자 끙끙대며 처리했다. 기사님이 오셔 차단기를 교체했다. 급한 것만 우선 처리하고, 냉동고에 '판매 중단' 안내장을 붙여놓고 일터로 향했다. 무슨 생각으로 일을 했는지 기억나지 않았다.

저녁에 특강도 있는 날이다. 가게 때문에 신경이 쓰여 특강을 여유 있게 들을 수 없었다. 불안한 마음에 줌을 연결한 후 매장에 나갔다. 손님이 아이스크림 판매 중단 문구를 보고 있었다. 다행히 아이스크림은 다시 잘 얼고 있지만 녹은 것은 형태가 울퉁불퉁했다. 아이스크림이 전부 녹았다고 생각했는데 밑은 녹지 않았다. 얼마나 감사한지 모른다. 손님이 아이스크림을 사면 2~3개씩 더 주었다. 어차피 녹아 판매가 안 되는데 서비스로 더 담아드렸다. 괜찮냐고 물어봐 주고, 같이 걱정하는 손님도 있다. 아이스크림 냉동고에 얼음과 성에를 떼어냈다. 늦은 저녁이 되자 온몸이 아팠다. 운동한 것도 아닌데 갑자기 왜 아픈 걸까 생각했다. 급하게 냉동고를 옮기느라 힘을 써 온몸이 맞은 듯했다. 며칠 동안 온 근육이 쑤시고 아파서 글쓰기 수업도 제대로 듣지 못했다. 매일 퇴근하면 가게에 들렀다가 집에 온다. 요즘 8시부터 잠이 쏟아지는데, 잠이 쏟아지면 이제는 당할 재간이 없다. 그냥 자야 한다. 그렇다고 한없이 잠들지는 못한다. 잠시 눈을 붙이고 일어나서 새벽인가 했더니 밤 10시였다. 다시 잠들지 못하고 앉아서 이런저런 요 며칠 일을 떠올렸다.

나는 언제쯤 행복해질까? 이렇게 겪어도 되지 않을 일을 겪으면서 언제까지 이렇게 살아야 하나 생각이 들었다. 아이스크림 냉동고 소동 때문에 또 인생을 배우며 삶에 대해서 생각한다. 『너라는 선물』, 『내 인생의 힘이 되는 한마디』라는 책 두 권을 옆에 끼고 있다. 작가는 베푸는 삶을 통해 사람을 살리는 일을 한다고 했다. 의사뿐만 아니라 책이나 작가도 사람을 살릴 수 있다고 한다. 책이 나에게 그렇다. 내가 힘든 일이 있어도 예전에는 가족에게 불똥 튀거나 짜증을 냈지만, 지금은 많이 내려놓고 있다. 남보다 나 자신에게 먼저 베풀라는 말이 확 꽂혔다. 내가 책을 통해 사는 삶이 어쩜 베푸는 삶이 아닌가 싶다. 나무의 삶을 살라고 했다. 나무가 자라고 잎이 무성해지면, 다른 사람에게 그늘과 열매를 주며 산다. 나도 남을 위해 베풀며 필요한 사람이 되어야겠다. 무엇보다 나를 사랑하는 마음이 먼저여야겠다. 내가 행복해야 다른 사람도 행복하다. 내 삶이 복잡하면 다른 사람 신경 쓸 여유도 없다. 다른 사람에게 위로가 되는 책, 마음의 안정을 주는 책을 쓰고 싶어졌다. 글쓰기 수업에서 이은대 작가님이 했던 "글 쓰는 삶을 응원합니다."라는 그 말에 내가 힘을 얻은 것처럼, 다른 사람의 마음을 움직이고 행복하게 해줄 수 있는 사람이 되어야겠다고 마음먹었다.

내 삶을 돌아보면서 나부터 행복해지려고 노력 중이다. 오십, 안 되는 일, 못 하는 일, 창피한 일도 없다. 내가 행복하다고 말하면 그것이 곧 행복한 삶이 된다. 내가 다 이해되고 용서가 되면 그 삶도 편하다. 내가 욕심 때문에 놓지 못한 것을 내려놓으면 마음도 한결 편해진다.

오스카 와일드는 "자신을 사랑하는 것이 평생 연애의 시작"이라고 말했다. 나를 사랑하지 않고 다른 사람과의 관계가 좋을 수 없다. 돈도 명예도 아니다. 내 삶에서 가장 중요한 가치가 무엇인지를 알아야 한다. 내 삶의 주인공으로 살아도 괜찮다. 혼자라 외롭다고 생각할 필요가 없다. 어쭙잖은 인간관계 때문에 상처받아 씩씩거리며 분을 참지 못하는 친구가 있다. 이제는 나에게 쏟는 에너지가 더 소중하다. 세상 복잡한 일에 얽히며 내 시간을 뺏고 싶지 않다. 내 삶을 살기에도 시간이 부족하다. 두 번째 내 삶을 위해 행복해져라, 주문을 외운다. 각본 없는 드라마 같은 내 인생이 참 재밌다는 생각에 웃음이 절로 나온다. 설레는 삶 속에서 꿈을 찾는 내 삶이 기대된다. 내 삶이 빛나길 바라며 나를 먼저 사랑하기로 했다.

제4장

일단 시작하겠습니다

그냥 해보는 거야

망설이지 말고 시작하면 돼
한 발짝 내디디면 거기가 시작이고
두 발짝 내디디면서
그냥 해보는 거야

힘겨운 날이 올지라도
두려움과 함께 가는 거야
꿈을 향해 한 걸음 한 걸음 내디딜 때
불안함도 두려움도 사라질 거야
그냥 해보는 거야

시작하기 위해 용기를 가져봐
네가 꿈꾸던 내 삶을 믿어봐
망설이지 말고 시작하는 거야
그냥 해보는 거야

지금 바로 그냥 하는 거야
망설일 시간이 없다고 생각해
그럼 시작하게 될 거야
그렇게 그냥 해보는 거야

아주 작은 것부터 시작

나에게 주어진 삶에서 가장 가치 있는 일은 무엇일까? 시간을 낭비하지 않는 일이다. 가장 소중한 것이 시간이라 생각한다. 나의 하루 24시간은 너무 빨리 간다. 올해도 3개월밖에 남지 않았다. 백에서 딱 절반 왔는데 하루가 너무 짧다는 생각이 자꾸 든다. 잠자고 일어났는데 금세 아침, 저녁이 된다. 어떻게 살아야 잘 살았다는 생각이 들까! 할 수 있는 일을 하나씩 적었다. 글쓰기, 책 읽기, 영어 공부, 운동, 건강 관리, 경매 공부, 강의 준비, 장표 만들기, 캔바 활용 등이 있다. 이 중에서 가장 집중해서 할 것은 다섯 가지다.

첫 번째 글쓰기다. 글쓰기는 이제 나의 동반자가 되었다. 글쓰기가 두렵진 않다. 조금씩이라도 쓰기 시작했다. 블로그, 인스타그램도 좋고 초고도 좋다. 시, 수필 그냥 적는다. 느끼는 감정 그대로 적어본다. 슬프면 슬픈 대로 기쁘면 기쁜 대로 일단 쓴다. 글 쓰는 삶을 살아가고 있다. 기록이 쌓이면 뭐든 이루어진다. 어렵다고 하지만 우리는 이미 매일 글을 쓰며 살아가고 있다. 휴대전화 문자, 카톡, 블로그, 인스타그램, 고백, 편지 다양한 방법으로 글을 쓰고 있다. 매일 나만의 방식으로 하나씩 기록을 만든다.

두 번째는 책 읽기다. 예전에는 재테크 서적만 읽었다. 지금은 경제, 자기 계발서, 시, 가리지 않고 본다. 다시 재테크 책을 보기 시작했다. 미래에 대한 준비는 언제나 해야 한다. 남보다 빨리 기회를 잡기 위해선 언제나 출발선에서 기회를 엿보고 있어야 한다. 소통, 인간관계 책 구분 없이 나를 위해 읽는다. 메모하고 정리하고 나의 삶과 비교하며 곱씹듯이 읽는다. 매일 꾸준한 독서 습관이 다작, 다량, 속독까지 도움이 된다. 책을 통해서 실행할 한 가지를 찾아 따라 하려고 노력한다. 독서는 정신건강에 좋다. 책은 성공한 삶을 살아온 사람뿐만 아니라, 어렵고 힘든 역경을 극복한 사람도 만날 수 있다. 그 안에 사람들을 통해 위로받고 위로하는 사이가 되었다. 많은 사람의 이야기를 통해 마음이 더 단단해지고 건강해졌다. 내 인생의 스승이며, 멘토이며 동반자가 책이 되었다.

세 번째, 운동 및 건강 관리다. 운동 습관을 잡는 건 힘들다. 몇 달 운동하다 운동시간을 줄였다. 책을 쓰면서 운동시간이 아깝다는 미련한 생각을 했다. 운동을 줄이니 몸이 먼저 반응한다. 정상으로 어렵게 돌려놓았던 몸이 다시 균형이 깨졌다. 쉽게 지치고 피곤함이 더 빨리 온다. 중년의 건강 관리는 필수다. 건강하지 못하면 꿈꾸는 모든 일을 할 수 없다. 나에게 가장 절박하고 절실하지만 맨 하위로 미루고 만다. 나에게는 최우선 순위가 운동이어야 한다. 신체기능이 약해지고 기초 체력도 많이 떨어졌다. 쉽게 지치고 숨차고 내 건강의 심각함을 알지만 실천하기 어렵다. 다시 마음먹고 유산소 운동, 근력 운동을 해야겠다. 잊지 말자. '혈관 나이 54세'라는 결과를! 40대의 혈관으로 돌아가는 욕심은 버렸다. 현상태에서 더 나빠지지 않게 관리해야겠다. 체력이 실력이며 성과를 내는 가장 중요한 요소이다.

네 번째는 경매나 수익형 부동산 투자 공부를 다시 시작했다. 갖고 있던 부동산을 하나둘 처리하면서 투자를 잘못했다는 것을 알았다. 처음에는 월세 세팅 목표를 세웠지만, 잘 안되었다. 현금흐름 곧 월세 세팅하는 것에 더 신경을 썼어야 했다. 경기가 좋지 않을 때 기회라고 말하지만 나 같은 초보는 지금이 책을 읽고 공부할 때다. 부동산 투자는 한번 힘든 과정을 겪으면 그 바닥을 떠나는 사람이 종종 있다. 나는 투자를 포기하는 쪽보다 더 탄탄히 준비하는 쪽으로 택했다. 어려운 시기를 이겨내는 경험을 했다. 몰라서 실수했다고 말하지만, 이것을 반복해서는 절대로 안된다. 부동산은 흐름을 잘 읽는 것이 곧 실력이 된다. 부동산 관련된 책도 읽고 꼼꼼하게 물건 분석을 해야 한다. 내 실력을 키우는 것이 곧 경쟁에서 살아남는 방법이다. 공부와 실전경험이 부자의 그릇을 키워낼 수 있다.

다섯 번째, 강사가 되기 위해 준비를 해야 한다. 가르치는 일을 하고 있지만, 또 다른 나의 세컨드 라이프, 강사가 되는 일 말이다. 강사 자격 증도 취득했다. 앞으로 1인 기업 활동이 목표이다. 가르치는 대상을 어른, 아이 한정하진 않았다. 나의 경험이 수강생에게 도움이 되어야 한다. 전달하는 메시지가 있어야 한다. 강사는 강의만 하는 것이 아니다. 다른 사람의 성장을 돕는 일이다. 1인 기업으로 성공하기 위해서 준비를 잘해야 한다. 코로나 때와 같은 상황은 언제든지 발생할 수 있다. 온라인, 오 프라인 시스템을 통한 멀티가 가능한 훈련이 필요하다. 연습과 훈련, 철 저한 준비가 필요하다. 유명한 배우나 강사들도 원고를 수없이 반복해서 읽고 외운다. 툭 치면 저절로 나올 수 있도록 끊임없이 연습해야 한다. 보여주기식 아니라 진심으로 강의해야 한다. 진심은 언제나 통한다. 진 심이 없다면 죽은 강의나 다름없다. 나의 성공을 위한 것이 아니라 상대 방의 성장을 위해 최선을 다해야 한다.

아주 작은 것부터 시작하면 된다. 일단 시작하면 다음은 알아서 굴러간 다. 시작하는 방법도 다양하다.

첫째, 큰 목표를 세우고, 작은 목표로 쪼갠다. 할 수 있는 최소 목록을 작 성한다. 하루 1%씩 365일이면 100%가 된다고 한다. 매일 0이 되게 하지 말자.

둘째, 계속할 수 있는 습관화를 만든다. 작은 습관이 모이면 지속성과 끈기가 생긴다. 아주 작은 습관의 힘이 큰 결과를 만든다. 실천할 수 있는 것만 정하고 도전한다.

셋째, 작은 목표를 통해 성공과 성취감을 느껴본다. 실패가 쌓여 성공을 이루듯, 작은 성공의 경험도 차곡차곡 쌓아본다. 성공은 성취감과 동기부여를 준다. 일단 성공 경험을 해보자.

넷째, 어려움이 생기면 몰입해서 해결한다. 계획을 수정하고 방향을 바꿀 수 있다. 기초를 탄탄히 하면 수정하는 방법도 알 수 있다. 꾸준한 실천만이 살아남는 길이다. 목표를 위해 집중해야 한다.

습관의 힘이 얼마나 대단한지 알았다. 작은 실천이 큰 변화를 불러왔다. 매일 조금씩 책을 읽는 습관은 지식을 쌓고, 많은 간접 경험을 할 수 있다. 글을 쓰는 습관은 글이 달라지며, 사람의 마음을 움직일 수도 있다. 운동이나 건강 관리를 위한 습관은 삶의 활력과 생기가 생긴다. 세상을 긍정적으로 바라본다. 시간이 없고 안 된다는 부정적 말보다 긍정적인 말과 생각은 일을 성공적으로 이끈다.

운동을 예로 들어, 매일 한 시간 이상 운동을 꼭 할 거라는 계획을 세웠다고 하자. 하루도 빠지지 않고 운동을 한다는 것은 쉽지 않다. 지켜내는 사람도 있지만, 중간에 포기하는 사람이 많다. 나도 그렇다. 특히 운동은 계획만 세워놓고 끝까지 하지 못했다. 그래서 할 수 있는 최소 단위를 정해야만 한다. 하루에 팔굽혀펴기 한 개, 윗몸 일으키기 한 개는 할 수 있다. 내가 할 수 있는 작은 목표를 세우고 꾸준히 실행하면 뭐든지 이룰 수 있다. 나는 그래서 자전거를 탄다. 비 오는 날을 제외하고 평일에는 자동차를 놓고 자전거로 출퇴근을 한다. 아들이 차를 가지고 다니기 때문에 자전거를 타거나 걸어야 한다. 이렇게 운동을 할 수밖에 없는 환경을 만드는 것도 좋은 방법이다.

내가 성공 할 수 있는 작은 습관을 만들어 실천해 보자. 분명 좋은 일이 계속 일어난다. 계획대로 안 될 때 할 수 있는 한 가지만 꾸준히 해보자. 1년 2년 후에 변화된 나를 볼 수 있다. 목표를 낮게 시작해서 성공하는 것이 더 낫다. 가장 중요한 성공의 방정식이다. 하루 한 가지 나만의 성공 방정식을 만들어가자. 그러면 누구든 할 수 있다.

내 인생의 장애물 없애기

"The only way around is through."

"유일한 방법은 통과하는 것이다."

– Robert Frost

밀린 서평을 쓰기 시작했다. 5월에 산 책인데, 시간에 쫓겨 제대로 읽지 못하고 독서 모임에 참여했다. 다 읽고 써야지 하다가 다른 책 보느라 우선순위에서 밀렸다. 책을 펼치며 밑줄 친 곳을 다시 살폈다. 눈에 들어오는 문구가 있다. 내가 속해있는 공간, 환경, 주변을 바꾸라는 것이다. 책을 읽다 보니 비슷한 문구들이 참 많이 나온다. 어느 책이든 더 꽂히는 문장이 있다. 인생을 바꾸는 방법에는 어떤 것이 있냐는 질문에 말투를 바꿔라, 생활 습관을 바꿔라, 방 청소를 해라 등 다양한 의견이 있다. 물론 다 맞다. 어떤 것이든 꾸준히 뭔가를 하면 바뀐다는 것은 좋은 현상이다. 그중 진짜 중요한 하나는 내 주변 사람을 돌아보는 일이다. 내가 자주 가는 곳, 내 옆에 있는 사람, 내가 만나는 사람, 내가 읽고 있는 책이 나의 현실을 말한다. 현재 나는 매일 온라인에서 자기 계발을 열심히 하는 사람들과 만나고 있다. 매일 긍정적인 생각과 글을 공유한다. 온라인을 통해 글 쓰는 작가도 만난다. 매일 책을 읽고 글이나 서평을 쓰고 강의를 하는 사람과 만난다. 부동산 공부를 하는 사람과의 교류도 있다. 공부하고 도전적이고 열심히 사는 사람과 함께 하니 힘과 에너지를 얻는다. 허투루 쓰는 시간이 없이 하루를 꽉 차게 살아가고 있다.

어느 유명한 회장의 인터뷰가 떠올랐다. 가진 것은 젊음과 패기뿐인 젊은이가 어떻게 하면 인생을 바꿀 수 있는지 물어보았다. 그러자 회장은 "최근 일주일 동안 자신과 통화한 사람이나, 최근에 만나는 사람을 보라."고 말했다. 내가 통화하고 만난 사람의 모든 삶의 수준이 바로 나의 현재라는 것이다. 젊은 나이로 돌아가 다시 시작한다면, 만나는 사람을 바꾸겠다고 했다. 환경이 얼마나 큰 영향을 주는지 알 수 있다. 인생에서 정말 중요한 것은 장애물을 없애는 것이다. 어떤 목표를 위해 나의 노력을 무시하고 방해하는 요인을 없애야 내가 더 빨리 성공할 수 있다. 환경설정이라고 말한다. 나를 둘러싼 환경을 원하는 환경으로 맞추는 일이 성공의 지름길이다.

나의 성공을 방해하는 장애물을 극복하기 위해선 몇 가지 방법이 있다.
첫 번째는 부정적인 말을 하는 사람을 멀리한다. 어떤 일을 계획하고 도전하는데 사사건건 "너는 안 돼, 아무나 하는 게 아니다." 말하는 사람을 일단 멀리해야 한다. 시작하기 전에 불안감을 조성하는 사람은 일단 피하자. 만나는 사람을 바꾸고, 환경을 바꾸라는 것은 맞다. 부정적인 사람 옆에는 긍정적인 사람도 부정적으로 바뀔 수 있다. 뭔가 발전적인 사람과 함께 해야 나도 발전한다. 물론 내 주변에는 부정적인 말보다는 너라면 할 수 있다는 말을 더 많이 한다. 나를 믿는 사람이 더 많다. 응원을 받으니 언제나 도전을 즐기고 겁내지 않게 되었다.

부정적인 사람과 멀리하라고 했는데, 내가 아들과 딸에겐 부정적인 사람이었다. 어리다는 이유로 안 된다고만 했다. 진심 어린 조언이라 포장했지만, 실제론 안 되는 이유만 늘어놓으며 모순적으로 살았다. 부정적인 말보다 믿는다는 말로 바꿔야겠다. 내가 반대한다고 안 하지 않는다. 말하는 습관을 고쳐야겠다. 아무리 친한 친구, 가족이라도 사사건건 부정적인 말과 행동을 한다면 일단 피해야 한다. 나의 성공을 부정적으로 보는 사람을 멀리하고, 대신 좋은 결과를 만들면 된다. 주변에 누가 부정적인지 한번 생각해 볼 필요도 있겠다. 혹시 내가 그런 사람이 아닌지도 한번 생각해 본다.

두 번째는 나 자신이 가장 큰 장애물이다.

실패를 두려워하지 않는다고 장담하지만, 스트레스를 받으면 불안함과 두려움을 극복하는 힘을 키워야 한다. 긍정적인 생각이 긍정 효과를 가져온다고 믿어야 한다. 나 자신을 통제하는 힘과 생각이 중요하겠다. 어려운 상황에 놓이면 회피하지 않고, 몰입하며 해결하는 힘을 가져야 한다. 수많은 실패가 모여 큰 성공을 이룬다는 말처럼 실패도 해봐야 더 성장할 수 있다.

세 번째는 스트레스 관리다. 스트레스를 받으면 얼굴이 붉어지고, 심장박동이 빨라진다. 마음이 불안해 심장 두근거림을 느낄 정도로 힘들어진다. 처음에는 갱년기 증상이려니 생각했는데, 스트레스로 인한 증상이었다. 불안할 때의 마음 관리가 중요하다. 스트레스 관리가 잘 돼야 큰일을 할 수 있다. 나의 감정, 기분, 마음도 내가 잘 통제할 수 있어야 한다.

내가 지금 하는 스트레스를 극복하는 방법이 몇 가지 있다.

첫 번째는 계속 반복하지만, 책 읽고, 좋은 글 발췌하고, 글을 쓰는 것이다. 최근에 읽은 책 중에서 인상 깊은 구절이 있었다. 현직 소방관이 쓴 글이다. 삶과 죽음의 현장을 매일 마주하는 소방관, 육체적 정신적인 고통과 외상후 스트레스 증후군이 심하다고 한다. 그럴 때 알코올에 의존하거나 우울증을 호소하는 동료도 있지만, 본인은 책을 통해 치유를 받고 있다고 했다. 책은 치유와 집중의 힘이 있다. 적어도 나에게도 그렇다. 힘든 일이 있으면 벗어나려고 책에 더 몰입했다. 그러면 그 순간은 잊힌다. 글을 쓰다 보면 화났던 감정도 조금 수그러든다. 조금은 마음의 안정을 찾는다. 이성적 판단이 어려울 때는 글로 스트레스를 푼다.

두 번째는 나의 정신을 통제하기 위해 나만의 '힐링송'을 듣거나 큰 소리로 따라 부른다. 이선희 노래로 소리를 지르거나, 영화 주토피아 주제곡 〈Try everything〉을 가끔 부른다. 뭐든지 할 수 있다는 긍정적인 메시지가 담겨 있다. 그 곡을 부른 샤키라 노래도 자주 듣는다. 정열적인 춤과 노래가 스트레스를 날리기에 최고이다. 노래에 집중하면 스트레스가 줄어든다. 일어나지 않은 일에 미리부터 걱정하고 잠을 잘 자지 못했다. 자신만의 스트레스 방법을 찾아 잘 활용해야 한다. 스트레스를 풀 수 있는 나만의 무기 하나쯤 꼭 갖기를 추천한다.

장애물을 없애는 마지막 방법은 자신을 믿는 일이다. 내가 선택한 일에 결과나 책임은 언제나 나에게 있다. 모든 삶의 중심은 나 자신을 믿는 것이다. 할 수 있다는 확신과 생각이 성공한 사람으로 성장시킨다. 모든 생각과 행동은 나로부터 시작된다. 내가 어떤 목표를 위해 결심했다면 일단 나를 믿는 것이 가장 중요하다. 최근 긍정 확언 자기암시문을 아침마다 읽는다. 나 칭찬으로 시작해서 잘할 수 있다는 용기를 나에게 준다.

"정이야, 넌 정말 멋있어! 넌 멋진 사람이야! 넌 최고야! 넌 할 수 있어! 너는 무엇이든지 할 수 있는 능력이 있어! 너에겐 무한한 능력이 있어! 두고 봐라, 나는 어떤 고난과 역경이 닥쳐도 이겨내고 말 테니까! 나는 오늘도 최고의 날을 보낸다. 뜨겁게 나를 응원한다. 나는 나를 가장 사랑한다."

이렇게 외치는 말은 어떤 일이든 할 수 있다는 믿음을 갖게 해준다. 나 스스로 인정하고 용기를 준다. 모든 기본은 나로부터 시작한다. 내가 중심을 잡고 꼿꼿하게 버텨야 무슨 일이든 이겨낼 수 있다.

장애물을 없애는 방법이 더 있을 수 있다. 방법이 많든 적든 나에게 맞는 방법대로 하나씩 해결해 나갔으면 좋겠다. 무엇보다 가장 중요한 것은 언제나 자기 자신이다. 자신을 결코 잊어서는 안 된다. 지금 바로 내 주변의 장애물을 찾아 제거하자. 내 선택에 대한 믿음, 내 미래에 대한 모든 가치 판단은 바로 내 생각으로 시작된다는 것을 명심하자. 잘 풀리는 1% 사람은 자기 자신과 경쟁한다고 한다. 언제나 내가 나의 최고의 경쟁자가 되어야 한다. 나와의 경쟁에서 이기는 훈련이 필요하다. 이 세상 가장 큰 장애물이 그래서 내가 되었다. 넘지 못할 벽은 없다. 나와 잘 타협하면 모든 것은 쉽게 풀린다.

3

실패가 아니라 과정입니다

"It's not how we fall, but how we get back up again."

"우리가 넘어지는 방식이 중요한 게 아니라, 다시 일어서는 방식이 중요하다."

– Patrick Ness

살면서 실패나 좌절을 겪으면 어떻게 해야 할까? 실패했다는 기준을 무엇으로 판단하는 것이 옳은지 모른다. 가게를 접기로 마음먹었다. 2년 계약 기간이 만료된다. 수익은 적지만 관리하기 쉬워 고민이 되었다. 내 사업체를 운영한다고 잠 못 자고 설렜던 2년 전 생각이 났다. 몸은 피곤했어도 전기 사용량이 많아 불안했어도 돈이 매일 통장에 찍힐 때는 기분 좋았다. 자영업에 대한 로망을 한 번쯤 생각하게 된다.

김승호 회장의 『돈의 속성』에서 기회가 생기면 무조건 창업하라, 누구나 사업가, 자본가가 될 수 있다, 항상 도전하고 탈출을 꿈꿔라, 사업가는 자기 인생에 자신을 선물할 수 있는 유일한 직업이니 창업하라고 권한다. 투자를 하면서 한 번쯤 내 가게를 갖고 사업체를 운영해 보고 싶은 로망이 생긴다. 많이 하는 소자본 무인 창업으로는 아이스크림, 카페, 프

린터, 사진관, 성인용품점 등 다양하다. 사장이 직접 운영하며 인건비도 줄일 수 있고 노동 시간도 많이 필요 없다는 장점이 있다. 초기 투자 비용이 적어 몇 개씩 운영하는 사람도 있다. 하지만, 창업은 쉽지 않다. 진입장벽이 낮으므로 누구나 손쉽게 접근한다. 경쟁이 그만큼 치열하고 수입도 적을 수 있다.

주변 상가에 내부 공사하는 소리가 길을 걸을 때마다 들린다. 이번에는 무슨 업종이 들어올까 궁금하기도 하지만, 학생들이 즐겨 찾는 업종이 들어온다. 브런치 카페나 탕후루, 마라탕 업종이다. 옆에 있는데 또 이렇게 들어오면 힘들지 않을까 생각하다가 내 걱정이나 하자고 신경 쓰지 않았다. 하지만 '임대문의' 현수막이 자꾸 마음이 쓰이는 것은 내가 지금 장사를 하고 있기 때문일 것이다. 마트도 사라지고 점포도 자주 바뀐다. 경기가 회복된다고 하는데 내가 느끼는 체감경기는 더 심하다. 사업을 하면 경기를 빠르게 알 수 있다. 일단 소비가 줄고 경쟁업체가 늘어난다. 새로 창업하는 곳도 유행 업종으로 집중하기 때문에 우후죽순 생겨나기도 한다. 어떤 업종이든 초기 투자하는 사람에게 유리한 점도 있다. 사업이든 장사든 정말 괜찮은 상권에서는 큰 수익을 올릴 수 있다. 특히, 유행에 민감한 업종을 선택할 때는 늘 염두에 두고 시작해야 한다. 생태계의 먹이사슬 관계는 장사나 사업에서도 일어난다.

매장 근처는 누구나 들어오고 싶은 인기 상권이었다. 인근에 몇천 배

후세대를 가지고 있으며, 그곳에서 모든 생활이 다 이루어진다. 비싼 권리금을 줘야 들어왔던 곳이었지만, 지금은 많이 줄었다. 그만큼 경기가 안 좋다는 이야기다. 월세가 높아 임대도 잘 나가지 않고 있어, 장사를 시작할 때 업종 선택을 신중하게 해야만 한다.

　최근에 생긴 탕후루, 마라탕 가게의 서비스 경쟁이 치열하다. 끼워 팔고 가격할인까지 득보다 실이 많을 듯한데 나란히 장사하고 있다. 몇 걸음 내려가면 또 점포가 있다. 나처럼 소심한 사람은 옆에 같은 업종을 낸다는 생각조차 하지 못한다. 내가 처음 가게 자리를 알아보러 다녔을 때는 주변에 학교와 대단지 아파트가 있어 입지가 좋다고 생각했는데, 2년간 장사를 해보니 허술한 점이 한둘이 아니었다. 매출이 올라가다 거꾸로 줄어들고 있다. 매출과 수입은 줄었지만, 고정비 지출은 줄지 않는다. 월세 80만 원, 관리비, 전기세까지 더하면 겨울 비수기는 더 힘들다. 초등학교와 중학교가 있어 입지는 나쁘지 않지만, 학생들은 항상 돈이 없다. 300원짜리 과자, 600원짜리 아이스크림 하나 사서 먹는다. 특히 우리 점포는 오래된 아파트 단지 안에 있다. 매장에 아이스크림 종류가 많아 학생들이 주로 찾는다. 선호하는 종류에 따라 판매량이 다르지만, 많은 양보다는 낱개 판매가 주를 이룬다. 주민 대부분 연령층이 높다. 어른들은 다양한 종류보다 가격이 더 저렴한 곳을 찾는다. 인근 마트에서 아이스크림을 미끼상품으로 판매하기 때문에 수량이나 가격을 당해낼 수 없다. 특히 여름철 성수기 매출 차이가 크다. 이때는 전기세도 상당히 많이 나와 부담이 된다. 에어컨은 손님이 적든 많든 써야 한다. 비용이 더 많이 발생한다. 마트처럼 원가에 판매할 수 없다.

건물주에게 전화해서 9월까지만 장사한다고 했다. 그때까지 새로운 임차인을 구하면 좋겠지만, 안되면 철거 비용이 든다. 사업은 어렵다. 상대방과 경쟁하다 보니 적은 매장에 종류대로 물건을 쟁여놓고 물건값을 주고 나면 남는 것이 없을 수 있다. 작은 점포라 해도 정신적, 육체적 최소한의 노력은 필요하다. 아이들 상대로 하는 장사는 더 신경을 써야 할 부분이 있다. 절도나 도난도 종종 일어난다. 일정 부분 손해는 감수한다. 내가 방관하면 물건을 훔치는데 더 대범해질 수도 있지만, 매일 CCTV만 쳐다보면서 있을 수는 없다. 대신 나는 서로 믿어보려고 했다. 청소년들에게 도움이 되는 글귀를 적어놓기도 했다. 댓글도 달고, 서로 힘내고 번창하라며 응원을 한다. 때론, 벽에 붙여 놓은 게시판은 청소년 연애 상담이 이뤄지기도 한다. 이성에게 한참 관심 있을 때라 고민을 적어놓으면, 나는 좋은 말을 적어놓는다. 이렇게 2년을 아이들과 친해져 소통하면서 지냈는데 정리하려니 아쉽기도 하다.

자영업은 잘 되든 안 되든, 상권이 어떻게 변하는지, 경쟁업체에 대한 분석과 가격 경쟁에 따른 수요, 시장조사를 계속해야만 한다. 옆 가게를 보고 월세가 높은데 왜 생겼지, 위협감으로 걱정해도 모자랄 판에 쓸데없는 걱정을 했다. 인생에서 내 의지대로 안 되는 것이 장사라 생각한다.

치열한 자본주의 사회에서 살아남기는 쉽지 않다. 장사에서도 강자와 약자가 분명히 있다. 때로는 욕심을 내려놓을 필요도 있다. 눈에 보이듯 뻔한 미래가 예측된다면 접는 방법도 현명하다. 미련은 더 큰 시련을 가져올 수 있다. 인생이나 투자도 타이밍이 중요함을 다시 한번 느낀다.

생각대로 안 될 때는 포기가 더 나을 수 있다. 방향을 바꾼다고 말하고 싶다. 모든 것은 성장하는 과정에 있다. 조개 속 진주는 그냥 얻어지는 것이 아니다. 조개 속에 이물질이 들어오면 그것을 내뱉어 내려고 한다. 배출이 잘 안되면 조개껍데기와 같은 분비물로 이물질 주변을 자꾸 감싼다고 한다. 외부 자극에 상처가 생길 때 방어하기 위해 만들어진단다. 상처가 쌓이고 그 상처가 아물면서 아름다운 진주가 탄생한다고 한다. 우리도 성장하는 과정에서 힘들고 어려움도 참아내야 할 때가 필요하다. 그 과정을 통해 내가 더 성장할 수 있다.

나는 내가 실패했다고 생각한 적이 없다. 어렸을 때부터 하고 싶은 일을 하곤 했다. 배우가 되고 싶다고 생각해서 극단에 들어갔고, 연기학원도 다녔고, 소리도 배우며 살았다. 끝까지 하지 않았다고 실패했다고 할 수는 없다. 인생에서 실패한 것이 있다면 좀 더 행복한 결혼생활을 유지하지 못 한 일이라 생각한다. 남편의 부재로 아이들에게 아빠의 빈자리를 크게 만들어줬다. 온전한 가족의 형태가 아니라 반쪽짜리 가정이라 늘 미안하고 후회가 된다. 내가 생각하는 삶 중에서 가장 큰 실패가 아닌가 싶다.

　남편이 살아있거나 내가 지금처럼 철이 일찍 들었거나 했으면 좀 더 나은 가정이 되었을 텐데 생각하곤 한다. 그 아픔이 있었기에 살면서 후회하는 가장 큰 일이 되었다. 아픔이 없었다면 상황은 달라지지 않았을까 싶다. 쏟은 물을 담을 수 없고 과거로 돌아갈 수 없다. 힘든 과정에서 오는 경험이 제일 큰 성공의 자산이다. 돈은 시간이 지나면서 벌 수 있지만 지나간 날은 되돌릴 수 없다. 지금에 최선을 다하고 후회할 일을 만들지 말아야겠다고 다짐한다.

꾸준함이 지름길

"The secret of success is constancy to purpose."

"성공의 비밀은 목적에 대한 꾸준함에 있다."

– Benjamin Disraeli

오래전부터 나는 가수 박진영을 좋아한다. 친구들은 내가 박진영을 좋아한다고 하면 내 취향이 독특하다고 했다. 한 가지 일도 꾸준히 한다는 건 쉽지 않다. 하지만 박진영은 노래, 춤, 작곡, 작사, 자기 관리, 프로듀서의 역할을 완벽하게 소화하고 있다. 그의 끈기와 집념을 존중한다. 요즘 박진영이 만든 골든걸스 매력에 푹 빠져있다. 최고의 가창력을 자랑하는 인순이, 신효범, 박미경, 이은미로 구성된 평균나이 60세 여성 그룹이다. 박진영이 기획한 네 명의 여가수들의 걸그룹 도전과 생애 첫 신인상 수상까지의 활약은 대단했다. 50~60대 엄마들에게 폭발적인 인기를 얻고 있다. 자신이 꿈꾸는 꿈을 포기하지 말고, 도전해 보라는 희망적 메시지를 주고 있다. 딸이 엄마에게 보여주고 싶은 공연이며, 엄마의 삶을 응원한다는 의미에서 인기를 얻었다.

오십이 훌쩍 넘은 박진영이지만, 아직도 노래를 부르고 춤을 춘다. 30년 이상 댄스 가수로 활동한다는 건 정말 쉽지 않다. 최근에 그가 한 말 중에 매일 반복되는 일이 힘들고 지겹지만, 그 지겨운 것을 해내는 사람이 성공한다고 했다. 이제는 성공이라는 말보다 존경받을 만한 사람이 되고 싶다고도 했다. 남의 안 좋은 면을 들여다볼 시간에 나를 들여다보는 연습이 필요하다고 한다. 자기를 믿고 실력을 쌓고 성실하게 준비해야 한다는 말이 계속 맴돌았다.

성실함은 꾸준함과 직결된다. 꾸준함이 있으면 어떤 일이든 오래 할 수 있다. 끈기가 없으면 금세 싫증을 낸다. 뚜렷한 목표가 있는 두 명이 있는데, 한 명은 끝까지 원하는 목표에 도달하고, 다른 한 명은 중도에 포기했다. 중도에 포기한 사람은 배움에만 투자했을 뿐 결과를 얻지 못했다. 만족할 만한 결과를 얻으려면 끈기를 가지고 일을 해야 한다. 직장 생활과 사회생활, 배우는 모든 과정, 어느 것 하나 성실함과 꾸준함이 연결되지 않는 것이 없다. 사람 관계도 마찬가지다. 어떤 사람을 평가할 때 외모보다, 끈기 있고 성실함으로 좋은 사람이라는 평가를 받는다. 뭘 해도 진득하지 못하고 쉽게 포기한다는 말을 듣고 싶은 사람은 아무도 없다. 모든 삶은 자기가 만들기 나름이다.

지금까지 해 온 일 중 가장 두드러진 꾸준함은 글쓰기다. 최근에 쟁점이 된 일화가 있다. 글을 발행할 때 키워드 검색을 하면서 쓰지는 않는다. 수업, 강의 후기, 서평을 쓰는 일이 보통이다. 1일 1 포스팅을 5개월 동안 꾸준히 글을 발행하기도 했다. 지금도 글을 쓰는 일, 책을 매일 읽는 습관은 나의 하루 일이다. 지난 8월과 11월 두 번에 걸쳐, 내가 쓴 글이 수천 건 조회 수를 기록한 일이 있었다. 한 번도 아니고 두 번이나 계속돼 놀랐다. 이유는 알 수 없다. 특별한 논쟁거리도 없었다. 그냥 얻어걸린 일이라, 금세 원래 상태가 될 줄 알았다. 그런데 한 번 조회수가 폭발한 게 한 달 넘게 지속됐다. 일 조회 수 1,500을 넘다니 믿기지 않았다. 블로그 강사들도 모른다고 한다. 검색이나 네이버 추천 경로로 유입이 된다고 했다.

3년 동안 글만 꾸준히 썼을 뿐인데, 믿기지 않는 일이 일어났다. 뭐 특별할 것 없다고 생각할 수 있지만, 나에게는 기적 같은 일이다. 내가 쓴 글은 대부분 살아온 인생에 대한 후회와 서평이 주를 이룬다. 나쁜 엄마, 한참 부족한 딸, 새로운 삶을 위한 처절한 몸부림, 이런 이야기다. 내 글이 위로와 공감이 되고 자신을 돌아보는 시간이 되었다고 한다. 글을 꾸준히 발행하지 않았다면 결코 있을 수 없는 일이다. 글이라는 것이 며칠 쓰다 쉬면 바로 표가 난다. 조회 수도 방문자 수도 많이 떨어진다. 꼭 방문자 수를 바라진 않지만, 쓸 때와 쓰지 않을 때 분명한 차이는 있다. 네이버 해킹으로 블로그, 카페 글을 한 달 정도 쓰지 못한 일이 있었다. 처음에는 불안하고 스트레스가 생겼으나, 결국에는 그 시간에도 적응하게 된다. 한 달 동안 글을 안 쓰다 다시 쓰려니 이전보다 더 힘들었다. 흐름이 깨지면 다시 복귀하는 데 시간이 걸린다. 이제는 그런 안 좋은 일이 다시 생겨도 의연하게 대처할 수 있다. 이것이 바로 꾸준함의 비법이다.

자신이 정한 목표를 이루기 위한 꾸준함은 무엇이 있을까?

첫째, 목표를 향해, 매일 조금씩 행동으로 옮기는 것이 중요하다.

둘째, 꾸준함을 위해선, 동기부여가 필요하다. 왜 해야 하는 이유가 있어야 한다. 책을 읽어야 하는 이유, 글을 써야 하는 이유가 있으면 지속할 수 있다.

셋째, 좋은 습관을 형성하는 것이 도움이 된다. 작은 습관을 만들면, 더 쉽게 꾸준함을 유지할 수 있다. 일상적인 루틴으로 만든다.

넷째, 긍정적인 생각과 태도를 유지한다. 실패해도 좋은 기회로 삼는 마음이 중요하다. 작지만 하나씩 성공 경험을 만들어 보는 것도 좋다.

글을 쓰기만 했는데 기분 좋은 일이 생겼다. 내 이야기에 더 집중해서 쓸 수도 있고, 다른 사람이 원하는 글을 쓸 수도 있다. 꾸준히 하면서 더 나은 글을 쓰기 위해 고민하게 된다. 끊임없이 생각하고 실행하니 긍정적인 효과를 만든다.

나의 모든 일에 대한 성과와 효과는 바로 꾸준함에서 비롯되었다. 짧은 시간에 성과를 만들어 내는 사람들에 비하면 나는 3년이라는 오랜 시간이 걸렸다. 시간은 중요하지 않다. 급하게 달리다 포기하는 사람보다 계속할 수 있는 끈기가 더 중요하다. 그래서 나는 늘 현재진행형이다. 성실함과 꾸준함을 따라갈 수 없다. 글을 쓰다 보면 블로그 이웃이 추가가 안 될 때가 있다. 이웃을 추가하려고 보면, 블로그 시작은 쉽게 했지만, 중도에 포기한 사람들이 많아서 놀란다. 어떤 일을 오랫동안 한다는 건 결코 쉬운 게 아니다. 물론 가끔 쓰는 일도 쉽지 않기 때문에 간단히 쓰는 요령이나 조절이 필요하다.

힘들면 글 쓰는 양이나 방법을 바꾸기도 한다. 서평과 강의 후기를 쓰는데, 내용이 많으면 나눠서 작업한다. 책, 노래, 시, 일상에서 오는 즐거움, 행복, 내 가족 뭐든지 주제가 된다. 명언이나 긍정적인 말을 쓰기도 한다. 주제별로 임시저장 해놓고 필요할 때 발행한다. 산책이나 여행 중 사진을 많이 찍어 저장해 놓기도 한다. 서평단이나 체험단은 체험하며 사진을 먼저 저장하고 초안을 잡아놓는다. 한 번에 다 하려면 어렵다. 상황에 맞게 조절한다. 모든 일은 경험에서 나온다. 경험이 쌓이면 요령도 생긴다.

요즘 Chat GPT를 이용해서 블로그 글을 발행하는 사람을 보았다. 내가 원하는 정보를 검색하고 그 정보에 살을 붙여 하나의 글을 완성한다. 나도 얼마 전에 아마존에 전자책을 내면서 Chat GPT를 사용해보았다. 명언에 관한 출처가 필요했는데 Chat GPT를 이용하니 시간도 절약되고 내가 원하는 정보를 빨리 찾을 수 있어서 유용했다. 어떤 일이든 처음에는 힘들지만, 숙달되면 시간을 절약하며 더 쉽게, 똑똑하게 할 수 있다. 모든 일에 기본이 되는 성실함과 꾸준함이 확실한 결과를 만든다. 인생은 자전거를 타는 것과 같다고 한다. 넘어질 듯 넘어질 듯하다가도, 계속 페달을 밟기 때문에 넘어질 염려는 없다. 많은 일을 하기는 쉽지만 한 가지 일을 꾸준하게 연속시키기는 어렵다. 작은 것부터 하나씩 꾸준히 하는 습관을 만들어 보자. 재미있는 일 놀라운 일이 생길 수 있다. 인생은 그래서 늘 즐겁다.

5

열등감을 벗어던져라

"No one can make you feel inferior without your consent."

"당신의 동의 없이는 아무도 당신을 열등하게 만들 수 없다."

– Eleanor Roosevelt

2011년 서른아홉 특별한 자격도 없는 나에게 취업은 쉽지 않았다. 집 근처에 있는 회사에 이력서를 몇 군데 냈으나 아무런 연락이 없었다. 경력단절 이후 재취업은 힘들겠구나 싶었는데 학습지 회사에 나이가 꽉 찬 신입 교사로 입사했다. 내가 맡은 지역은 의사, 변호사, 교사, 사업가 등 굵직한 직업군이 밀집된 아파트였다. 영어를 가르친다는 기쁨도 잠시, 겉으로 티 내지 못하는 걱정거리가 있었다. 여상을 졸업하고 직장 생활하다, 결혼하고 육아에 치여 다시 대학에 다녀야겠다는 생각은 하지 못했다. 그러다 20대 초반 방송대학교 영문과에 입학했다. 직장과 병행하며 두 개를 같이 할 수가 없어, 자연스럽게 학교는 계속 다니지는 못했다.

결혼하고 나서는 둘째 치료에 정신이 없었다. 재활치료가 익숙해질 때쯤, 더 늦기 전에 대학교를 다녀야겠다고 생각했다. 일반대학은 생각지 못했다. 방송대 영문학과에 재입학했다. 방송대를 졸업하는데 쉽지 않았다. 혼자 공부하는 시간도 많고 영문과라 어렵기도 했다. 학점 따는 4년이 정말 길게 느껴졌다. 가정일과 병행하면서 수업 듣고 아이 병원에 치료까지 힘들었지만, 포기할 수 없었다. 늦은 나이에 공부라 더 어려웠어도 즐겁게 하려고 노력했다. 학교 축제 때 공연 준비도 하면서 열심히 활동했다. 시험점수는 좋지 않았고 욕심내고 싶은 과목은 계절학기로 점수를 높였다. 점수를 떠나 해냈다는 데 의미를 두었다. 농담으로 우수한 성적이 아닌 우스운 성적으로 졸업했다고 말하곤 했었다.

대학 졸업하기 전에 ○○교육에 영어 교사로 입사했다. 늦은 나이 취업이라 긴장감도 있었지만, 무엇보다, 방송대를 졸업한 학력에 대한 열등감으로 나도 모르게 계속 걱정이 되었다. 앞서 말한 내가 넘겨받은 지역은 워낙 능력 있는 사람이 사는 동네라 나의 학력이 금세 들킬까 봐 전전긍긍했다. 유아, 초등을 가르치며 아이들을 좋아하고, 수업을 즐겁게 하면 되는데 괜한 걱정을 혼자 심각하게 했다. 학부모들이 나에게 어느 대학 출신인지, 영어 공부를 어떻게 했는지, 물어볼까 늘 노심초사했다. 일하는 동안 내 학력을 물어본 사람은 하나도 없었다. 모든 열등감도 다 내가 만들어 냈다.

초등학교 2학년 여자아이 수업을 했던 일이 기억난다. 아빠는 사업가, 엄마는 약사였고, 외할머니도 이화여대를 졸업한 집이었다. 아이들이 얼마나 반듯한지 모른다. 아이 둘 다 예의 바르고 착한데 공부도 잘한다. 큰아이는 영어유치원을 졸업하고 100% 원어민 수업으로 진행하는 어학원을 다니고 있었다. 우리 수업 외에 다른 학습지, 영어 학원까지 영어에 몰입하고 있었다. 부모의 강요가 아닌, 아이가 원해서 시킨다고 했다. 수준은 고등과정 이상이고 처음 참가한 말하기 대회에서 전국 3위에 입상할 정도였다. 한 뼘 정도 되는 두꺼운 원서를 이미 공부하고 있었다. 우리 교재가 쉬워서 다른 교재로 가르치고 있었는데, 교재가 끝날 때쯤, 어머님께 조심스럽게 말씀드렸다.

"어머니 이 교재가 끝이라 이번 달에 수료해야 할 것 같아요."
"선생님 아이가 선생님과 수업하는 걸 좋아해요. 원서 수업과 학원 숙제 좀 봐주실 수 있을까요?"

아뿔싸, 빠져나갈 구멍이 없었다. 이미 동생 수업을 하는 터라 방법이 없었다. 알겠다고 했지만, 잘할 수 있을까 싶었다. 부담이 이만저만 아니었다. 식은땀이 흐르고 걱정도 되었다. 물론 아이가 기본기가 있어서 내가 특별히 설명을 많이 해줄 필요는 없었다.

어느 날, 수업하고 있는데, 아빠가 일찍 들어오는 소리가 났다. 거실에서 엄마와 가족들 이야기가 소리가 들렸다. 수업을 마치고 나오는데, 치킨이랑 과일을 먹고 가라고 했다. 순간, 같이 있으면 영어에 관한 질문을 받을 것 같아 다음 수업 있다면서 정신없이 나왔다. 한창 배고플 시간이라 치킨 냄새가 승강기를 타고 내려오는 나의 코끝을 자극했다. 지금도 그 치킨 냄새가 나는 것 같다. 2~3년 동생까지 수업을 다 마치고 다음 교사에게 그 지역을 인계했다. 수업하는 동안 내 학벌을 문제 삼는 사람은 없었다. 언제나 수업할 때는 당당하고 자신감이 넘쳤다. 유아, 초등 영어에서는 흥미와 재미가 중요하다. 유아는 진짜 영어가 즐겁다는 생각을, 초등은 학습적이지만, 어렵지 않고 쉽다고 생각할 정도로 가르치면 된다. 여기에 열등감이 웬 말인가 싶다. 열등감을 내가 만들어 냈다. 경력이 쌓여 베테랑 교사가 되면서 열등감은 잊게 되었고, 가르치는 일에 보람을 느꼈다.

6년 전에 같이 일했던 선생님 전화를 받았다. 오랜만에 생각나서 안부차 연락을 주셨다고 한다. 팀장으로 일할 때 자신감이 부족하고 겁이 많은 교사였다. 하지만, 계속 눈에 띄게 성장하는 교사였다. 선생님은 매일 수업이 늦게 끝남에도 틈틈이 영어 공부를 열심히 했었다. 나중에는 선생님 실력뿐만 아니라 아이들 성적도 올라 아이들과 학부모에게 인기 있는 교사가 되었다. 내가 퇴사하고 얼마 후 영어 학원을 차렸다고 했는데, 회원이 70명까지 늘었다는 말에 입이 딱 벌어졌다. 아이들과 함께 외국에 나가기도 하고 끊임없이 공부해서 수능 영어까지 가르친다고 한다. 매번 놀란다. 유명한 온라인 강의를 듣고 외우며 문제를 100개씩 만들면서 실력이 늘었다고 했다. 영문과를 졸업하지 못한 열등감이 자신을 공부하게 했다고 했다. 선생님 이야기를 들으면서 정말 많이 성장했다는 것을 느꼈다. 나랑 근무할 때 도움을 줘서 감사하다고 전화를 줬는데, 내가 오히려 자극받고 동기부여를 받았다. 과연 나는 영어 공부가 부족하다고 생각하면서도 극복하려고 얼마나 노력했는지 나에게 물었다. 자신 없다면서, 열심히 해야 한다고만 했지, 치열하게 공부하진 않았다. 그러면서 열등감이니 뭐니, 운운했다. 열등감은 실력이다. 실력을 갖추면 모든 열등감은 없어진다. 선생님 이야기를 들으면서 반성하게 되었다.

나에게 영어는 떼려고 해도 뗄 수 없다. 학원에 들어가면서 다시 영어 공부를 조금씩 하고 있다. 초등에서 중학생까지 할 일이 많아졌다. 나는 문법이 약하다는 한계를 나 스스로 만들어 놓았다. 한계를 정했으니 그 한계를 넘는 일도 나의 몫이다. 부족한 실력을 알면서 더 공부해야겠다고 마음먹었다. 원장님은 유아부터 초등, 중등까지 아이들 수준에 맞춰 이해하기 쉽게 가르치려고 늘 연구한다. 그녀는 더는 배울 것 없음에도 불구하고 계속 공부를 한다. 배움에 대한 열정이 끝이 없는 진짜 공부가 취미인 사람이다. 남편이 병원을 운영하고 있어 일을 안 해도 되는데, 오전에는 병원 일을 도와주고 오후에는 학원을 운영하고 있다. 아이들을 가르치는 일은 사명감이 없으면 하지 못한다. 원장님의 끊임없이 배우는 모습이 나에게는 자극제가 된다. 공부를 위한 시간 투자가 결국에는 나의 실력을 올리는 일이다. 실력이 쌓이면 열등감은 그때부터 열등감이 아니다.

최근에 아마존에 책 내는 프로그램을 신청했다. 아마존에 책이라니 설렜다. 우연히 눈에 띄었는데, 왠지 모를 끌림으로 기회다 싶어 도전하게 되었다. 비용이 저렴한 이유도 있었지만, 영어로 책을 낸다는 의미가 더 컸다. 좋은 경험이라 생각되었다. 영어 울렁증도 다 생각에서 비롯된다. 김미경 강사가 50대 후반 영어 공부를 시작하고, 2년 만에 미국에서 영어로 첫 강의를 한 영상을 봤다. 도전하는 모습도 강의를 즐기는 모습도 너무 멋있었다. 인생은 도전할 만한 일이 늘 생긴다는 것이 살만하다. 꿈꾸는 내가 멋지다고 생각했다. 열등감은 이제 벗어버리자. 부족하다고 생각하지 말자. 간절하면 부족한 실력도 자신 없는 삶도 극복할 수 있다. 할 수 없다는 한계를 긋지 말고, 할 수 있다고 생각하자. 열등감을 극복하고 멋진 인생 펼쳐야겠다. 열등감을 자신감으로 바꾸고, 생각을 바꿔 모두 이뤄내 보자. 영어랑 같이 인생을 즐겨보자.

6

포기는 배추 셀 때만

"Our greatest glory is not in never falling, but in rising every time we fall."

"우리의 가장 큰 영광은 결코 넘어지지 않는 것이 아니라

넘어질 때마다 일어서는 데 있다."

– Confucius

거창하던 인생의 목표가 조금은 소박해졌다. 사랑하는 사람들과 행복하게 지내고 싶다는 마음으로 변했다. 돈이 없어서 힘들었던 시간을 보상해 줄 경제적인 여유만 있으면 좋겠다. 이제 육체노동 보다 번뜩이는 아이디어와 시스템을 구축하고 싶다. 젊었을 때처럼 할 수는 없어도 끝까지 포기하지 않을 자신은 늘 있다. 포기하지 않기 위해서는 목표 관리가 중요하다고 생각한다.

지금까지 목표만 있고 구체적인 세부 계획이 없었다. 꼼꼼하지 못한 성격 탓에 주먹구구식으로 살아왔다. 꿈꿔왔던 강의든, 온라인 수익화든 구체적인 계획 없이 이룰 순 없다. 좋은 멘토가 되겠다고 했으니, 실력을 키워야 할 차례다. 작은 성공 경험을 많이 만들어야 한다. 강의하겠다고 결심한 후 단 사람이라도 소홀하게 생각하지 말자 마음먹었다. 나태하지

말자. 사람은 감정의 동물이라 작은 말 한마디에 상처받을 수 있으니 또 반대로 자만하지 말자고 다짐했다. 자기 자신과 싸움이 시작되었다. 어떤 것에도 흔들리지 않은 자신감과 굳건함을 장착해야 해낼 수 있다.

성공하는 사람들의 탁월한 점은 무조건 힘을 쏟는 노력이나 행동이 아니라, 그 과정을 즐기는 능력이라고 조성희 작가는 말했다. 조성희 작가의 책을 읽으면서 마음 근육을 단련하려고 노력했다. 나를 조련하고 길들였다. 어려운 시기를 잘 극복하기 위한 훈련이라고 생각했다. 세상 살면서 가장 중요한 일이 바로 마음먹고 행동하고 실천하는 일이라 생각한다. 힘든 일을 겪을 때의 태도가 중요하다. 태도가 성공과 실패를 결정한다고 믿는다. 태도에는 생각도 행동도 모두 포함된다. 혹자는 실패를 교육이라고 말하며, 성공하거나 실패할 때 더 많은 것을 배운다고 한다. 살면서 실수하지 않을 수는 없다. 실패도 성공도 모두 값진 경험이다. 성장하는 과정이라 생각한다. 나 또한 힘든 일이 있을 때마다, 더 긍정적인 삶을 살려고 노력했다. 몇 년 동안 책을 읽고 글을 쓰면서 달라진 것이 바로 생각하는 힘을 키우고 긍정적인 사고를 할 수 있다는 것이다. 내 삶의 가장 큰 변화다.

당분간은 투자를 더 할 수 있는 상황은 아니다. 위기일 수도 기회일 수도 있다. 마음먹은 순간부터 끝까지 넘어야 할 산이다. 한고비 넘겼으니 다시 준비해야 할 타이밍이다. 부동산 관련 책과 영상을 다시 보기 시작했다. 감을 잃지 않으려고 공부한다. 가진 부동산이 정리되면 정말 현금 흐름을 만들 계획이다. 힘들었던 순간에 포기하는 경우를 주변에서 많이 보았다. 부동산과 가르치는 일이 나를 나답게, 당당하게 만드는 일이라 믿기로 했다. 그래서 나는 포기하지 않고 끝까지 도전한다. 나의 잘못된 판단으로 가족들이 힘들고 나까지 힘들었던 시간을 작게나마 보상해 주고 싶다. 나를 회복시키고 싶다. 포기라는 글자는 입 밖으로 꺼내지 않으려고 노력했다.

아들이 친구랑 에어비앤비를 해보고 싶다고 했다. 책이나 강의를 들으면 좋으련만 아직은 공부한다는 것이 어려운가 보다. 경매 사이트에서 결제하고 물건 검색을 했다. 아들과 함께 좋은 물건을 찾아보며 생소한 단어 설명도 해줄 수 있어서 기분 좋았다. 책도 읽고 강의도 들으며 실력을 쌓아야 기회가 왔을 때 잡을 수 있다고 말했다. 투자 공부에 관심을 보이며 종잣돈을 모으겠다는 생각을 한 아들이 기특했다. 부동산 공부를 계속할 수 있었기에 가르쳐 줄 수가 있다. 돈을 잃으면서 깨달았던 것 중 하나가 투자는 평생 할 일이라 생각했다. 한두 건 성공했다고 끝낼 것도 아니고, 실패했다고 포기할 것도 아니다. 꾸준한 실행과 도전만이 목표를 이룰 수 있다. 혼자라 힘들었지만, 생각과 방향이 같은 동지가 있어 든든했다. 아들이 아들 친구랑 둘이 부동산 이야기를 주고받는 모습이 대견했다. 내가 겪은 시행착오를 아이들은 하지 않도록 길잡이가 되어야겠다. 더 부지런히 공부해야 할 이유가 생겼다.

내 삶에서 포기라는 단어를 몇 번이나 써 봤을까?

포기할 만한 일을 만들거나 하지는 않았다. 대부분 좋아하고 관심 있는 일이었다. 살면서 무모한 도전을 하지 않았다. 무식하게 부동산 투자를 했던 일이 내 인생의 큰 사건이다. 힘들거나 어려움이 있어도 이겨낼 힘을 키워가고 있다. 나의 마음과 생각 정리를 통해 단련시킨다. 힘들면 방향을 바꿔 우회하기도 하고 내려놓을 줄도 안다. 포기라는 단어는 사용하지 않는다. 포기는 배추 셀 때만 쓰자고 말해왔다. 힘들면 조금 쉬어 가자, 생각했다. 언제나 자기 최면을 걸었다. 긍정적인 생각을 하니 정말 포기하지 않는 삶을 살게 되었다. 어떤 일이 나와 안 맞을 수도 있다. 그땐 과감히 정리하면 된다. 정리도 처음에는 나에겐 목표였고 계획이었다. 언제나 인생은 선택의 연속이다. 절묘한 타이밍도 선택이다.

쉽게 포기하거나 못 하겠어, 안 할래, 부정적인 말을 하지 않으려고 노력한다. 좋은 강의와 책을 보면서 배우고 하나씩 실행해 본다. 영감을 얻고 따라 하며 내 것으로 만드는 도전정신이 나를 발전시켰다. 그냥 해보는 거야. 안 되면 다시 하면 되지. 이것저것 실패도 해보고 성공도 해보면서 성장한다고 생각한다. 실패했다고 조급하거나 주눅 들지 않는 훈련이 더 필요할 수 있다. 일, 삶, 배움 모두 다 똑같다. 안 된다고 포기하면 아무런 발전이 없다. 시간과 경험이 조금 더 필요할 수도 있다고 생각하면 한결 마음이 가벼워진다.

아무것도 하지 않으면 아무 일도 일어나지 않는다. 어떤 일이든 원하면 무조건 도전하라고 권한다. 할 수 있다는 동기부여는 큰 용기며 희망이다. 할 수 없어, 포기할까? 말할 정도면 시작부터 고민했어야 했다. 이미 실행했다면 끝까지 해본다. 생각을 조금 바꾸면 곧 실패도 포기도 아닌 것이 된다. 관점을 바꾸는 일, 할 수 있다는 생각을 바꾸는 일이 중요하다. 진짜 원하는 삶인지 아닌지 판단이 더 중요하다. 포기하지 않고 열심히 노력하면 어떤 어려움이든 극복할 수 있다. 성취하고자 하는 목표에 대한 열정과 결단력이 필요하다. 성공은 능력보다 열정에 의해서 좌우된다고 믿는다.

인내와 끈기를 가진 사람이 포기하지 않는 삶을 살기 위해서는 몇 가지 중요한 원칙이 있다. 정해진 원칙대로 실천하면 작은 성공이라도 분명히 이룰 수 있다.

1. 자신이 하고 싶은 것에 대한 명확한 목표설정과 구체적인 계획을 세운다. 할 수 있는 가장 작은 단위부터 시작한다.
2. 어려움과 실패가 있을 수 있다. 포기보다 배움의 기회로 삼는다.
3. 목표를 달성하려면 꾸준한 노력과 끈기가 필요하다.
4. 나에게 용기를 주거나 도움을 줄 만한 가족, 친구나 멘토를 찾아라.
5. 건강한 정신과 신체에서 가장 좋은 효과를 만들어 낸다. 스트레스 관리가 중요하다.

토머스 에디슨은 많은 인생의 실패자들이 포기할 때 자신이 얼마나 성공에 가까이 있는지를 모른다고 했다. 에디슨은 발명품을 만들기까지 만 번 이상 실패를 경험했다고 한다. 하지만 그는 그것을 실패가 아니라 효과가 없는 만 가지 방법을 발견한 것일 뿐이라고 했다. 에디슨은 우리의 최대 약점은 포기라고 말했다. 성공으로 가는 가장 확실한 방법은 언제든지 한 번 더 시도하는 용기와 실행력이다. 때론 빠른 결단이 도움이 될 수 있지만, 어떤 일을 하기로 마음먹었다면 포기하지 않아야 한다. 중간에 포기하면 미련도 후회도 더 크다. 후회하지 않는 선택을 하는 것이 가장 현명한 방법이다. 포기하지 않는 삶은 분명 어렵다. 목표를 향해 끊임없이 노력하고 긍정적인 마음을 가지면 어떤 어려움도 극복할 수 있다. 포기하지 않고 계속 노력하면 원하는 결과를 얻을 수 있다고 나는 확신한다.

마음 치유의 글쓰기

내 방 책장에 마음을 단단하게 하는 내용의 책들이 많다. 독서는 마음의 빈자리를 채워준다. 마음이 허전하고 답답할 때 책을 더 많이 본다. 책뿐만 아니라 글쓰기도 감정을 표현하기에 좋은 친구다. 예전에는 친구를 만나거나 전화로 수다를 떨었다. 지금은 수다를 떠는 것보다 혼자 다양한 형태의 글을 읽거나 쓰면서 지내고 있다. 최근에 오디오 작가가 되었다. 시나리오 글을 쓰고 효과음을 넣어 내 목소리로 녹음했다. 클릭만 하면 언제 어디서나 내가 쓴 글을 소리로 들을 수 있다. 내 목소리를 듣는 일이 쑥스럽지만, 자꾸 들으면서 발음, 발성, 속도를 점검한다. 오디오 작가를 시작했으니 글이 더 좋아지고 좋은 목소리로 많은 이야기를 전달하고 싶다. 시나리오를 계속 써서 오디오 녹음을 계속해야겠다는 욕심이 생겼다. 웹 소설이나 짧은 드라마나 그 외의 다양한 종류의 글도 써보고 싶다.

긍정의 힘을 책을 통해서 얻는다. 한 문장씩 머릿속에 담으려고 노력한다. 과거에는 책을 깨끗이 읽고 중고로 판매했던 내가 이제는 밑줄 긋고, 메모하고, 키보드를 두드리며 좋은 문구를 재탄생시킨다. 요즘 책 속의 감정을 고스란히 전달받는다. 책은 나를 성장시키는 도구이다. 써본 적 없는 말이 튀어나온다. 단연코 책을 읽고 글을 쓰는 힘에서 나왔다고 생각한다. 그동안 내 블로그를 본 친구는 나에게 글이 많이 달라졌다고 했다. 블로그 이웃도 글이 재미있으며 다른 이야기도 궁금하다고 말한다. 나도 가끔 놀랄 때가 있다. 막혔던 글이 술술 써질 때도 있다. 과거에는 1일 1 포스팅을 해야 한다는 강박관념이 있었다. 유튜브를 보면서 쓸 글로 고심하고 힘들었던 날도 있었다. 매일 책을 읽으니 책 속에서 다양한 주제가 만들어진다. 눈뜨면 가장 먼저 하는 일이 책을 읽고, 글을 쓰는 일이다. 읽고 쓰는 삶이 먼저가 되었다.

글을 쓰라는 이야기를 주변에 많이 권한다. 최근 독서 모임을 하는데 갱년기 때문에 3년 동안 너무 힘들었다는 분이 있었다. 블로그 글을 쓰는 것이 마음먹으면 할 수 있을 것 같은데 어렵다고 한다. 또, 개인적인 내용을 쓰는 일이 선뜻 내키지 않는다고 한다. 블로그 글 쓰는 일이 쉬운 일은 아니다. 그동안 글을 쓰면서 성장한 이야기와 꾸준한 방문자 증가, 서평단, 체험단 당첨 사례를 공유해 주었다. 물론 그것이 다는 아니다. 가장 중요한 것은 말의 힘이나 생각이 크기가 커졌다는 사실이다. 블로그를 꼭 해보라고 했다. 개인적인 글이 아니어도 얼마든지 시작할 수가 있다. 그분은 미술 분야의 글을 발행하기 시작하셨다. 글이 소질이 없는 것이 아니라 쓰지 않았기 때문에 몰랐을 것이다. 글쓰기가 어렵다는 분은 이제는 글 쓰는 일이 즐겁다고 한다. 우리는 글을 통해 자기가 몰랐던 재능을 발견하기도 한다. 글 쓰는 것은 특별한 재주가 필요하지 않다. 꾸준히 쓰다 보니 글이 달라질 뿐이다.

전에는 책 한 권 서평을 다 쓰려고 했다. 책 내용의 모든 면을 다루고 내 생각을 적느라 시간이 너무 오래 걸렸다. 그건 나에게 서평이 아니라 스트레스였다. 어떻게 하는지도 몰랐기 때문에 다 적어야 한다고 생각했다. 글쓰기 수업하면서 생각 정리가 되었다. 책을 읽고 감동한 구절에 내 생각을 더 하면 되었다. 요즘 나의 활동과 연결해 전, 후의 비교 글을 많이 쓰게 된다. 한번 꽂힌 글을 자꾸 입으로 말하게 된다. 때로는 내가 읽은 글이 나의 말이 된다. 좋은 글을 통해 나도 변하게 된다. 20대, 30대에 느끼지 못한 것을 요즘 참 많이 느낀다. 책을 보고 글을 쓰다 보니 나를 자꾸 돌아보고 앞으로의 내 인생도 생각하게 된다. 자기성찰의 시간을 많이 갖게 되었다. 강의나 강좌를 통해서 아니면 나보다 뛰어난 사람들의 습관이나 모습을 보면서 벤치마킹한다. 책에서 얻는 지식을 나에게 적용함으로 성공 경험을 만들어간다. 예전에 나와 지금의 나는 확연히 달라지고 있다. 생각의 크기도 행동도 점점 커진다. 나는 요즘 점점 어른이 되어간다는 표현을 한다. 진짜 나를 찾아가고 있다.

글을 쓰기 시작하면서 놀라운 경험을 여러 번 했다. 그중에서 실제로 일어났던 몇 가지 일이 있다.

첫 번째는 최근에 개인 저서를 쓰면서 힘들었던 마음이 치유되는 경험을 했다. 글을 쓰면 수정하는 작업을 거치는데, 이런 과정을 통해서 글을 좀 더 매끄럽게 다듬게 된다. 내가 책을 내겠다며 글을 쓰기 시작했고 초고가 완성되자 쓴 글을 다듬기 시작했다. 그런데 처음 수정하면서부터 글을 읽는데 눈물이 났다. 나에게 쓰는 편지, 남편과 아이들 이야기에서 나도 모르게 눈물을 닦으며 작업을 했다. 가장 힘들었던 부동산 이야기는 스트레스받았던 그때의 감정을 고스란히 전달되는 것 같아 울음을 참기가 힘들었다. 한 번이 아니라 매번 슬펐던 감정이 글을 수정할 때마다 올라왔다. 그러다가 퇴고 막바지에 다다르자 그동안 울었던 그 부분을 편하게 읽고 있는 나를 발견했다. 처음에는 그 사실을 알지 못했는데 분명 뭔가 이상한 기분이었다. 내가 퇴고를 하면서 많이 치유 받고 있었다는 사실에 놀라지 않을 수 없었다. 억눌렸던 감정이 글을 쓰고 고치면서 조금씩 회복이 되었다는 생각에 깜짝 놀랐다. 정말 글만 썼을 뿐인데, 마음이 조금은 안정되었다. 나를 위한 치유의 글쓰기였다.

두 번째는 2년 전에 블로그 글을 쓰면서 생긴 일이다. 스물이 갓 넘어 방송대에서 만났던 언니였다. 이미 대학을 나오고도 더 공부하고 싶어 방송대에 입학한 언니. 계속 연락이 끊겼는데, 십여 년 후에 드라마 작가로 성공했다는 소식을 들었다. 텔레비전을 잘 안 보지만 언니가 쓴 주말

드라마를 챙겨보았다. 이름을 말하면 다 아는 드라마였다. 처음부터 보진 못했어도, 상당히 인기 있는 드라마였다. 언니와 연락을 너무 하고 싶었는데 도저히 알 수 없어 애가 탔다. 그해 겨울, 12월쯤 너무 보고 싶은 마음에 블로그에 글을 적었다. 꼭 찾고 싶은 사람 세 명을 적었다. 같이 연극을 했던 언니, 작가 언니, 그리고 연기학원 수업을 마치고 같이 강산에 콘서트를 보러 갔던 친구를 찾고 싶었다. 블로그 이웃도 적고 공감도 적었다. 별 기대 없이 글 써놓고 잊고 있었다. 얼마 안 돼 그 작가를 안다는 분이 댓글을 남겼다. 자기가 아는 사람 같다고 했다. 30년 동안 연락 끊긴 언니와 통화를 할 수 있었다. 드라마 글을 쓰느라 정신없다고 했다. 코로나가 너무 심해 얼굴도 못 보고 둘 다 시간이 안 맞아 연락만 주고받고 있다. 개인 저서가 나오면 만나서 책을 선물로 줘야지 마음먹고 있다. 첫 번째 전자책을 읽고 내 삶이 힘들었겠다고 위로해 주었다. 그동안의 내 삶을 엿볼 수 있어서 좋았다는 말도 남겨주었다. 꼭 만나고 싶은 사람이다.

마지막은 공저 장세정 작가님 이야기다. 작가님을 교보 사인회에서 처음 만났을 때, SNS 이웃임을 알았다. 많은 작가 중 공저로 만난 일이 신기했다. 더 놀라운 일은 장세정 작가님 남편이 내가 예전에 영상 특강을 받은 강사님이었다. 온라인 세상도 참 좁다는 생각에 놀라지 않을 수 없었다. 두 번의 우연한 인연이라 소름 돋았다. 자상한 남편분의 전폭적인 지원을 받는 작가님이 부럽기도 했다. 글을 꾸준히 썼기 때문에 일어난

행운이다.

글을 쓰지 않았다면 나의 상처가 치료될 줄도 모르고, 만나고 싶은 사람을 찾지도, 좋은 사람과 같이 작업하는 행운도 없었을 것이다. 쉽게 일어나지 않은 일들이 글만 꾸준히 발행했는데 일어났다. 신기한 경험을 안겨준 글쓰기는 나를 더 설레게 해준다. 그냥 글만 썼을 뿐인데 새로운 인연을 만들고 과거의 좋은 인연을 찾는 행운도 얻었다. 글을 쓰는 시간은 나에게 가장 집중할 수 있는 시간이다. 무엇보다 글을 통해서 내 삶이 치유되고 있다는 사실에 놀랄 뿐이다. 마음의 안정과 스트레스를 감소시키는 좋은 친구가 독서와 글쓰기가 되었다. 나와 수다를 떨어 줄 글쓰기 친구를 만들어 보자.

나를 일으키는 인생 멘토를 만나다

내가 부동산 공부를 시작했던 2020년도 5월 말 경매학원에 다녔다. 3년 안에 부자 되기가 유행이었다. 올해가 만 3년 차다. 첫 수강료를 낸 시점이 지금과 같은 5월 말이었다. 수업 시간에 강사들 성공담을 들었다. 행복재테크 송사무장은 나이트클럽에서 일하면서 종잣돈을 모았다. 경매 투자로 성공해 지금은 월 7,000만 원 이상 월세 받는 부자가 되었다. 다른 강사도 처음에는 모두 평범한 직장인이었다. 그중 싱글맘 성공 이야기는 나에게도 희망을 보여줬다. 나도 부자가 돼서 주변에 도움을 주고 싶었다. 몇억이라도 있으면 좋겠다. 현재 가지고 있지 않은 것에 대한 갈망이나 희망이었다.

"사람은 자신이 그린 그림대로 산다." 『EXIT』 저자 송사무장의 말이다. 내가 어떤 그림을 그리는가에 따라 내 인생이 달라진다고 믿었다. 3년이라는 시간에 얼마나 많은 결과를 만들지 기대되었다. 현실은 순탄하지 않았다. 조급함이 화를 부를 수 있겠다는 두려움이 생겼다. 평생 투자할 마음으로 많이 내려놓았다. 아직도 불안정한 상태지만 여유를 가지려고 노력 중이다. 매스컴 속 영끌족이 내가 되었다. 내가 선택한 길이기에 잘 극복해야 한다. 힘든 시간을 버텨온 노력이 무너지지 않기를 바라고 있다. 아들딸에게 조금이라고 도움이 되고 싶었다. 힘들었던 많은 시간에 대한 보상을 꿈꿨다. 돈을 펑펑 쓰자는 말이 아니다. 결핍이 아이들 소비도 바꾸어 놓았다. 하고 싶은 공부나 투자를 지원해 주고 싶은 마음이 컸다. 중요한 결정을 하는 데 돈 때문에 고민하지 않고 할 수 있기를 바랄 뿐이다. 어제보다 오늘 조금 너 나아지는 방법이 무엇일지 고민한다. 살면서 인생 멘토를 만날 수 있을까 생각했다. 나에게 도움이 되는 인생 선배, 투자 선배가 필요할 때가 있다. 어려운 문제가 생겼을 때 조언을 얻을 멘토가 있다면 얼마나 좋을까! 언젠가는 나 또한 그런 사람으로 성장하길 바라는 꿈도 꾼다.

나의 멘토는 누구일까? 지금 나에게 가장 영향력 있는 사람이 바로 나의 멘토다.

나의 첫 번째 멘토는 행복재테크 송사무장이다. 나와 나이가 같다. 같은 나이 다른 위치 부럽고 멋지다. 송사무장은 20대 밴드 활동을 하며, 음료수 하나도 사 먹지 않고 아끼며 돈을 모았다. 지독하게 아끼고 모아, 그 돈으로 경매를 시작하게 되었다. 지금도 수십만 제자들이 재테크 커뮤니티 안에서 활동하고 있다. 행복재테크 강사들은 대부분 자수성가한 제자들이다. 제자의 성공을 응원하고 키워주며 계속 성공자를 만들어 낸다. 내 투자 방향을 잡아준 정신적 멘토다. 행복재테크를 만나지 않았다면 훌륭한 인생 선배와 동기도 만나지 못하고 힘든 순간도 이겨내지 못했을 것이다. 카페 활동이 줄었지만, 동기들 성공하는 모습을 보면서 고마운 분임을 다시 한번 느낀다.

작년 뇌 시술받을 때 3,000명 EXIT 동기의 뜨거운 응원은 평생 잊을 수 없다. 그날의 감동을 떠올리면 가슴이 먹먹하다. 비슷한 경험을 했다고 개인적으로 연락을 주며, 응원에 말을 남겨줬다. 끈끈한 동기들 사랑으로 잘 이겨낼 수 있었다. 송사무장은 부족함 없는 부자임에도 계속 투자하며, 수강생과 함께 현장에서 뛴다. 강의뿐 아니라, 활발히 활동하는 실전 투자자의 모습이 늘 존경할 만하다. 진짜 지도자의 모습으로 성공 신화를 계속 쓰고 있다. 내가 본 지도력의 끝판왕이다. 나의 정신력을 잡아준 분이다. 행크인이라는 것이 자랑스럽다. 처음 수업 들을 때 행크에서 강사가 되는 것이 꿈이었다. 현재 그 꿈은 멀어졌지만 언제나 마음이 편안한 곳이다.

두 번째 나의 멘토는 이은대 사부다. 사부보다 작가라는 호칭이 더 편하다. 글쓰기 무료특강을 듣던 날이 생각난다. 퇴근길에 휴대전화 배터리가 방전되는 줄 모르고 줌에서 질문을 했다. 순간 전원이 꺼졌다. 작가님과 수업 중인 제자들은 얼마나 황당했을까. 부랴부랴 집에 와 충전하고 다시 들어갔는데, 끼어들 수 없었다. 안절부절못하다 끝날 때쯤 고의가 아님을 말했다. 이은대 작가님이 어차피 수업 들을 사람이라 신경 안 쓴다고 했다. 그 말이 계속 머릿속에 남았고 결국 자이언트와 인연이 되었다. "일단 써라." 제발 좀 쓰라는 작가님 말은 종일 머릿속을 맴돌았다. 그냥 무작정 쓰기 시작했다. 형식도 방법도 모른 채 그냥 막 썼다. 목차를 받았다. 그날의 감동은 잊지 못한다. 목차를 받고 내가 쓴 글이 책으로 탄생한다니 믿어지지 않았다. 그렇게 감동한 지 며칠 지나도록 한 줄도 쓰지 못했다. 글을 쓰려는데 아무 생각나지 않았다. 낯설었다. 막막했다는 표현이 맞겠다. 목차를 다 적었음에 어떻게 시작해야 할지 몰라 멍하니 모니터 화면만 쳐다봤다. 어렵게 손가락을 움직여 한 줄 쓰기 시작했다. 결국, 물꼬가 트이고 계속 적어 내려갔다. 맞는지 틀리는지 모른 채 계속 자판을 두드렸다. 개인 저서를 쓰며 공저도 같이했는데 공저가 큰 도움이 되었다.

열 명의 작가님들과 함께 공저했던 시간은 개인 저서를 쓰는 데 정말 많은 도움이 되었다. 공저하면서도 힘든 과정을 극복하고 책이 나왔을 때가 생각난다. 우여곡절 끝에 수업을 빼고 대구로 향했다. 너무 기뻐 펄쩍펄쩍 뛰었다. 말없이 조용히 책만 쓰다 작가님들을 만나니 물 만난 고기처럼 기뻤다. 책을 읽고, 덮은 순간 많은 감동이 밀려왔다. 내 글이 낯설고 어색한 복잡 미묘한 감정도 교차했다. 결과를 만들었다는 감동에 왈칵 눈물을 쏟아냈다. 살아온 힘든 삶의 과정을 글로 쏟아내는 동안 감정이 울컥했다. 이런 감정을 알려준 이은대 작가님에게 감사했다. 평범한 사람이 글을 쓸 수 있게 용기를 주는 그 한마디 "글 쓰는 삶을 응원합니다."가 나를 살렸다. 새로운 삶의 불을 지폈다. 쓰고 싶은 글이 많아졌다. 수필, 시, 사랑, 투자 성공담과 실패담도 하나씩 담아내고 싶은 욕심이 생겼다. 아니 꿈이 생겼다. 글을 통해 꿈꿀 수 있는 지금이 가장 행복하다.

세 번째는 멘탈파워 성공스쿨 강은영 대표다. 우연히 무료특강을 듣다가 인연이 되었다. 긍정에너지를 온몸으로 받는 강한 끌림이 있었다. 발표 불안을 극복한 사람이라고 믿어지지 않을 만큼의 당참이 참 멋있다. 온몸에서 뿜어져 나오는 열정과 열기는 따라갈 수 없다. 도전하고 배우는 자세도 본받고 싶다. 비슷한 부분이 많아 더 끌렸다. 내가 가진 부정적인 요소도 사라지게 해준 사람이다. 멋지다. 많은 고민과 방황의 시간을 강사님을 만나 해결할 수 있을 것 같았다. 숨겨둔 나의 열등감을 끄집어냈다. 언제나 자신만만, 잘한다고 포장하면서 살았다. 잘하는 척 스스로 위로하면서 살아온 듯하다.

강은영 강사님 수업을 통해 진짜 원하는 일이 무엇인지, 나를 사랑하지 않으면 어떤 일도 이룰 수 없음을 알았다. 내가 있어야 가족도 있다고 했다. 맞다. 내가 중심이 되어야 한다. 강한 척하지만, 마음은 누구보다 여리고 상처받는 나였기에 나를 발견하고 찾아가는 일이 중요했다. 그렇게 살고 있다고 믿었을 뿐이었다. 강은영 강사님을 만난 후 좀 더 달라졌다. 미적거리는 내 삶이 뭔가 탄력이 붙었고 더 물러설 곳이 없다는 위기의식도 느꼈다. 스피치 강사 자격증 과정도 수료하고 최근에 스피치 대회 대상 수상을 했다. 믿기 어려운 일들이 계속 일어나고 있다. 강의 준비를 위한 글을 쓰며 진짜 강사로 2024년 열심히 달려볼 생각이다. 강은영 강사를 만나면서 나의 오랜 숙제를 풀 수 있었다. 2023년 내 삶의 가장 큰 영향을 준 사람이다. 나를 강하게 만드는 데 영향을 준 분이다. 훌륭한 스승 밑에서 배웠으니, 앞으로 많은 사람에게 동기부여를 주는 멋진 강사로 성장할 수 있도록 노력해야겠다.

　마지막 멘토는 바로 책 읽기와 글쓰기다. 세 명의 멘토가 나를 자극하는 촉매였다면 글쓰기와 독서는 그 불씨를 키웠다. 인생은 선택이라는 말이 이때 절묘하게 쓰인다. 수많은 유혹을 이겨내고 내가 선택했던 멘토, 언제나 내 선택은 옳았다는 것을 증명해 주는 결과다. 어쩌면 세상에 멘토 중의 멘토는 바로 나일 수 있겠다. 인생을 멋지게 설계하고 싶다면 자신의 첫 번째 멘토가 되어보자. 나를 가장 잘 아는 내가 멘토가 된다면 더 신중하게 결정하고 자신을 더 사랑하게 될 것이다.

제5장

도전하는 드리머의 법칙

안 될 것도 없더라

지금 삶이 힘들면 잠시 쉬어가자
슬프면 슬픈 대로 실컷 울고
기쁘면 기쁜 대로 실컷 웃고
그렇게 하다 보면 힘들던 마음도 풀리더라
이 세상 안 될 것도 없더라

넘어지고 부딪혀 상처가 나도
시간이 지나면 상처는 아픔의 흔적을 남기고
내 마음의 난 상처도
시간이 지나면 아련한 마음의 흔적만 남게 되더라
어떤 상처든 결국에는 다 아물게 되더라
그렇게 살아지더라

안 될 것 같고 힘들 것 같아 죽을 것 같아도
그래도 살아지더라
이 세상 안 될 것도 없더라

인생이 그런 거더라

50대 부동산 어린이, 대형사고 치다

"Don't wait to buy real estate. Buy real estate and wait."

"부동산을 사기를 기다리지 마라. 부동산을 사고 기다려라."

– Will Rogers

부동산 투자를 생각하며 목돈이 있어야 가능하다고 생각했다. 나 같은 서민은 언감생심 꿈도 꾸지 못했었다. 몇 년에 한 번씩 힘들게 이사 다니는 친구가 있는데, 처음에는 그 친구가 이해되지 않았다. 하지만, 그 친구는 재테크를 아파트로 하고 있었다. 상상조차 못 했다. 집이 있으니 걱정 없었다. 공기 좋은 곳에 터 잡고 살면 된다고 생각했으니 더는 욕심이 없었다. 그러다 뒤늦게 재테크에 관심을 가져야겠다고 생각했을 때는 돈이 없었다. 혼자 벌면서 두 아이 대학까지 보내면서 잘 살 수 있을까 고민했다. 무엇보다 몸이 안 좋아 하루 죽어라 일하고 오면 밤새 끙끙 앓은 날이 많았다. 천근만근 몸을 이끌고 다시 일터로 나갔다. 허리가 계속 아팠는데 점심시간 이후에 잠깐 병원 가는 것도 눈치 보였다. 업무시간에 병원에 다녀오는 일이 너무 불편했다. 성격이 그랬다. 융통성 없게 일했다. 병원 치료를 잘 못 받으니, 한 번씩 호되게 아프기도 했다. 집에서 쉬는 날이면 더 힘들어 일어나지도 못했다. 악순환의 삶이었다.

재테크, 경매 관련 책을 보며 부자의 꿈을 꾸었다. 큰 부자는 아니어도 지금보다 나은 삶을 위해 과감히 사표를 던졌고 어려운 부동산 시장에 뛰어들었다. 분양권투자로 수익을 내는 사람이 정말 많았지만, 나에겐 쉽지 않았다. 계속되는 낙찰 실패에 상처도 받고 창피함도 있었다. 경매를 기초로 아파트 분양권투자를 먼저 시작했다. 아파트 청약 당첨이 정말 어려웠다. 계속되는 실패가 조급함을 불러왔다. 그 사이에 돈을 잃으니 더 마음이 급했다. 분양권 투자가 최적이라는 생각에 집중 투자를 했다. 2~3년 동안 돈이 생기면 계속 투자를 이어갔다. 올해 투자했던 분양권을 팔지 못하고 고스란히 등기를 치고 입주를 해야 할 상황이라 더 힘들었다. 수입은 줄었고 지출은 늘었다. 실제 중도금 이자가 나가지 않으니 체감 온도가 낮았다. 돈이 얼마나 필요한지 모르고 돈이 생기면 분양권을 모았다. 등기권리증과 계약서가 모두 열 개가 되었다. 그중에서 1건만 겨우 매도가 되었다. 처음 시작은 금세 매도하려고 했지만 결국 9건을 다 가지고 있는 셈이다. 나머지 9건 중에서 친구랑 같이 공동투자한 3건도 포함되었다.

늦게 배운 도둑질이 무섭다는 말을 실감했다. 늦게 시작했지만, 겁 없이 덤볐다. 원래 겁 많고 투자는 꿈에도 생각지 않았던 나였는데, 힘들게 살아서 그랬는지, 남은 돈을 꼭 지키고 싶었는지 나는 무식하게 투자에 집중했다. 앞으로의 일은 생각하지 않았다. 공부가 너무 부족한 상태였다. 3년 전에 시작한 부동산 투자가 올해 결실을 본다. 작년 상반기까지는 부동산 시장이 좋아 금세 자산이 늘 줄 알았다. 갑자기 악화한 경기로 부동산 시장이 출렁거렸고 미분양과 계약 포기 등 안 좋은 말이 끊임없이 돌았다. 주변에 부동산 중개소 소장님이 실제로 부업 하는 경우도 보았다. 그만큼 생계가 위협될 정도로 부동산 경기가 휘청거리고 있었다.

나의 인생 첫 번째 투자는 동탄 실리콘앨리 지식산업센터다. 동탄2신도시에 규모가 가장 큰 대장급 실리콘앨리다. 입주 시즌이라 한창 임차인을 구하고 있는데 워낙 규모가 크고 분양한 호실이 많아 임차인이 쉽게 구해지지 않았다. 몇몇 부동산에서 임대료를 터무니없이 깎아 부동산 시장만 흐려놓고 있다. 경기침체의 원인도 한몫한다. 지식산업센터란 아파트형 공장이라고 불렸다. 영등포, 구로공단 등에 공장을 지었던 예전과 달리 지금은 공장 지을 땅이 부족해 아파트와 비슷한 빌딩형으로 건설한 후, 제조, 공장, 사무실, 기숙사 시설이 그 안에 들어간다. 아파트처럼 생겼다 해 아파트형 공장이라 불렸다가 지식산업센터로 바뀌었다. 동탄도 인구증가와 기흥, 수원에 있는 기업체들의 원만한 물동량 수송과 교통발달 중심지도 개발 가능성 큰 지역이라 투자자의 관심 지역이다. 서울은 이미 포화상태라 경기권역에 지식산업센터가 많이 생겼다. 지금은 원자재 상승과 물가, 인건비 상승, 토지 상승으로 인해 분양이 줄었다.

2020년도에는 부동산 투자 열기가 뜨거웠다. 그때 짓기 시작한 건물이 올해 준공을 앞두고 있다. 임차인을 못 맞춰 고전하는 곳도 있다. 내가 받은 동탄 지식산업센터는 분양할 때 평당 760만 원 정도 했다. 지금 신규현장은 평당 1,200~1,300만 원 한다. 장기적으로 발전 가능성이 크고, 가격도 저렴하다는 생각에 욕심을 냈었다. 22년도 상반기에는 프리미엄 거래가 활발했다. 나도 여러 번 전매 권유도 받았지만 매도하지 않았다. 투자한 물건 중 제일 괜찮은 물건이라 생각해서다. 23년 8월 지식산업센터를 등기를 치고 내 앞으로 소유권 이전을 해야 했다. 준비하는 동안 스트레스가 극에 달했다. 욕심과 무식함으로 잠을 못 잤다. 동탄 물건은 끝까지 갖고 가려 했는데, 다른 물건이 팔리지 않아, 울며 겨자 먹기로 매물로 내놨다. 거래는 없고, 마이너스 P(프리미엄)와 계약금 포기까지 투자 분위기는 바닥이었다. 죽어도 계약금 포기는 하고 싶지 않았다. 내가 투자한 곳이 잘되었다고 보여주고 싶은 오기도 생겼다. 계약금 포기는 자존심이 허락하지 않았다. 그 알량한 자존심 때문에 정말 인생 최악의 고비를 맞게 되었다.

"버텨야 해!" 이런 말을 동기들 사이에 나오기 시작했고, 여기저기 죽겠다는 소리가 끝이 없었다. 부동산 경기는 한 치 앞을 내다볼 수 없다. 예측 가능과 변수를 따라갈 수 없다. 고수들도 올해처럼 힘든 적은 없다고 한다. 유튜브와 투자 관련 영상을 멀리했다. 부정적인 말이 너무 많아 귀 닫고 눈 감고 살고 싶었다. 내 물건 처리하기에도 바빴기에 다른 일에 신경 쓸 시간이 없었다. 그냥 다 피하고 싶었다. 우여곡절 끝에 지식산업센터 두 칸 등기를 마치고 꿈에 그리던 건물주가 되었다. 기뻐해야 하는데 기쁨 반 걱정 반이다. 올해 나는 4건의 부동산을 해결했다. 이것을 모두 정리한 것이 기적 같은 일이었다.

첫 번째 전주 외곽 작은 소형아파트 월세를 맞췄다. 들어간 돈은 1,500만 원 정도다. 월세와 대출이자가 비슷하다. 2년 정도 있다 처리할 예정이다. 금리가 내려가야 수익이 생기지만 그전에는 빛 좋은 개살구다. 요즘 같은 시국에는 이자와 월세가 비슷한 것도 감사하다. 빠른 정리가 답이다.

두 번째는 분양 당첨된 전주 아파트다. 사는 집을 팔고 새 아파트로 가려 했다. 사는 집이 거래가 안 돼 급하게 전세를 맞췄다. 전세금 외에 나머진 대출로 해결했다. 2년 후 전세를 올리거나, 입주하거나 비과세로 매도해도 괜찮다. 장기적으로 수익형, 시세차익을 볼 수 있는 아파트다. 세대수는 적지만 입지가 좋다. 여러 용도로 사용 가능성 많은 곳이다. 평수가 작은 것이 아쉽지만 만족한다. 생애 처음으로 아파트 청약에 당첨된 곳이다. 어쩌면 평생 새 아파트에 살아보지도 못한 채 매도해야 할지도 모른다.

마지막은 동탄 지식산업센터 두 칸이다. 가장 힘들었던 곳이다. 내년에도 힘들어질 예상이다. 후회는 이미 늦었고 주사위는 던져졌다. 내가 선택했으니 내가 해결하면 된다. 가장 힘든 순간과 고비를 넘겼다. 임차를 운 좋게 맞췄다. 공실 4개월 만에 이뤘다. 내년 3월부터 월세를 받는다. 현재는 대출이자보다 월세가 더 적지만 장기적인 투자를 위한 결정이었다. 부동산 침체로 입주율이 낮은 상황에서 임차를 맞춘 것만으로도 기적이라 생각이 든다. 꼭 기억하길 바란다. 부동산 투자에서 욕심은 절대 금물이다. 공부도 끝이 없다. 섣부른 판단으로 귀한 돈을 잃지 않기를 바란다. 나처럼 무식한 투자는 금물이다. 부동산은 한순간 전 재산을 날릴 수 있음을 기억하고 특히 더 신중해야 한다. 자산은 지켜내는 것이다. 특히 늦은 나이에 투자는 처음부터 끝까지 신중해야 한다. 어떤 유혹에도 흔들리지 않고 소중한 자산을 지켜내는 일이 인생에서 가장 큰 일이라 생각이 든다.

글 쓰는 작가, 오디오 작가, 작가를 꿈꾸다

작년 전자책을 내고 원하던 것을 했으니 더 바랄 것 없다고 생각했다. 글쓰기 수업을 받으며 책 내용을 여러 번 수정했다. 작업할수록 책을 더 내고 싶었다. 죽기 전에 한 권 내는 것이 나의 버킷리스트였지만, 이제는 많은 책을 내고 싶다는 목표로 바뀌었다. 2년 전 브런치 글을 읽다 호기심으로 브런치에 작가 신청을 했다. 경험 삼아 도전한 첫 번째 브런치 작가, 탈락이다. 작가의 서랍에 글 세 편 저장하라고 했다. 블로그 글 3개를 적었다. 엉성하기에 짝이 없는 글, 무모한 도전이었다. 목차, 제목도 주제도 뚜렷함 없이 그냥 제출했다. 바로 두 번째 도전! 이번에도 브런치와 함께할 수 없다는 메시지만 받았다. 역시 탈락이다. 2년이 지나 올해 한 번 더 도전할까? 역시나 탈락이다. 웃음과 함께 오기가 생겼다. 합격비법 있다는데, 혼자 해보고 싶었다. 언제 될지는 모르지만, 다시 하면 된다고 생각했다. 브런치 작가로서 준비가 부족하다고 생각하고 마음을 비웠다.

　브런치 작가는 못 되었지만, 지금 오디오 작가라는 새로운 도전을 하고 있다. 시나리오를 쓰고, 그것을 각색해서 다양한 음향효과를 넣어서 완성한다. 녹음실에서 목소리를 녹음하는 일은 내가 계속 글을 쓰고 싶게 만들기에 충분했다. 허스키한 내 목소리가 매력적이라고 해주니 이보다 더 행복할 수 없다. 생각지도 않은 오디오 작가가 된다는 것이 나를 설레게 한다. 더불어 아마존에 책을 내는 기회도 잡았다. 오디오 작가, 아마존 작가라는 새로운 경험을 하는 중이다. 작가를 꿈꾸니 진짜 작가가 되었다. 첫 전자책을 냈을 때 작가라는 말이 어색하고 낯설었다. 공저 책이 나오고 개인 저서를 쓰는 지금은 당당히 글 쓴다고 말한다. 약속도 잡지 않고 만남도 줄였다. 무슨 대단한 책을 내는가 하겠지만 집중하고 싶었다. 평일에는 새벽이나 저녁에 잠깐밖에 글 쓸 시간이 없다. 내가 마음먹고 쓰지 않으면 언제 끝날지도 모른다. 주말이나 되어야 아무것도 안 하고 컴퓨터 앞에 앉아 있을 수 있다. 애들이 집에 있으면 그마저도 쉽지 않다. 급할 때는 독서 모임도 참여 안 하고 글 쓰는 데 집중하곤 한다. 그래야 올해 안에 끝낼 수 있을 것 같아 불필요한 일은 과감히 줄였다. 몰입이 필요했다.

　책을 한 권 끝내면 또 다른 책을 써야지 하고 또 다른 목표가 생긴다. 쓰고 싶은 것들이 많아진다. 책을 낸다고 돈이 벌리는 것도 아닌데, 그냥 쓰고 싶어졌다. 회사에서 늦은 시간까지 일할 때는 온몸이 아팠는데 지금은 아니다. 하고 싶은 일이라 다르다. 물론 쉽지 않다. 오랫동안 모니터를 보느라 눈이 뻑뻑하고 침침하다. 모니터 화면이 흐릿해서 아들이 새것으로 바꾸라는 잔소리를 했지만, 아직도 그 흐린 모니터 앞에서 열심히 작업 중이다. 허리도 제대로 펴지 못하지만, 아직은 견딜 만하다. 오랜 시간 집중하다 보면, 아픔도 잊게 된다. 사실 의자에 앉아 있는 시간이 길어지니, 1인용 전기장판을 의자에 걸쳐놓고 작업을 한다. 엉덩이와 허리까지 찜질을 받는 효과가 있어 오랜 시간 작업도 가능했다.

개인 저서를 쓰면서 공저도 같이 썼다. 개인 저서만 했다면, 지금 퇴고는 시작도 못 했을지 모른다. 공저하면서 배웠던 과정이 도움이 많이 되었다. 어설프지만 글을 다듬어가며 퇴고도 경험했다. 공저는 열 명이 함께 작업하느라 힘들진 않았다. 개인 저서는 전혀 달랐다. 퇴고는 힘든 산통과 비슷하다고 하더니 진짜 머리가 자꾸 빠졌다. 나 좋자고 한 일인데 잠이 부족하고 힘들었다. 머릿속이 멍하니 아무것도 못 하는 날도 있다. 100페이지 분량의 A4용지 글을 수정하다 더는 진도가 나가지 않을 때가 있다. 모든 퇴고는 어렵지만, 개인 저서는 더 큰 인내심을 요구한다. 혼자 다 처리해야 한다. 책을 쓰기 시작했는데 마무리를 짓지 못하는 사람도 많다. 쉬운 줄 알았던 글쓰기가 만만하지 않음을 시작하면서부터 알았다. 집요함과 끈기가 필요하다.

쓰고 있는 개인 저서를, 올해 꼭 끝내고 싶었다. 2023년 종이책 1권과 전자책 2권 더 쓸 계획이었다. 나와의 약속이라 꼭 지키고 싶었다. 날짜가 점점 가까워져 오자 끝내야 한다는 강박관념이 나를 힘들게 했다. 개인 저서를 끝내지 않고는 아무것도 할 수 없게 되었다. 집착할수록 진도는 나가지 않고 마음만 불안했다. 복잡한데 머리를 쥐어짜야 더 혼란스럽다. 잠시 내려놓고 산책하거나 다른 생각을 했다. 막혔던 것이 풀리기도 한다. 계속되는 스피치 강사과정 등 변수가 많았지만, 나와의 약속을 지키기 위해 계속 썼다. 글이 엉성하고, 엉망이다. 끝내야 하는데 점점 더 스트레스를 받았다. 나의 조급증을 알고 모든 작업을 중단하라는 이은대 작가님의 조언이 있었다. 당분간 내가 쓴 글을 쳐다보지 말라고 하셨다. 11월쯤 다시 할 수 있다고 생각했는데, 갑작스러운 이사로 정신없었다.

　12월이 끝나갈 무렵 나는 오랫동안 닫아 놓았던 내 글을 열었다. 그리고 다시 쓰기 시작했다. 그동안 변화도 많아 한 장씩 읽어가면서 수정하고 있다. 쫓기듯 글을 쓸 때는 어디가 잘못되었는지 잘 몰랐지만, 지금은 고칠 곳투성이다. 힘들 때 한번 쉬어가는 것도 좋은 방법이다. 이은대 작가님의 말을 듣기 잘했다. 이래서 인생 멘토와 선배는 늘 필요하다. 전자책과 시집 모두 내년으로 미뤘다. 딸이 쓴 시와 같이 시집을 내려고 했다. 팔리지 않는 시라고 해도 좋다. 그냥 몇 년 동안 끄적거린 글을 정리하며 전자책과 종이책으로 만들어 소장하려고 한다. 내 낡은 컴퓨터 드라이브에는 엄마 이야기, 왕초보 부동산 투자 이야기 등 쓰다 중단한 글이 있다. 일단 지금 하는 개인 저서에 집중하기로 했다.

　최근 블로그 이웃 중 부동산을 전혀 모르는 분이 계셨다. 나는 그분이 부동산 고수라고 생각했는데, 부동산 빼고 다 잘한다고 했다. 나에게 부동산 왕초보를 위한 전자책도 도전해 보라고 한다. 뚜렷한 결과가 없어 거절했지만, 모두가 성공한 이야기만 관심 있는 게 아니라고 했다. 본인도 부동산을 전혀 몰라 언젠가 꼭 공부하고 싶은 분야라고 했다. 부동산에 관심은 있지만, 어떻게 해야 할지 모르는 사람들을 위한 책을 써보란다. 자신 없지만 쓰기로 했다. 마침, 아들 녀석이 부동산에 관심이 있는 중이라 타이밍도 괜찮다 싶다. 요즘 부쩍 부동산에 관해 매물 찾는 법, 위험 요소, 대출 등 궁금한 것이 많아 긴장하던 참이었다. 일찍 자야 하는데 잠도 못 자게 귀찮게 한다. 잠자는 패턴도 오락가락해 수업 중간에도 픽픽 쓰러진다고 피곤하다고 해도 막무가내다. 다시 부동산 공부를 시작한 계기가 되었다. 책 읽고 강의도 들으라고 해도 엄마가 배운 상식으로 설명하라고 한다. 아들 때문에 부동산 용어부터 왕초보를 위한 정보를 담아 전자책을 내려고 했다. 올해 계획대로라면 총 4권의 책이 생길 예정이었지만 모두 다음으로 미뤘다.

　처음부터 작가를 해야지 하는 생각은 없었다. 막연하게 책 한 권 쓰겠다는 마음이 욕심으로 바뀌었다. 내 책을 늘려가고 싶은 소망이 생겼다.

내 삶의 경험을 토대로 다른 사람을 돕고 싶다. 작가를 꿈꾸는 사람, 마음 따뜻한 이야기, 사람의 감정을 만지며, 잔잔한 울림을 주는 사람이 되고 싶다. 작가라는 직업이 하나 더 생겼다. 나에게 작가라는 직업이 더 큰 부분을 차지할 수도 있겠다. 노트북 들고 돌아다니면서 더 많은 생각과 글을 담고 싶다. 지금은 우물 안 개구리처럼 오래된 컴퓨터 앞에서 글을 쓰지만, 언젠가는 어디든 떠나고 싶다. 대한민국 어디든 돌아다니며 많은 경험을 하고 싶다. 사실 경주, 설악산 어느 곳 한번 제대로 여행 간 곳이 없다. 나의 마지막 삶은 여행하면서 글 쓰면서 살아보는 것도 좋겠다. 사람들과 만나 수다도 떨면서 말이다. 이렇게 작가를 꿈꾸며 살아간다. 인생의 절반을 살아오면서 진짜 소중한 것이 무엇인지 조금씩 알아간다. 내 삶이 소중한지 몰랐는데, 이제는 내 삶이 정말 소중하다.

나만의 파이프라인, 제2의 월급을 찾아라

요즘은 파이프라인이라는 말을 듣는다. 월급 외에 부업이나 추가 수입을 만들려는 사람들이 늘어나고 있다. 파이프라인 종류로는 무인점포, 부동산 월세 세팅, 공유 숙박, 인세, 주식, 엔화, 코인, 음원 저작권 수입 등이 있다. 누구나 제2의, 제3의 소득을 만들고 싶어 한다. 직장 다니면서 소득을 추가로 만들어야겠다는 생각은 하지 못했다. 월급만 예금 금리가 높은 곳을 찾아서 관리했었다. 재테크 공부를 하면서 소액으로 할 수 있는 추가 수입에 관심을 가졌다.

내가 지금까지 공부하면서 만든 추가 수익 몇 가지를 예를 들어보면,

첫 번째, 처음 시작한 파이프라인은 블로그를 통한 광고 수입이다. 블로그 글을 일정량 발행하면 광고를 달 수 있다. 승인되면 내 블로그에 광

고가 달린다. 블로그 글을 읽다 눌러주면 수익이 발생한다. 나는 인플루언서도 아니고 공부한 내용, 일상, 마음대로 쓰기 때문에 광고 수익은 아주 미비하다. 40만 원 남짓이 전부다. 경제, 음식, 육아 등 전문 분야 키워드로 노출이 잘돼 월 수백만 원 이상 수익을 올리는 사람도 있다. 물론 양질의 포스팅, 노출, 방문자 체류 시간 조건이 다 맞아야 가능하다.

두 번째, 엔화 투자다. 주식도 소액으로 했었지만 맞지 않아 지금은 하지 않는다. 엔화 투자 엔테크를 하고 있다. 소심하게 100만 원으로 시작했다. 하루에 오천 원, 만원 아주 적은 수익을 내며, 잃지 않는 원칙을 지켜가고 있다. 두 달 시험 삼아 해본 후 실전에 들어갔다. 주식, 달러 투자 고수 박성연 작가가 개발한 '세븐 스플릿'을 통해 분할매수, 분할 매도하는 방법을 따른다. 1~7개 통장을 만들어 관리하는 방식이다. 한 계좌에서 물타기 하는 방식이 아니라 엔화가 떨어지면, 통장별로 매수하고, 수익이 생긴 통장만 매도하는 방식이다. 잃지 않는 투자를 할 수 있다. 소액으로 하루에 여러 번 할 수 있는 장점이 있지만 늘 조심해야 한다. 달러나 주식투자도 이 방법으로 나눠서 사고팔면 된다. 처리해야 할 부동산 때문에 엔화를 정리했다가 다시 시작했다. 어떤 투자든 100% 안전할 때는 없다. 변수에 대한 인내심과 결단이 필요하다.

세 번째, 전자책 판매이다. 첫 전자책은 홍보를 많이 하지 않았다. 전자책을 꾸준히 구매하시는 분이 있다. 작년 12월 판매를 시작해서 40부

이상 판매되었다. 수익은 적다. 전자책 단가가 낮은 것도 있고 인세도 적다. 4만 원 이상이면 인세가 입금된다. 전자책 한 권으로 두 번 입금 받았다. 그것밖에 안 된다고 할 수 있지만, 감사한 일이다. 언제든 내용 수정이 가능하다는 장점이 있다. 처음에는 50페이지 정도 썼다가 100페이지로 늘렸다. 단, 페이지가 늘었다고 가격 변경이 자유롭진 않다. 디지털노마드의 삶을 살면서 전자책 수입이 본업보다 많은 경우도 보았다. 내가 경험한 내용을 통해 책도 내고 추가 수익도 만들 좋은 방법이라 생각한다. 이제 한 권 시작했으니 앞으로 꾸준히 발행할 예정이다.

네 번째, 나는 친구랑 같이 법인으로 투자를 하고 있으며, 법인으로 월세 15만 원, 개인으로 43만 원 월세를 받고 있다. 하지만 개인으로 투자한 곳은 월세가 밀리고 있으며 대출이자를 제외하고 나면 거의 남지 않는 현실이다. 법인 월세는 잘 들어오지만, 법인 운영비로 쓰고 있다. 추가 수익도 나에게 잘 맞춰서 만들어야 한다. 에어비앤비, 셰어하우스, 외국인 도시민박업 등 내가 분양권투자를 했던 돈으로 월세를 세팅했다면 지금 덜 힘들었을지 모른다. 부동산은 정확한 가치 판단이 필요하다. 나같이 꼼꼼하지 않은 사람은 부동산 투자할 때 더 챙겨야 할 부분이 많다.

마지막으로 도서 서평단과 체험단 수익이다. 블로그, 인스타그램을 통해 도서 서평단을 지원했다. 정확하게 세 보진 않았지만, 대충 100권 이상을 지원받았다. 마음만 먹으면 더 받을 수 있지만 읽을 수 있을 만큼만

신청한다. 출판사나 처음 책을 내는 작가에게 서평단 제안을 받기도 한다. 서평단 당첨이 되면 온라인 서점에 서평 올려야 하는 의무는 있다. 처음에는 서평 쓰는 일이 힘들었지만, 지금은 수월해졌다. 인스타 서평으로 대체되는 경우도 많아졌다. 내가 서평단 당첨된 책을 돈으로 환산하면 꽤 큰 추가 수익이다. 100권*15,000원으로 계산하면 150만 원이 넘는다. 시간적 여유가 있으면 더 많은 서평단에 지원을 할 수 있다. 체험단도 모르고 여러 군데 신청했는데, 7개가 한 번에 당첨돼서 당황했던 일도 있었다. 두 달 사이에 15곳이 당첨되었다. 40만 원 정도 지원받은 셈이다. 한 번에 많이 당첨되니 체험하는 일도 힘들고, 블로그에 체험단 글로 도배하는 것 같아 지금은 체험신청을 줄였다. 뭐든 적당히 분배하려고 노력 중이다. 하지만 도서 서평은 욕심을 내고 있다.

내가 한 방법이 다 옳은 것은 아니다. 나도 다양한 추가 수익을 올리는 방법을 공부하면서 배우게 되었다. 어떤 것이 나에게 맞는지 아는 것이 중요하다. 잘 할 수 있는 것을 꾸준히 하면 분명 좋은 수익을 만들 수 있다. 그런데 특히 한 것은 이 모든 일이 글을 꾸준히 썼기에 가능했다는 사실이다.

나에게 맞는 추가 수익을 찾아보면 정말 많다. 부동산 소액 투자도 좋다. 직장, 대출, 개인 신용에 따라 다르지만, 경매나 공매로 싸게 구할 수 있다. 아파트, 상가, 토지, 지식 산업 센터 등 수익형 또는 시세차익을 만들 수 있다. 지금 부동산 시장이 좋지 않아, 경매 공매, 급매 물건도 많다. 여유 있는 사람은 지금이 투자 적기라 생각한다. 내가 투자하면서 깨달은 점도 있다. 분양권투자를 하면 건물이 완공되는 입주 시기가 온다. 임차를 못 맞추거나, 팔지 못하는 사람이 빨리 정리하려고 계약금을 포기하는 사례가 생긴다. 이때를 기회라 삼고 매수하는 사람도 보았다. 파는 사람은 얼른 매도해야 하고, 사는 사람은 저렴한 가격에 살 수 있어서 좋은 기회가 될 수 있다. 시장 흐름을 잘 파악하고 있어야 기회가 온다. 투자에 능통한 사람은 기회가 올 때마다 수익을 올리는 경우도 보았다. 그래서 경험이 중요하다.

인터넷을 활용한 비즈니스도 많은 관심 속에 있다. 온라인 쇼핑몰, 공구, 블로그 수익, 교육, 유튜브, 광고 수익도 만들 수 있다. 체험단으로 맛집, 여행, 도서, 숙박 등 다양한 활동을 통해 큰 수익을 내는 사람을 보았다. 서평이나 체험단은 들어가는 비용이 거의 없다. 글 쓸 시간과 노력만 있으면 된다. 주식, 코인, 연금, 부동산은 내 돈이 들어가므로 신중하게 결정해야 한다. 투자에 있어 주의해야 할 사항도 꼼꼼히 살펴보아야 한다. 그 밖에도 소자본 창업, 컨설팅, 인세 등 종류가 많아서 걱정이다. 중요한 점은 개인의 능력, 관심사, 자신의 투자 성향을 잘 알고 선택해야 한다. 부업이라고 무조건 따라 하면 안 된다. 자신의 장점, 단점, 끈기, 종잣돈 등 자신의 현 상황을 알아야 한다. 잘 준비했다고 해도 쉽지 않다. 특히 투자는 이론보다 실전이 더 중요하다. 몇 번 해보고 안 된다고 또 다른 것으로 갈아타는 것도 조심해야 한다. 투자 수입을 더 만들어 낸다는 일은 꾸준함과 인내심도 필요하고, 어떤 유혹에도 흔들리지 않아야 한다. 특히 은퇴를 앞두고 있거나 목돈이 있는 경우라면 더 신중해야 한다.

나를 바로 세우고 지키는 것이 진정한 투자다. 끊임없이 공부하고 배워야 하고 실전 경험도 쌓아야 한다. 실패는 수많은 경험을 통해 나를 성장시킨다. 정신적으로 단단해야 한다. 마음속에 보석을 심으면 보석이 나오고 쓰레기를 심으면 쓰레기가 나온다는 말이 있다. 내 생각과 마음먹기에 따라 그대로 일어난다. 긍정적인 생각과 정확한 판단이 답이다. 어려울 때 특히 더 긍정적으로 생각하고 실천해야 이겨낼 수 있다. 자신만의 정답과 해답을 찾으면 된다. 내가 가장 큰 스승이며 멘토다.

4

버려야 할 것이 꼭 물건만은 아님을

"The greatest wealth is to live content with little."

"가장 큰 부는 조금의 것으로 만족하는 것이다."

– Plato

오랜만에 친구와 만나 부동산 이야기를 주고받았다. 둘이 법인을 만들어 갭투자(아파트 매매가격과 전셋값 차이로 투자하는 것)를 했다. 언제나 든든한 친구이자 동지이다. 어떤 일이든 깔끔하게 결론을 내려주는 친구라 든든하다. 돈을 잃은 쓰라린 아픔도 있다. 우리는 투자를 통해 만회하려고 노력했지만, 부족한 지식 덕분에 늘 그 자리다. 어제보다 더 나은 삶을 살고 싶은 희망의 끈을 놓지 않으려고 한다. 친구랑 같이 매수해서 전세를 맞춘 아파트가 24년 3월이면 만기가 된다. 매도할 예정인데 쉽지는 않다. 작년에 겨우 한 채 매도하며 적은 수익을 남겼지만, 수익이라 말하기 민망할 정도다. 경비를 뺀 남은 돈으로 다른 물건을 해결했다. 우리 돈인데 직접 만져보지는 못했다. 손해는 아니지만, 법인으로 나가는 세금과 경비가 만만치 않아 아쉬운 부분이 많은 투자다. 매도가 쉽지 않자, 매도 가위를 사서 집에 걸어놓았다는 동기도 있다. 그만큼 요즘 부동산 경기가 침체기다.

소형 재건축 아파트도 샀는데 시세가 산 가격 밑으로 떨어졌다. 돈이
묶였고, 재건축 시장은 잠잠하다. 언제 회복될지 모른다. 하락장에서 부
동산 투자는 현금을 가지고 버틸 수 있는 사람은 유리하다. 부동산 사이
클은 돌고 돈다. 기다리고 버틸 수 있어야 한다. 시간이든 돈이든 여유가
있어야 한다. 재건축 아파트는 시간이 오래 걸리는 단점이 있지만 반대
의 경우도 있다. 버티는 힘이 그래서 중요하다. 친구랑 부동산을 어떻게
정리할지 같이 고민할 수 있어서 늘 든든하고 고맙게 생각한다. 옆에서
늘 힘이 되어준 친구라 그냥 좋았다.
한 참 얘기하다 친구가 나에게 대뜸 집 정리 좀 했냐고 물었다.

"공저 책 끝났으니까 집 좀 치웠어?"
"아니, 개인 저서 쓰고 있어. 치워도 티도 안 나. 셋이 같이 어질러. 안
치우고 있어."
"야, 좀 버릴 것 좀 버려!"

우리 집에 왔던 친구는 책상 옆에 겹겹이 쌓아 놓은 책을 보고 한숨을
쉬었다. 책장이 부족해서 작은 책상 옆에 층층이 쌓아 올려놨다. 정리 정
돈이 안 돼 눈살을 찌푸렸다. 산속에서 혼자 글 쓴다고 숨어 사는 사람
같았을 게다. 그들은 유명하지만 나는 지극히 평범하다. 쉬는 날은 세수

도 안 하고 오로지 책상에 앉아 초고를 끝내야 한다는 생각으로 눈이 빠지라고 모니터만 보며 자판을 두드린다.

친구 집은 언제나 깔끔하다. 내 주변 친구들은 모두 집이 반짝거린다. 나는 살림보다 활동을 더 좋아한다. 10월까지는 모든 일을 중단하고 글만 썼다. 완전히 몰입하고 있었다. 글쓰기에 집중하고 있었기에 수업 외에 다른 계획을 잡지 않았다. 낮에는 어린이집과 학원 수업하며, 틈틈이 글 쓰고 있기에 이 시간을 방해받고 싶지 않았다. 더군다나 정리하면서 힘을 쏟으면 아무것도 할 수 없다. 체력이 금세 바닥난다. 반찬 챙겨 밥 먹는 시간도 아까웠다. 글 쓰다 컴퓨터 앞에서 반찬 한 가지, 국 건더기에 비벼서 밥 먹는 일도 비일비재하다. 그렇게라도 집중하고 시간을 벌고 싶었다. 누가 보면 열혈작가 나오는 줄 알겠다. 정리하면서 글 잘 쓰는 사람도 많은데 말이다.

"너희 집은 80% 다 버릴 거더구먼."
"나? 그렇지. 못 버리는 게 문제지. 손대면 다 버려야지. 애들 썼던 카세트도 있더라."
"아휴~ 나 같으면 다 갖다 버렸어."
"이사할 때 다 버려야지…."
"이사를 언제 하냐, 못 간다고 생각하고 버려. 집도 나가지도 않는데, 다 미리 갖다버려."

나도 다 버리고 싶다. 손대면 일이 너무 커질 것 같아 엄두를 못 내고 있을 뿐이다. 버리면 다시 사야 하는 것도 있다. 최근까지 거실에 앉아 글을 썼다. 집이 좁아 책상을 더 놓을 수 없어, 아이들이 어릴 적 쓰던 노란 공부 책상에서 글을 썼다. 얼마나 오랫동안 썼는지, 노란색 뽀로로 책상인 것도 잊고 살았다. 딸 방에 있는 책상에서 해도 되는데, 거실 컴퓨터 앞이 내 지정석이다. 책상다리는 부러져, 한쪽을 못으로 고정했다는 사실도 잊고 있었다. 어쩌다 건들면 한쪽이 철퍼덕 주저앉았다.

때마침, 옆집 할머니가 손주가 쓰던 책상인데 쓸 사람 있으면 가져가라고 하셨다. 이때다 싶어 그 책상을 가지고 왔다. 노란 책상을 버리고. 그 책상에 앉아 작업하니 허리도 덜 아프고 편했다. 전에는 글을 쓰다 힘들면 앉은 채로 허리를 곧게 펴서 그대로 누웠다 일어나기를 반복해야만 했다. 아이들이 커서 각각 방을 주니까 자연스럽게 거실이 내 생활공간이 되었다. 23평에서 24년을 살았으니 묵은 짐도 많다. 수납공간도 턱없이 부족하다. 들여다보면 죄다 버릴 물건이다. 물건이라 말하기 미안할 정도로 오래되었다. 책도 쌓여 있다. 친구는 이사 다니며 묵은 짐은 전부 버렸다고 했다. 반면 나는 유치원 수업하면서 짐이 오히려 더 늘었다. 수업 교재와 교구로 베란다가 가득해서 좁은 집이 더 좁아졌다. 교재 양이 상당해서 따로 창고를 얻을까 생각하기도 했다. 아이들 수업용이라 책들이 크다. 커다란 교재 교구 가방을 두 개씩 들고 3층까지 오르면 힘들다. 체력도 젊었을 때가 좋지, 나이 먹어 힘이 달린다.

넓은 집에 서재, 소파, 식탁, 침대만 놓고 살고 싶다는 로망이 생겼다. 친구는 세상에서 가장 멋지고 넓은 집을 예쁘게 꾸미고 살고 싶단다. 대형 아파트에 대한 로망이 있다. 대뜸 나에게 미니멀, 비움을 하는 모임을 해보라고 권했다. 묵은 짐을 다 버렸으면 하는 마음에서다. 내가 웃으면서 "야, 내가 집 정리하려고 정리수납 1급 딴 여자여."라고 말하니 친구는 배꼽을 잡고 웃었다.

그런데 이래? 라는 어이없는 표정이었다. 둘이 눈을 커다랗게 뜨고 쳐다보다 서로 빵 터졌다.

사실 얼마 전 아들도 정리수납 1급 자격증을 보더니 이거 어디 정리하는 자격증이냐고 물었다. 친구가 나에게 보여줬던 그 표정이었다. "네가 다 어지르잖아." 이렇게 얼버무리며 둘이 웃었던 일도 있었다.

한참을 수다 떨고 집으로 돌아왔다. 친구 말이 생각나 베란다 서랍을 열었다. 딸이 아토피가 심해 만들었던 비누 틀, 도구, 석고 가루도 있었다. 유통기간이 몇 년을 훌쩍 지났다. 쓰레기봉투에 담았다. 엄마한테 버리지 않고 쌓아 둔다고 늘 잔소리했는데, 나도 마찬가지다. 유치원 교재 때문에 버릴 물건을 더 꺼낼 수가 없다. 싹 비우고 싶다. 나는 오래된 컴퓨터로 글을 쓴다. 최신형 노트북 대신, 가끔 컴퓨터 드라이브를 다시 깔아가면서 사용하고 있다. 속도가 느리고 문서도 호환이 잘되지 않는다. 내가 쓰는 모든 것은 다 구형이다. 딸만 대학 간다고 노트북을 사주었다. 화장도 잘 하지 않아 딸이 쓰다 버린 화장품 주워 쓴다. 버리라는 딸의 잔소리가 낯설지 않다. 엄마에게 내가 그랬다. 다 버리고 나면 집이 텅텅 빌 것이다. 그렇게 사는 삶도 단순하고 좋을 듯하다.

　한참 글을 쓰다 말고 생각에 잠겼다. 언제쯤 여유로운 삶을 살 수 있을까? 햇볕이 거실 깊숙한 곳까지 내리쬐는 남향의 작은 집, 여름이면 햇살 때문에 더 덥다. 매년 여름 더위를 못 견디는 아들을 위해 여름 오기 전에 에어컨 사야지 했는데, 또 늦었다. 설치할 때쯤 여름이 끝난다. 에어컨 없는 여름을 보냈다. 아들은 힘들다 못해 가끔 친구 집으로 가버린다. 여름이면 아들과 부딪혀 짜증이 이만저만 아니다. 주변에 에어컨 없는 집이 없다. 올 초에 당첨된 25평 새 아파트에 에어컨 4대 있으니 시원하게 살자고 큰소리쳤다. 사는 집이 팔리지 않아, 결국 전세를 줬다. 약속을 지키지 못했다. 아들, 딸에게 늘 양치기가 된다. 얼마나 더 거짓말을 해야 할까! 둘에게 늘 미안한 존재다. 내 욕심에 많은 것을 놓치고 있다는 생각이 든다. 가진 것 없어도 행복했으면 좋겠다. 매일 웃었으면 좋겠다. 돈 때문에 고민하거나 진로 때문에 힘들지 않으면 좋겠다. 후회 없는 삶을 살고 싶다고 했는데 후회할 일만 생긴다. 내 마음부터 여유로워지면 좋겠다. 내가 참을 수 있다고 모두가 나 같지는 않다. 버릴 것이 꼭 물건만은 아니다. 내가 가진 욕심도 버려야 하는 것을 이제 알았다. 이제는 정말 내 욕심을 버려보자.

삶에서 꼭 잡아야 할 시간, 가족을 위한 시간

"The most important thing in the world is family and love."

"세상에서 가장 중요한 것은 가족과 사랑이다."

– John Wooden

"다시 꿈꾸는 나이, 오십, 아직 절반 남았으니, 일단 시작하겠습니다!" 책 제목이 떠올랐을 때 그냥 즐거워질 줄 알았다. 내가 원하고, 좋아하는 일을 하면서 살면 된다고 생각했다. 이제 한 줄씩 쓰면 되겠다면서 신나게 쓰기 시작했다. 하지만, 책의 마지막으로 갈수록 나는 고해성사를 하는 사람이 되었다. 한없이 나약하고 욕심 많은 사람이란 것을 알았다. 가족에 대한 진한 사랑이 더 느껴지는 시간이었다. 글을 다듬고 거듭 퇴고를 하면서 내 삶도 같이 고쳐가고 있다. 눈물 콧물 쏟으며 썼던 글을 통해 나와 가족을 돌아볼 수 있는 귀한 시간이 되었다.

스피치 과제를 해야 했다. 여행에 관한 숙제였다. 가족과 함께 한 여행을 적어보려고 했다. 엄마와의 여행을 생각했다가 아이들과 함께한 예전의 일이 기억났다. 오랫동안 여행을 잊고 살았다. 별일 없이 그럭저럭 살아왔다. 엄마, 아이들, 친구 누구든 함께 여행이라고 기억할 만한 추억이 별로 없었다. 팍팍하게 일만 하면서 살았구나! 깊은 한숨만 나왔다.

　예전처럼 말이 없는 우리 셋이다. 아들, 딸, 그리고 나. 그냥 일상이 별거 없이 지나갔다. 나 때문이란 자책을 하면서도 속마음을 겉으로 표현하지 못했다. 오히려, 마음이 불안하고 답답하다. 아들도 뭔가 할 말이 있는 듯, 눈치 보는 것 같다. 자기가 하고 싶은 일이 있는데, 내가 조금 도와줬으면 하는 것 같다. 일에 대한 고민, 진로에 대한 고민, 인생에 대한 고민이 있어도 잘 말하지 않는다. 점점 아이들과 대화가 줄어든다. 여름 방학이라고 딸과 같이 있는 시간이 많아졌다. 능력 없는 엄마라 잘 못해줘서 미안하다고 말했다. 예전에는 잔소리부터 했지만, 지금은 그냥 미안한 마음을 표현하려고 한다. 아들이 부동산에 관심 있는데, 뭘 해보라고 선뜻 말하지 못한다. 책 보고 강의 듣고 종잣돈 모으는 데 집중해야 한다고 말할 뿐이다.

　말없이 지내던 옛 생각이 났다. 남편을 잃고 조용히 살았던 7년 전으로 거슬러 올라갔다. 서로 누구든 아빠 이야기를 꺼내지 않았다. 나는 일하면서 지칠 대로 지쳐서 돌아왔고, 주말도 없이 일하고 있었다. 엄마가 선생님을 한다고 했을 때 자랑스러워했던 딸은 회사를 그만두라고 성화였고, 아들도 아픈 엄마에게 힘들면 그만두라 했다. 내 몸이 너무 안 좋았기 때문이다. 허리디스크가 한 번씩 말썽을 부리면 아침에 일어나지도 못했다. 1년에 한 번씩 휴가 때마다 입원했다. 병가도 있고, 년, 월차도 제대로 쓰지도 못하고 황금 같은 휴가 때 말이다. 왠지 조금은 억울한 생각이 들었다. 남편이 있었을 때는 여름이면 방학과 휴가를 맞춰 바닷가 여행을 가곤 했었다. 내가 혼자 된 이후에는 휴가는 병원에서 보냈다. 나 때문에 모두 각자 밋밋한 여름을 보냈다.

영어 학원에 아이들이 가끔 가족여행을 간다고 수업을 빠진다. 제주도도 좋고 해외도 좋고 캠핑도 좋다. 가족 단위 여행을 자주 가는 것을 볼 때마다 어릴 적 아이들과 보냈던 시간이 참 그리울 때가 있다. 세 식구가 갈수록 말이 없다. 스피치 수업 과제를 하려고, 셋이 언제 여행을 갔나 블로그를 찾아보았다. 아무런 흔적도 없었다. 블로그를 시작하기 한참 전에 카카오스토리에 글이 있었다. 2018년도의 일이다. 남편이 떠나고 1년 후에 다녀온 여행이었다. 그때 썼던 글이 마음에 계속 남는다. 그때 감정과 지금의 감정은 분명 다르지만, 과거를 회상하며 그 글을 찬찬히 읽어보았다.

이렇게 셋이 다 같이 웃어본 적이 언제였는지, 이렇게 환하게 웃어본 지 정말 오랜만이다. 시간이 흘러 셋이 지내온 지도 1년! 멈출 거 같은 시간도 어쨌든 흘러간다. 모든 게 뒤죽박죽 얽히고설키고 흐트러진 상태로 풀어야 할 숙제와 쌓여가는 짐만 가득했던 거 같다. 하나씩 풀어가려고 보니, 시간이 오래 걸리긴 해도, 한 올 한 올 풀려가기는 한다. 나는 어느 정도 힘듦을 감당할 줄도 알고, 내가 힘들 때 나를 잡아주는 많은 친구와 동기가 있다. 하지만 나의 아이들은 아직은 무엇이 옳은지 그른지, 무엇이 힘든지 다 알지 못한다. 훌쩍 커버린 아들 녀석, 자기 대학 가서 집에 혼자 남아 있을 동생 걱정도 자주 내비친다. 오빠의 걱정이 부담스러운 동생은 매일 지지고 볶고 싸웠던 오빠가 없으면 다시 아무 말 없이 조용히 자기만의 세계로 빠져가겠지! 아직 풀어야 할 숙제, 고립된 생활, 웃음기 없어진 지 오래된 나의 작은 아이는 이제 사춘기란 긴 터널을 거닐고 있다. 아이가 그 터널을 혼자 걷고 있다고 생각하면 안쓰러운 마음이 든다. 동시에 내가 마음속에 빈자리를 아무리 채워준들 남은 한자리는 늘 그 아이 가슴속에 허전함으로 남아 있을 거 같아 마음이 무겁다.

어색하고 낯선 우리 셋의 여행은, 살을 에는 듯한 차가운 여수 밤바다 덕에 더 단단하게 하나로 뭉칠 수 있었다. 다시 웃을 수 있는 희망을 보여준 귀중한 시간이었다. 비록 1박 2일 짧은 여정이지만, 다음을 기약하며 돌아온 시간이었다. 겨울 밤바다! 겨울 강추위 속에서도 신나게 떠들고 웃고, 울고 소리쳤던 그 순간은 절대로 잊지 못한다. 여수를 뒤로하고 순천 갈대밭과 생태 습지대를 지나, 영화 촬영지까지… 이들 녀석은 물 만난 고기처럼 한껏 신나 있었다. 어렵게 만든 여행으로 나도 들떠 더 많은 곳을 가고 싶었으나, 약속이 있다는 아이들 성화에 발길을 돌려 아쉬움이 남았다. 행복한 하루였다. 짧지만 우리 여행은 웃음과 깊은 여운을 남겼다. 여행에서 돌아온 순간부터 또다시 각자의 삶에 빠져들어 갔다. 또 다시 어제처럼 정적이 흐른다.

당시 남편이 떠나고 점점 어색하게 말이 없던 우리에게 서로를 위한 시간이 필요함을 느꼈다. 직감적으로 모든 것을 미루고 1박 2일 여행을 택했다. 한집에 살지만 여행 가는 것이 쉽지 않았다. 아이들이 어리면 그냥 데리고 가면 되지만 각자 생각도, 계획도 달라 한번 시간 맞추는 일이 어렵다. 낙안읍성, 순천만 습지, 갈대밭, 여수 오동도, 케이블카를 타고 건너간 섬 여행은 우리가 가족이었음을 보여줬다. 그렇게 웃고 떠들고 추워서 발을 동동 구르며 이리저리 바람을 피해 뛰어다녔다. 커다란 정자나무에 몸을 숨기며 칼바람을 피하려고 했다. 글을 쓰니 그때의 생생한 기억이 떠오른다. 힘든 시간을 함께 견뎌온 아이들과 함께한 여행은 우선은 성공적이었다. 겨울의 차가운 바닷바람과 케이블카에서 내려오는 네온사인, 오동도 선착장 앞에서 웃옷을 벗고 소림사 흉내를 내던 아들, 오빠 모습이 정상이 아니라는 찡그린 딸의 표정이 선하다. 어디서 부는지 모를 세찬 겨울바람은 셋을 더 단단하게 뭉치게 했고, 가장 따뜻하고 진하게 서로를 안아줬던 시간이었다. 그것이 진짜 잠시 잠깐의 행복이었다는 것을 다시 느낀다. 그 행복을 매년 함께하자고 했다. 하지만, 매년 지키지 못하는 약속이 되어버렸다.

행복이 멀리 있는 것이 아님을 이제야 제대로 깨달았다. 7년이라는 시간이 흘러, 내 나이 오십이 되어 말이다. 아이들과 엄마와의 시간이 얼마나 소중한지 알았다. 모든 것이 다 때가 있다. 힘든 상황이 없었다면, 이런 소중한 시간을 알았을까 싶다. 과거와 지금의 어려움이 전화위복의 계기가 된 것 같다.

오십에 바라본, 나의 과거, 현재, 그리고 미래에 대한 생각이 바뀌었다. 내 삶도 중요하고 가족도 중요하다. 소중한 가족이 있어 나도 있다. 내 절반의 유전자를 갖고 태어난 아이들, 엄마, 동생들 챙겨야 할 사람이 많다. 욕심을 조금 버리고 다 비우고 살아야겠다. 행복한 삶을 살겠다, 마음먹은 대로 행동하면 진짜로 행복해지고 옆에 전달된다. 오십이라는 나이에 멈춰 바라보니 나의 삶에서 가장 소중한 것은 나의 행복이 바로 가족의 행복이었다. 소중한 것을 이제는 놓치지 않는 삶을 살아야겠다. 후회 없는 삶이 진짜 내가 원하는 삶이라고 생각하기에 이제는 표현하며 사랑하며 살아야겠다.

6

남은 절반의 인생 동반자 그 이름 친구

"Walking with a friend in the dark is better than walking alone in the light."

"어둠 속에서 친구와 함께 걷는 것은 빛 속에서 홀로 걷는 것보다 낫다."

– Helen Keller

언제나 나에겐 따끔한 조언을 해주는 친구가 있다. 친구가 던지는 한 마디는 늘 냉정하고 정확하다. 내가 퇴사를 고민할 때, 과감히 결단을 내리라고 했다. 회사는 내 인생을 책임져주지 않는다며 내 건강만 생각하라고 했던 친구였다. 오후 아르바이트하는 학원에서 낮부터 수업을 계속해 줄 수 있냐고 물었다. 어린이집 수업과 겹쳐 문제가 되었다. 매년 어린이집 수업이 줄고 폐원하는 원이 생겨 고민하던 참이다. 원이 줄어드니 수입도 줄었다. 어린이집 수업도 내년 2월까지만 해야겠다 고민하고 있었다. 작년부터 정리하려다 인계받을 교사가 없어 못 했다. 먼 지역은 이미 다른 교사에게 부탁해서 정리했다. 작년에는 시술한 후라 일을 줄여야 하는 상황이었다. 이젠, 안정적으로 한곳에 정착하고 싶었다. 유치원 수업은 시간이 지날수록 정리가 답이었다. 마음먹은 일이라 친구에게 전화할 필요도 없었다. 학원 수업은 늘려야 하고, 어린이집 시간은 줄여야 하는 상황이 닥쳤다.

해결법이 없어 친구에게 전화하니, 다짜고짜 목소리를 높인다. 연신 한숨을 내쉰다. 언제까지 남 사정 봐주고 살 거냐고, 힘드니까 다 정리한다고 말하라고 했다.

"나도 말하고 싶지, 그런데 교사도 없고, 중간에 그만둘 수도 없고, 시간 조절도 안 되고 답이 없어."

이제는 달래기로 작정했는지 격양된 목소리가 조금 차분해졌다.

"너 생각을 해봐, 예전에는 회사 사정 다 봐주다가 나오는 데도 3년 걸렸는데, 그 병 또 도졌네."

전화기를 들고 아무 말 하지 못했다. 할 말이 없다. 사실이니까 또 그렇게 될까 두려웠다. 한 시간이 정말 크다. 전주에서도 이동 거리가 멀었던 나는 오가며 한 시간 이상을 소비하고 있었다. 시간 소비가 많아 한곳에서 일할 수 있다면 그보다 좋은 일은 없다. 시간 조율이 가능한지 알아봤지만 쉽지 않았다. 학원이 바빠지면서 교사를 충원하려다가 나에게 좀 더 일찍 출근할 수 있냐고 물어봤기에 고민할 필요도 없었다. 그런데 혼자 고민하고 있었다.

사실 선택의 여지가 없었다. 힘들게 구한 아르바이트 자리가 없어질 수도 있다. 원장은 두 시간짜리 교사를 구할 필요도 없고, 오래 맡아 줄 사람이 필요했다. 내 수업 시간은 고작 3시간이다. 정규 교사를 채용하고 내가 그만둬야 하는 상황이 올 수도 있겠다. 나에겐 선택권 없이 무조건 해야 하는 상황이다. 급여는 줄어도 시간을 벌 수 있었다. 원거리 이동하는 비용도 절감이 된다. 노동 시간 대비 좋은 조건이다. 물어보나 마나 한 일을 가지고 친구를 힘 빠지게 했다. 선택할 여지가 없음에도 꼬박 이틀을 고민했다. 혼자 이 방법 저 방법 찾으며 해결할 방법이 없을까 걱정하고 있었다. 답은 하나, 결단을 내려야 한다. 어린이집 수업은 인계받을 교사가 지금 당장 없다는 결론이다. 결국, 원장님이 나에게 맞춰주신 덕분에, 수업 시간을 조절할 수 있었다. 어린이집 수업이 끝나자마자 정신없이 학원으로 출근해야 하는 상황을 만들고 말았다.

우유부단하다고 생각 안 하지만 일에 대해서만큼은 늘 정에 끌려다녔다. 상대의 사정을 봐주다 보니 늘 바쁘게 쫓기고 급한 쪽은 나였다. 가끔 손해 보거나, 어려운 일도 생긴다. 과감할 때는 과감해질 필요가 있는데 남 사정을 잘 봐준다. 예전보다는 줄었지만, 아직도 그렇다. 사람들 눈치를 보는 걸까? 그만두면 나를 욕하지 않을까? 나에게 물었다. 정말 미움받을 용기가 없어서일까? 예전에 회사를 그만둘 때, 너무 회사 사정에 끌려던 나를 보고, 후배가 했던 말이 떠올랐다. 어떤 이유든 내가 바꿀 수 있는 상황에만 주목하라고 했다. 나에게 안 되는 이유보다, 내가 해야 하는 이유가 더 중요하면 하라고 했다. 모든 결정은 내가 해야 한다. 또 그런 실수는 하지 않겠다고 했지만 망설이고 있다. 생각한 대로 하면 된다. 내가 있는 그 시간까지 최선을 다하면 된다.

'미움받을 용기'가 나에게는 필요하다. 다른 사람 눈치를 안 보고 산다고 하지만, 아직도 눈치를 보며 살아간다. 그만두는 일이 너무 힘들다. 뒤돌아보지 않고 미련 없이 그만두는 사람이 부러울 때가 있다. 정리하고 나가면 그만이다. 그만둔 다음에 욕을 하든 말든 상관하지 않는다. 내가 팀장일 때 어떤 교사가 그만두겠다고 통보하고 출근도 하지 않았다. 연락도 안 되고 수업도 정해진 날짜까지만 하고 안 해버린다. 남들은 다른 사람 눈치를 보거나 다른 사람 생각 따위 신경 쓰지 않고 자기 소신대로 잘산다. 나는 왜 남을 의식하고 사는지 모르겠다. 내가 한없이 나약한 존재란 생각이 든다. 정에 끌려다닌다. 나 혼자 하는 일은 마음대로 결정하고 행동한다. 요즘 교사 구하기가 어려워 상대방 입장을 더 많이 생각하고 고민하게 된다. 아직도 미움받을 용기가 부족한가 보다.

내 삶의 응원을 해주는 친구도 좋지만, 이렇게 가끔 쓴소리하는 친구가 더 의지가 된다. 따끔하게 충고하는 일이 쉽지 않다. 나를 진심으로 걱정하는 마음이 없으면 결코 할 수 없다. 나에게 돌직구를 던지는 친구 덕분에 고질적인 결정 장애를 하나씩 걷어낸다. 살면서 응원을 해주며, 늘 조심하고 욕심내지 말라고 하는 친구가 있어 행복하다. 이제까지 고생했으니, 행복할 일만 남았다고 말해주는 나의 소중한 인생 동반자다.

인생 즐기면서 살자는 말로 서로를 위로하고 격려하게 되었다. 허물없이 지내는 친구가 어쩌면 남은 인생을 함께 살아가는 중요한 인물이 된다. 친구가 나에게 가장 중요한 사람이 될 수 있다.

　마음을 나누는 친구들이 참 좋다. 편하게 전화하고 고민을 이야기하고 마음을 터놓고 말할 수 있는, 서로 눈치를 보지 않고 진심을 말해주는 친구가 참 고맙다. 나이 들고 보니 서운한 것도 없다. 인생을 모나게 살지 않은 것도 있지만, 서로 위하는 마음이 더 크다. 시골 친구란 이름, 동창이라는 울타리가 참 크게 느껴진다. 짓궂은 장난도 받아주는 벗, 소중한 사람과의 평범한 일상이 좋다. 내가 힘들 때 기꺼이 찾아와준 친구는 언제나 힘내라고 토닥거려 준다. 아등바등 사는 모습이 안쓰럽다고 하면서도 예나 지금이나 똑같이 대해 준다. 있는 그대로 나를 바라보는 친구가 있어 행복하다. 하나, 둘 벌써 우리 곁을 떠난 친구도 있다. 언젠가는 나도 가야 할 길이지만, 일찍 떠난 친구들 생각하면 마음이 아프다. 투병 생활하다 떠나버린 친구들 고통 없는 곳에서 편히 쉬기를 바라는 마음이다. 우리 곁을 떠나는 친구들을 보며 인생 허망하다는 생각이 든다. 욕심, 상처, 치열하게 살 필요가 없다는 생각도 들 때도 있다. 가끔은 우리는 소중함을 잊어버리고 산다. 우정도, 시간도, 나 자신도 모두 소중할 때가 지금임을 잊고 산다. 3~40대 나를 대하는 태도와 마음이 다르듯, 오십에서 바라보는 나의 모습도 다르다. 지금 옆에 있는 모두에게 최선을 다하면서 살아야겠다.

김미경의 『마흔 수업』에서 오십은 딱 절반, 정오란다. 정오부터 자정까지 활동 시간이 더 많다. 나의 남은 12시간 굉장히 길다. 낮부터 자정은 가장 활동 많이 할 시간이다. 나이 오십은 인생에서 가장 빛나는 삶이 되어야겠다. 과거로 돌아가고 싶냐고 물었을 때 지금이 가장 좋다고 말했다. 힘들지언정 지금 삶이 가장 행복하다고 말해왔다.

30대, 40대는 내 인생에서 지우고 싶었다. 좋았던 기억보다 힘들었던 기억이 컸다. 특히 사십의 절반은 통째로 들어내고 싶다. 오십을 시작하는 여기에 머물고 싶다. 김미경 작가가 말한 마흔보다 나에게는 오십이 더 중요하다. 40대에 가장 열심히 살아야 한다고 말한다. 나는 나의 오십이 40대와 같다. 가장 열심히 쉼 없이 뛰어야 한다고 마음먹었다. 나의 오십은 내 삶에서 가장 바쁘고 멋진 인생이 되어야 한다. 친구들과 함께 늙고 더 많은 미래를 위해 오늘도 서로에게 응원 메시지를 보낸다. 남은 시간을 얼마나 잘 쓰는가에 따라 나의 시계는 바쁘게 돌아간다. 남은 삶은 후회 없이 살고 싶은 내 소망이 이루어지면 좋겠다. 소중한 사람과 함께 노년의 삶도 즐거운 일이 많이 생기길 바라는 마음이다. 마음만은 젊게 늙어가자.

나의 원점은 오십부터다, 다시 시작하다

"The best time to plant a tree was 20 years ago. The second best time is now."

"나무를 심는 가장 좋은 시간은 20년 전이었다. 두 번째로 좋은 시간은 지금이다."

– Chinese Proverb

꿈꾸는 소녀에서 꿈이 잠깐 멈춰버린 청춘의 시간, 청년의 삶, 장년의 삶을 벗어나 이제 진짜 중년의 삶을 맞이했다. 그렇게 시골 촌년은 어느덧 나이가 훌쩍 들어 50대를 살아가고 있다. 남들은 한 살이라도 어린 만 나이로 살 수 있어 좋다 한다. 나는 그냥 오십인 지금이 좋다. 오십이 주는 안정감과 편안함이 있다. 사십 후반에 힘들었던 일이, 계속 이어졌지만, 그냥 지금이 좋다. 다시 40대로 돌아가고 싶은 마음은 없다. 지금의 내가 좋고 행복해지려고 노력 중이다.

나는 매일 꿈을 꾸고 있다. 글 쓰는 삶과 강사로서의 삶을 꿈꾸며 살아간다. 나를 뜨겁게 사랑하고 응원하고 싶다. 일에 대한 뜨거운 열정을 다시 느껴보고 싶다. 일이든 사랑이든, 마음껏 표현하고 즐기겠다고 말해왔다. 나를 솔직하게 드러내며, 표현하고 싶다. 여행하고 글 쓰고, 자연과 벗 삼아 살아가고 싶다는 꿈이 생겼다. 어떤 일이든 꿈이 현실이 될 수 있게 나에게 집중하는 시간을 만들고 싶다. 소중함을 잊고 있었던 가족, 아이들, 친구들과 함께 지내는 것도 나의 소박한 꿈이 되었다.

어떤 일을 하고 싶다는 목표가 있다는 건 참 좋은 일이다. 나를 행복하게 만들어 줄 과정이 된다. 내가 행복해야 모두가 행복하다는 말이 정답이다. 가끔은 나에게 묻곤 한다. 내가 지금 정말 행복한지 말이다. 선뜻 대답할 수 없다. 걱정 없던 올 초와는 비교되지 않게 불안한 상태였다. 계속 말해왔던, 부동산 투자로 모두 힘들었기에 가족과 행복하게 지낸다고 말할 수 없다. 이 글을 쓰기 시작할 때는 내가 좋으면 그만이지 오만한 생각을 했다. 하지만 이글을 마칠 때가 되니 모든 것은 나의 자만함과 욕심에서 비롯된 것임을 깨닫게 되었다. 나의 행복이 곧 내 가족의 행복임은 분명하다. 해결해야 할 산적한 일이 먼저 정리가 되어야겠다. 모든 것을 내려놓고 정리부터 해야겠다. 마음의 짐부터 내려놓으려 한다. 그 무거운 짐 때문에 웃고 있어도 웃는 것이 아니고 슬퍼도 슬픔을 표출할 수가 없는 것이 나를 더 힘들게 한다.

내가 행복해지는 방법을 찾았다.
첫 번째는 내려놓음이다. 욕심을 내려놓고 마음을 비우자. 너무 무겁지 않게 다 내려놓고 다시 처음부터 시작하려고 한다. 출발이 잘못되었다면 그 출발선부터 바로 잡으려 한다. 출발부터 삐걱거리고 있다고 깨닫는 시간은 오래 걸리지 않았다. 물론 투자와 연결되어 쉽지는 않다. 몰입하면 해결하는 방법은 언제든지 만들어진다고 믿는다. 지금까지 해 왔듯이 조금 더 힘을 내서 엉킨 실을 풀어보려 한다.

두 번째는 가족의 소중함을 알았다. 날씨가 추워지고, 원인 모를 바이러스가 기승을 부리는 요즘, 주변에 하나둘 가족 곁을 떠나는 사람을 본다. 소중함도 모르고 있다가 떠나면, 그때 비로소 때늦은 후회와 허전함으로 마음 아파한다. 내 삶의 일부인 가족을 잊고 있었다. 돌아갈 수 없는 외롭고 힘들었던 사춘기 기억을 대체할 어떤 것도 없다. 첫째가 다섯 살 때 일이다. 조산 위험으로 7개월 병원에 입원해 둘째를 지켜야만 했다. 첫째를 억지로 내게서 떼어 놓았다. 커서도 그 일을 잊지 않은 아들의 상처를 지워주고 싶다. 내 의지와는 상관없는 일이었지만, 내가 건강했다면 없었을 일이다. 매몰차게 자기를 떼어내려 했던 일이 상처라고 말한다. 떨어지지 않으려니 어쩔 수 없는 상황이었다 해도, 애타게 나를 부르며 울던 모습만 기억난다고 했다. 상처로 곪은 아이들 마음도 만져주고 싶다. 미안한 마음이 크지만 미안하다는 말을 잘 못 한다. 알량한 자존심이 남아 있는가 보다. 바쁜 엄마 외롭게 만들었던 그 10년의 세월을 보상해 주고 싶다. 아직은 다 어루만져줄 수 없지만, 아이들에게 상처만 주었다는 생각이 든다.

세 번째는 이제 내가 원하는 일을 할 수 있게 나를 놓아주고 싶다. 죽음에 문턱까지 갔다 오면서 다짐했던 후회하지 않는 삶을 살도록 말이다. 모두에게 마음을 다할 수 있게 말이다. 감사하면 감사하고 좋으면 좋다고 싫으면 싫다고 내 감정에 충실하며 살아가고 싶다. 힘들면 힘들다고 말해도 괜찮지 않을까. 가슴속에 쌓아 두지 말고 그냥 말해도 괜찮다고 해주고 싶다.

순간의 감정이 가장 소중하다고 입버릇처럼 말해온 나의 이야기가 감동적이면 좋겠다. 오십이라는 나이에서 바라본 나의 삶이, 아픔에서 기쁨과 행복으로 바꾸고 싶다. 좋지 않은 기억을 좋은 기억으로 채워도 괜찮지 않을까 조심스럽게 생각해 본다. 힘들게 살지 않고 당당하게 살았다고 생각했는데, 오십의 나의 감정은 통제가 안 된다. 갱년기라고 말하고 싶지는 않지만, 세상의 모든 감정이 다 내게로 온 듯했다. 내 감정을 조절하는 일이 처음에는 힘들었다. 이 글을 쓰면서 울컥했던 감정이 조금씩 치유되는 기분이다.

난생처음으로 시작한 부동산 공부, 3년을 지나고 보니 후회되는 일도 잘했다 싶은 일도 있다. 인생은 언제나 자신감으로 당당하게 헤쳐 나간다 했지만, 돌이켜보면 힘들었던 시간을 나 혼자 감당하려고 했다. 악착같이 혼자 참아내면 되는 줄 알았다. 조금은 내려놓는 것도 필요하다. 나를 또 다른 위치에서 바라보는 것도 필요하다. 정신없이 혼자만의 세계로 가두지 않고 다른 사람의 모습으로 바라보면 좋겠다고 생각한다.

예전에 엄마가 소개해 주신 산부인과에서 진료를 받을 때였다. 의사 선생님이 나에게 몸은 진료를 받고 있으나, 마음과 정신은 딴 데 있어 보인다고 말했다. 산부인과 검진하러 왔는데, 내 삶을 다 꿰고 있는 것 같아 당황했고 어찌할 줄 몰랐다. 정말 쉼 없이 정신없이 살았다. 몸이 아파도 미련하게 참고 힘들어도 바보처럼 참아만 왔다. 제일 중요한 정신을 놓고 있었다. 약과 함께 모든 짐을 조금 내려놓으라는 처방도 같이 해주었다. 인정하고 싶지 않았지만 그렇게 살았다. 이것저것 오만가지 일하면서 산만하고 정신없이 살아왔다. 안정되지 못한 삶을 살았으니 옆에서 보는 사람도 불안함을 느낀다. 늘 불안한 삶을 살았다. 혼자 감당해야 한다는 강박관념이 나를 더 답답하게 조여 왔다. 여유도 없이 몸을 피곤하게 하면서 달렸다. 나를 위한 휴식도 없었다.

신은 내가 이겨낼 만큼의 시련을 준다고 했다. 아무리 힘들어도 딱 감당할 만큼만 준다고 했으니, 그 말을 믿고 산다. 지금 오십이 좋다. 나에게는 다시 시작할 수 있는 절반의 시간이 남았다. 100에서 딱 절반인 50, 내 삶의 절반을 살았다고 생각한다. 남은 절반도 꼭꼭 채워가며 살아가려 한다. 이제 진짜 인생을 알았다. 원점부터 시작하면 된다. 나의 원점은 오십부터다. 다시 시작할 수 있어, 마음의 위로가 된다. 나만을 위한 시간을 만들자. 해야 할 숙제도 있지만, 가끔은 하늘 한번 볼 수 있는 여유 정도는 가져보자. 내 삶을 충전할 수 있는 시간을 가져야겠다.

이만큼 멋지게 잘 살아왔다. 남은 삶도 잘 부탁한다. 일도 사랑도 꿈도 멋지게 이뤄낼 나를 위해 오늘도 파이팅을 크게 외쳐본다. 사랑한다. 그리고 나의 후회 없는 멋진 삶도 응원한다.

이제 진짜 다시 꿈꾸는 나이, 오십. "아직 절반 남았으니, 일단 시작하자."

사랑하는 모두를 위하여! 우리의 멋진 삶을 위하여!

나에게 가장 소중한 것을 절대 놓치지 마라

이 책을 쓰면서 지난 세월을 돌아봤다. 열심히 살았지만, 진짜 챙겨야 할 가족을 잊고 살았다. 직장에서 인정받고 가정에선 인정받지 못했다. 회사에서 능력 있는 나였지만, 퇴사하니 그냥 나는 아무것도 할 줄 모르는 무지렁이였다. 주어진 일만 열심히 하며 산 결과다. 무에서 시작했으니, 하나씩 만들어 가는데 참 많이 힘들었다. 포기하고 싶을 때도 있었지만 잘 견뎠다. 가족이 있어 가능했다.

자신에게 가장 소중한 몇 가지는 절대 놓치지 않기를 바라는 마음이다.

첫 번째는 가족이다.

가장 후회하고 반성할 일을 꼽으라면 바로 가족에게 소홀했던 시간이다. 가족과 보낸 시간이 부족했다. 툭 하고 끊어낼 수 없는 관계로, 같이 고생하고 힘들게 해서 늘 미안한 마음뿐이다. 꼭 챙겨야 할 사람을 잊고 있었다. 남편과 아이들에게 좀 더 따뜻한 말을 했더라면 후회가 된다. 건성으로 대답하고, 무시하고 집중해서 듣지 않았다. 흘려보낸 시간이 아쉽다. 내가 힘들다고 다 외면했다. 소중한 사람을 챙기며 살아야 한다. 아무리 대인관계가 좋아도 내 가족이 힘들면 결국 행복하지 않다. 가족이 있어 버틸 수 있었다. 내 삶도 행복도 모두 가족이 있어 가능하다. 진짜 소중하고 중요한 것을 놓치는 일을 하지 않길 바라는 마음이다.

두 번째는 몰입도 적당히 하라고 말하고 싶다. 때와 장소를 가려 몰입이 필요하다. 직장생활 동안 앞뒤 재지 않고 완전히 일중독으로 살았다. 밤낮 주말도 없이 오로지 회사에 몰입했었다. 덕분에 성과는 나쁘지 않았고 승진도 빨랐다. 하지만, 내가 막상 그 일을 그만두고 나와서 할 줄 아는 게 없었다. 회사 안팎에서의 생활은 교사, 고객, 성과, 교육 외에는 아무것도 없었다. 일만 하는 바보였다. 직장에서는 성격 좋고, 마음 넓은 상사였고 집에서는 대화가 통하지 않는 불통 엄마였다. 정해진 근무시간 잘 지키며 똑똑하게 일했다면 회사, 가족 두 마리 토끼를 잘 잡았을지 모른다. 근무시간 초과는 예사였고, 퇴근도 하지 않고 일만 했다. 정해진 시간에 집중하면 되는 것을, 그때는 왜 생각을 못 했을까! 이렇게 후회만 남은 일을 그때는 당연한 듯하며 살았다. 퇴근 후에 집에 오면, 회사 일은 잊어버리고 가족과 함께 보내는 사람을 종종 본다. 문밖을 나갔을 때와 들어왔을 때, 나를 기다려준 가족과 함께 보내는 시간만큼 중요한 일은 없다. 나에게 중요한 일을 먼저 따지면서 일해야 한다.

세 번째는 삶의 가치를 어디에 두어야 하는가 생각해야 한다.

어떻게 살아야 행복한 삶일까 늘 고민한다. 쉼 없이 달려왔지만, 아무것도 이룬 것 없이 나이 먹는 게 불안할 때가 있다. 불투명한 미래에 대한 걱정이 조급함과 조급증을 불러오기도 한다. 삶의 무게를 어디에 두고 살아야 하는지 걱정도 된다. 현재도 미래도 여전히 불안하다. 하지만, 지금 조금은 불안하고 부족해도 미래의 나에게 투자해야 한다. 그래서 나는 현재의 내 삶에 충실하다. 남은 인생 좋아하고, 하고 싶은 일을 하며 산다고 했으니, 가치 있는 일에 시간과 공을 들인다. 진짜 내가 꿈꿔왔던 일이기에 가능하다. 하고 싶은 일이 있다면 꼭 도전하라고 말하고 싶다. 해보지 않으면 답을 얻을 수 없다. 그 일이 좋은지 아닌지 경험하지 않고는 알 수 없다. 어차피 후회할 것 같으면 해보고 후회하는 것이 낫다.

네 번째는 마음먹은 일을 시작하기로 했다면 생각부터 바꿔라.

긍정적으로 생각하는 힘을 믿는다. 나를 믿기 시작하자 하던 일이 달라졌다. 삶이 힘들다고 자포자기하는 심정으로 살지 않았으면 좋겠다. 술에 의존하는 것도, 일을 중단하는 것도 모두 내가 내 마음을 통제하지 못하기 때문이다. 최근에 긍정 확언을 하면서 내가 말하는 대로 이루어지는 경험을 했다.

나는 오늘도 최고의 날을 보낸다.

나는 나를 뜨겁게 응원한다.

나는 나를 뜨겁게 사랑한다.

'오늘도 파이팅!'을 외친다.

신기하게도 하루가 파이팅 넘치고 즐겁다. 긍정적인 생각으로 바꾸면 삶이 변한다. 모든 일의 성공과 실패는 마음가짐에서부터 나온다. 할 수 있다고 믿으면 좋은 결과를 만들어 낸다. 실패한다고, 할 수 없다고 마음먹으면 시작부터 삐걱거린다. 어떤 것을 도전하기로 마음먹었다면 일단 시작할 때부터 좋은 생각으로 시작하자. 그러면 반드시 성공할 것이라 믿는다.

긍정 확언을 하면서, 나를 더 챙기게 되었다. 활력이 생긴다. 계획했던 일이 술술 잘 풀리고 있다 믿었다. 강사 자격증 과정도 잘 마치고, 연말 대회에서 스피치 대상도 받았다. 말하는 대로 이루어졌다. 긍정 확언과 자기암시를 통해 나는 잘될 수밖에 없다고 생각했다. 지난 1년 동안 힘든 날이 많았다. 부동산 침체로 물건은 팔리지 않았다. 늘어난 대출 때문에 잠도 못 잤다. 조급함을 없애려고 무던히 애썼다. 해결될 거라고 믿었더니 진짜로 하나씩 풀렸다. 팔리지 않던 오래된 구축 아파트가 팔리고, 걷잡을 수 없이 늘어났던 대출도 일부 갚았다. 긍정적인 생각을 하면서 믿게 되었다. 설마 했던 의심을 내려놓았다. 2024년 한 번 더 나를 믿기로 했다. 진짜 내 삶이 바뀐다고 믿는다. 현재를 긍정적으로 살아가는 힘이 바로 생각을 바꾸는 것이다. 나를 믿고 생각을 바꿔보자. 그러면 하던 일이 잘 풀리고 삶이 즐거워진다.

아직 꿈꾸며 살아간다. 도전하고 변화를 즐긴다. 포기는 생각하지 않는다. 더불어 글 쓰는 삶을 추가로 살고 있다. 나를 위한 삶과 꿈, 가족을 위해 살아야겠다고 마음먹었다. 내가 살아가는 이유는 사랑하는 가족 때문이다. 혼자였다면 이렇게 아등바등 힘들게 살지 않아도 된다. 가장의 삶과 독립된 나의 삶도 살아간다. 건강하게 모든 일에 최선을 다해야 한다. 남은 삶 동안 후회 없이 사랑하고 표현하면서 살기로 했다. 내 삶의 최선이다. 나를 응원하는 사람이 내 주위에 많아 행복하다. 하지 말라고 말리는 사람보다 '할 수 있어. 뭐든 잘할 거야.'라는 말을 듣고 살았다. 응원 때문에 도전할 용기가 생겼다.

나를 걱정하며 나의 행복을 바라는 아들과 딸에게 늘 미안하고 감사한 마음을 전한다. 미안하다는 말도 못 하고 고맙다고 표현도 못 하면서 살았다. 고맙고 정말 많이 사랑한다고 말하고 싶다. 나의 든든한 버팀목이고 힘이 되어주는 소중한 아이들, 내가 열심히 사는 원동력이다. 평생을 자식 걱정하면서 살아오신 나의 엄마! 일흔을 훌쩍 넘긴 엄마에게도 사랑한다고 전하고 싶다. 언제나 살갑지 않고 투박하고 툴툴거리는 딸, 오십이 넘어도 늘 엄마에겐 안쓰러운 딸이 될 수밖에 없어서 죄송한 마음이다. 곁에서 언제나 응원해 주는 가족들, 친구들, 동기들에게도 감사함을 전하고 싶다. 마지막으로 내가 가장 힘들 때 내 옆에서 힘이 되어준 한 사람, 그 사람에게도 감사함을 전하고 싶다. 존재만으로 나에게 큰 위로가 된다. 내 인생을 가장 빛나게 해주는 소중한 사람들과 함께해서 나는 늘 행복하다. 아직 끝나지 않은 인생 공부를 통해 더 많이 성장하고 배우는 삶을 살아간다. 내 미래를 위한 노력이 절대 헛되지 않게 오늘도 내일도 또 배우고 달린다. 내 삶의 빛나는 그 순간까지 힘차게 달려보겠다. 나의 도전은 늘 현재형이다. 끝까지 나를 사랑하며 나의 멋진 인생을 뜨겁게 응원한다. 그리고 도전하는 모든 삶도 응원한다.